春潮NOV+

回到分歧的路口

流浪的家

The Dutch House

ANN PATCHETT

[美]安·帕切特 著 熊亭玉 译

中信出版集团｜北京

图书在版编目（CIP）数据

流浪的家/(美)安·帕切特著；熊亭玉译. -- 北京：中信出版社，2022.10
书名原文：The Dutch House
ISBN 978-7-5217-4593-1

Ⅰ.①流… Ⅱ.①安…②熊… Ⅲ.①长篇小说—美国—现代 Ⅳ.①I712.45

中国版本图书馆 CIP 数据核字（2022）第 142555 号

Copyright ©2019 by Ann Patchett
Simplified Chinese translation copyright ©2022 by CITIC Press Corporation
ALL RIGHTS RESERVED

本书仅限中国大陆地区发行销售

流浪的家

著　者：［美］安·帕切特
译　者：熊亭玉
出版发行：中信出版集团股份有限公司
　　　　　（北京市朝阳区惠新东街甲 4 号富盛大厦 2 座　邮编　100029）
承　印　者：天津丰富彩艺印刷有限公司

开　本：880mm×1230mm　1/32　印　张：10　字　数：245 千字
版　次：2022 年 10 月第 1 版　印　次：2022 年 10 月第 1 次印刷
京权图字：01-2020-3534
书　号：ISBN 978-7-5217-4593-1
定　价：69.80 元

版权所有·侵权必究
如有印刷、装订问题，本公司负责调换。
服务热线：400-600-8099
投稿邮箱：author@citicpub.com

谨以此书献给帕特里克·瑞恩

第一部

第 一 章

父亲第一次带安德烈娅到荷兰屋的那天,管家桑迪来到我姐姐的房间,让我们下楼。"你们的父亲带来了一个朋友,想让你们见见。"她说道。

"工作上的朋友?"梅芙问。她比我大一些,对友谊的理解更为复杂。

桑迪想了想:"我觉得不是。你弟弟在哪儿?"

"窗座。"

桑迪拉开窗帘才看到了我:"你干吗非要拉上窗帘?"

我在看书。"为了私密。"我说道,但8岁的我对"私密"并没有概念。我喜欢这个词,我喜欢窗帘拉上后那种如同被装进盒子里的感觉。

至于客人,那就很神秘了。我们的父亲没有朋友,至少没有星期六下午这么晚时还到家里来的朋友。我从我的秘密基地出来,来到楼梯平台,躺在小地毯上。我以前这么干过,知道躺在地板上,从楼梯端的支柱缝隙望下去,就能看到会客厅。我看到父亲和一个女人站在壁炉前。据我判断,他们是在研究范赫贝克夫妇的画像。我起身返回姐姐的房间,做了汇报。

"是个女人。"我对梅芙说道。这一点,桑迪应该是知道的。

桑迪问我是否刷过牙,她的意思是我早上是否刷了牙。谁会在下午四点刷牙呢?乔斯林星期六休息,这天,桑迪事事都得自己干。她要生火、开门迎客、端茶送水,最重要的是她现在还得负责我的牙。桑迪星期一休息。而星期天,桑迪和乔斯林都休息,因为我们的父亲认为到了星期天,人就不应该工作。

"刷了。"我说道,因为我很有可能是刷了牙的。

"那就再刷一次,"她说道,"梳一梳头。"

梳头的话是对我姐姐说的,她的头发又长又黑又密,就像十匹马的尾巴缠在一起。无论怎么梳,都像没梳一样。

等我和梅芙拾掇得可以见人了,就下了楼,站在前厅的大拱门之下,看着父亲和安德烈娅盯着范赫贝克夫妇看。他们没有注意到我们,或者说没有搭理我们,很难说是哪种情况,所以我们就等着。我和梅芙都知道如何在这个家里保持安静,这一习惯诞生的动机是不想惹恼父亲,可当他发觉我们偷偷摸摸出现在身边的时候,就更恼怒了。此刻,他穿着蓝色正装——星期六他是从不穿正装的。这也是我第一次看到他后脑勺有了灰白的头发。他站在安德烈娅旁边,看起来比实际的个子更高。

"有他们在你身边,肯定是一种慰藉。"安德烈娅对父亲说道,但她说的不是他的孩子们,而是那两幅画。范赫贝克夫妇叫什么名字,反正我从没听说过,画像中的他们像是老人,但也没到耄耋之年;他们穿着黑色衣服,郑重其事,站得笔直,完全就是另一个时代的风格。他们不在同一个画框中,却如此统一,如此优俪和谐,让我总觉得他们原本是在同一幅画中,被切割成了两幅。安德烈娅将头往后仰,端详画中那两对精明的眼睛。这对夫妇的眼睛仿佛随时都盯着房间里的小男孩,无论他选择坐在哪张沙发上,他们都是不赞许的样子。梅芙一声不吭,用一根手指戳我的肋骨,就是想让我大叫,可我忍住了。还没人介绍我们给安德烈娅认识呢。她穿着有腰带的裙子,从背后看过去,小小的个子,干净利落;一顶黑色的帽子比碟子还小,别在一团淡色的头发上。在学校,我是由修女们调教长大的,哈哈大笑让客人尴尬的事情,我是不会干的。安德烈娅并不知道画像是房子买来时自带的,房子里的一切都是房子买来时自带的。

会客厅里范赫贝克夫妇的画像很是夺目,如真人大小,记录了被岁月冲走的人们。荷兰画派准确的笔触和对光影的描绘展现出了他们严厉而讨嫌的面孔,其他楼层上还有几十幅小一些的画像——过道里挂的是这对夫妇的孩子们,卧室里挂的是他们的祖先,还有他们所仰慕的人,没有姓名,分布在各处。另外还有梅芙10岁时的一幅画像,虽然没有范赫贝克夫妇的画像那么大,但也一样好。当时,我父亲坐火车从芝加哥带来了一位著名画家,据说呢,父亲是想让他给我们的母亲画一幅肖像,但并没有告知母亲画家要在家里待上两个星期。母亲拒绝摆出姿势供人作画,所以画家就画了梅芙。画像完成装框后,父亲把它挂在了会客厅范赫贝克夫妇画像的对面。梅芙常常说,她就是在那儿学会了盯人,把对方盯得不敢对视。

"丹尼,"父亲终于转过头来,一副知道我们在那儿等待的样子,"过来给史密斯太太问好。"

我始终坚信,安德烈娅看到我们的那一刻,脸阴沉了一下。即便父亲没提过他的孩子,她也应该知道父亲是有孩子的,毕竟埃斯蒂斯帕克的人都知道荷兰屋的事情。也许她觉得我们会待在楼上,毕竟,她是来看房子的,不是来看孩子的。也许她脸上的表情只是因为梅芙——姐姐那年15岁,穿网球鞋的她已经比穿高跟鞋的安德烈娅高了一个脑袋。有段时间,梅芙眼看就要比班上所有的女生、大多数男生高,于是她变得含胸驼背,父亲纠正她的站姿时可谓毫不留情,"抬头挺胸"这几个字几乎变成了她的名字。几年来,在家里,只要父亲从梅芙身边经过,就会伸出巴掌,啪的一下拍在姐姐的肩胛骨之间。意想不到的结果是,梅芙的站姿像女王身边的卫士,或者说像女王本人。即便是我也看得出来,她让人望而生畏:高高的个子,浓密发亮的黑发如同一堵墙,用眼珠子往下看人而不是低头看人。不过,8岁的我让人安心,个头也比父亲日后迎娶的那个女人小。我伸出手,握住了她小巧的手,报出我的名字,接着梅芙也这样做了。虽然后来在人们的记忆中,梅芙和安德烈娅一开始就不对付,但事实并非如此。刚认识那会儿,梅芙绝对是不偏不倚、彬彬有礼的,她本打算一直如此,直到后来情况不允许才作罢。

"你好吗?"梅芙说道。安德烈娅回复说她很好。

安德烈娅很好。她当然感觉很好。这么多年,她孜孜以求的就是挽着我们父亲的胳膊走上宽宽的石头台阶,跨过铺着红色瓷砖的平台,走进这幢房子。自从母亲离开后,她是父亲带回家的第一个女人。尽管梅芙跟我说过,父亲和我们的保姆不清不楚已经有一段时间了,保姆名叫菲奥纳,是个爱尔兰女孩。

"你觉得他跟菲菲毛睡了?"我问她。我们还是孩子的时候,称呼菲奥纳为菲菲毛,部分原因是我叫她的名字"菲奥纳"有困难,还有一部分原因就是她有一头蓬松的红头发,像波浪般披在脑后,状若惊云。很多事情都是多年之后,我和姐姐坐在车里,停在荷兰屋之外时她告诉我的,这桩情事也是如此。

"要么就是一起睡,要么就是她在半夜三更打扫父亲的房间。"梅芙说道。

父亲和菲菲毛的作案现场。我摇了摇脑袋:"无法想象。"

"你就不应该去想。上帝呀,丹尼,这也太恶心了吧。菲菲毛管事期间,你还是个小宝宝。你居然还记得她,我太惊讶了。"

但是,在我4岁那年,菲菲毛用木勺子打了我。我左眼旁边依然还有个高尔夫球棍形状的小伤疤——梅芙称之为"菲菲毛之印"。菲菲毛的说辞是,当时她正在熬制苹果酱,我一把抓住了她的裙子,吓了她一跳。她说,她只是想把我从炉子边拽开,完全没想过要打我,但我认为,木勺子打在孩子脸上,很难解释为意外。这件事情之所以有意思,是因为这是我人生的第一条清晰记忆,或者说是对他人,或者说是对荷兰屋的第一条清晰记忆。我对我们的母亲毫无记忆,但我却记得哐的一声,菲菲毛的勺子击中了我的脑袋瓜。我记得自己尖叫了起来,在前厅的梅芙飞奔到厨房,就像是小鹿飞跃房子后面的灌木篱墙。梅芙朝菲菲毛猛扑过去,把她撞倒在炉子上,蓝色的火焰一跃而起,一锅沸腾的苹果酱砸在地板上,溅起来的果酱烫伤了我们所有人。我被送到诊所,缝了六针,梅芙的一只手缠上了绷带,菲菲毛被解雇了,但我还记得她哭着说她很抱歉,说那完全是场意外,她不想走。据我姐姐说,菲菲毛跟我们的父亲有过一腿。姐姐应该是知道的,我落下伤疤那年是4岁,而她那时已经11岁。

碰巧的是,菲菲毛的父母曾是范赫贝克夫妇的司机和厨娘。菲菲毛在荷兰屋里度过了她的童年,或者说她是在车库上面的小公寓里长大的。所以这么些年后姐姐重提这个人时,我想到当年让她走人,她又能走到哪儿去呢?我还真想不出来。

菲菲毛是这幢房子里唯一认识范赫贝克夫妇的人。虽然我们坐在他们的椅子上,睡在他们的床上,拿着他们的代尔夫特陶器[1]用餐,但甚至连我们的父亲都没见过这对夫妇。我要讲的不是范赫贝克夫妇的故事,但也算和他们有关系,我要讲的是这幢房子,而这幢房子以前属于他们。范赫贝克夫妇靠批发香烟发了财。范赫贝克先生很幸运,在"一战"开始之前,正好入了这一行。那时为了鼓舞士气,作战的士兵都有香烟可抽,后来这一习惯也跟着他们回到了家乡,继续见证了十年的繁荣期。范赫贝克夫妇的财富与日俱增,于是在费城之外的一片农田上修建了一幢房子。

这幢房子大获成功,应该归功于建筑师,但我之后想要找找看他是否还有其他留存下来的作品时,却没有任何发现。如此想来,要么是范赫贝克夫妇或是他们中的一位有卓越的审美眼光,要么是财富激发了超越建筑师想象力的奇迹,又或者是"一战"后的美国到处都是精益求精的匠人,而标准却今不如昔。无论何种解释,最后到他们手里的房子,也就是后来到了我们手里的房子,是天赋和幸运交汇下独一无二的产物。我无法解释,为什么一幢三层楼高的房子会让人感觉恰到好处,可它就是如此精妙。或者更好的说法是,别人住进这幢房子会感觉太大,会认为这是一种巨大而荒唐的浪费,但它却正合我们的心意。在埃斯蒂斯帕克,在珍金镇,在赛

---

[1] 代尔夫特陶器:荷兰的陶器。(本书注释如无特别说明,均为译者注。)

德,一路到费城,大家提到荷兰屋,说的并不是建筑,而是住在里面的人。荷兰屋里住的是荷兰人,他们的名字发音古怪。站在远处,从有利位置望过去,坐落在山上的房子仿佛离地几厘米,悬浮空中。前门玻璃如同商店展示窗一般大,并用藤蔓形状的铁框架固定住。阳光落在窗户上,一部分照了进去,一部分反射出来,映照在外面宽广的草坪上。也许这幢房子是新古典主义风格,但其线条简约,更接近于地中海或是法式风格。虽然房子不是荷兰风格,但会客厅、图书室和主卧室的蓝色代尔夫特壁炉架,据说是从乌得勒支[1]的城堡里撬下来的,卖给范赫贝克夫妇以偿清某位亲王欠下的赌债。这房子,连同其壁炉架,竣工于1922年。

"他们过了七年的好日子,之后银行就开始逼债。"梅芙说出了房子前任主人的历史地位。

我第一次听说荷兰屋是被卖掉的,就是在安德烈娅第一次来的那天。她跟着我们的父亲走进前厅,眺望前草坪。

"这么多玻璃,"安德烈娅说话的语气仿佛是在考虑玻璃是否可以换掉,换成一堵实墙,"你不担心别人往里瞧吗?"

你不仅可以往荷兰屋里瞧,还可以看穿这幢房子。这幢房子中庭短,前厅深,直接通往被我们称为瞭望台的房间,瞭望台有一面窗户墙,面朝后院。站在车道上,目光顺着前面的台阶而上,掠过平台,穿过前门,再越过前厅长长的大理石地面,透过瞭望台,就能看见后院里紫丁香花在风中忘我地摇摆。

我们的父亲瞟了一眼天花板,然后瞟了瞟两边的门,仿佛是在考虑一样。"我们距离街道很远。"他说道。那是五月的一个下午,

---

[1] 乌得勒支:荷兰中部城市。

绕地界一圈的欧椴树枝繁叶茂，宽大的草坪地势渐低，碧草如茵，夏天我就像小狗一样在上面打滚。

"但是，到了晚上，"安德烈娅的语气充满了担忧，"应该可以想个法子挂上窗帘。"

用窗帘挡住眼前的景致？这怎么可能？我还真没听过这么蠢的想法。

"你在晚上看到过我们？"梅芙问道。

"不要忘了，当时修这房子的时候，"我们父亲的声音盖过了梅芙，"地产面积是200多英亩[1]。一直到梅尔罗斯帕克。"

"他们为什么要卖了呢？"安德烈娅突然明白了，如果周围没有其他房子，如此修建的房子该是多么美妙。这样眺望出去，看到的就不仅仅是草坡，也不仅仅是芍药花床和玫瑰。视线可以一直延伸到宽阔的山谷，一直到森林的边缘。也就是说，到了晚上，范赫贝克夫妇或是他们的客人从舞厅的窗户举目远眺，只能看到漫天星光。那时，这里没有街道，也没有邻里；但现在，冬天树叶落下的时候，外面的街道，还有街对面布克斯鲍姆家的房子，都能看得清清楚楚。

"因为钱。"梅芙说道。

"因为钱。"我们的父亲点头说道。这并不是什么复杂的难题，即便8岁的我也想得到。

"但是，他们错了。"安德烈娅说道。她绷紧了嘴唇。"想想吧，这地方曾经该有多美呀。要我说，他们应该多些考虑，不要卖。这房子就是一件艺术品。"

---

[1] 1英亩约为4046.856平方米。——编者注

她这么一说，我真笑出声来了，因为我理解安德烈娅的意思是说，范赫贝克夫妇应该在卖地之前询问她的意见。父亲生气了，叫梅芙带我上楼，好像我不认得路一样。

对于富人来说，现成的香烟一排排地摆在盒子里，从来不吸，就像是他们拥有的土地，一英亩一英亩地放在那里，从来不走，只是摆设。这幢房子外面的土地一点点地被割卖掉了，地产转让要记录在案，一笔笔的历史都有房契为证。土地一块块地被割卖掉还债——10英亩、50英亩，再来28英亩。埃斯蒂斯帕克距离大门越来越近了。就这样，范赫贝克一家度过了大萧条时期，却不料范赫贝克先生在1940年死于肺炎。范赫贝克家的三个男孩，一个童年夭折，另外两个年长的哥哥死于战场。范赫贝克太太死于1945年，当时剩下的只有侧院，其他部分都卖光了。房子和房子里的东西都归了银行，尘埃落定。

因为宾州储贷局的美意，菲菲毛留了下来，还拿到了一笔小小的津贴，并负责管理这处房产。菲菲毛的父母已经去世，或可能找到了其他的工作，不管怎样，菲菲毛一个人住在车库上面，每天检查房子，确保房顶没有漏雨，水管没有爆裂。她用除草机推出一条路，从车库直达前门，至于草坪其他地方，则任凭杂草疯长。房子后面还留有果树，她从树上摘下果子，做成苹果酱和桃子罐头，留到冬天吃。1946年我们父亲买下这地方的时候，浣熊已在舞厅安家落户，咬断了电线。只有趁着日头当空照，所有夜间动物蜷成一堆、呼呼大睡的时候，菲菲毛才进到房子里。它们咬断电线，居然没有把房子点燃烧光，真是个奇迹。浣熊最终都被抓起来，打发走了，但它们留下了跳蚤，无孔不入。梅芙说，她在这幢房子里最早的记忆就是挠痒痒，还有菲菲毛用棉签蘸上炉甘石液，给她点涂在挠破的地方。我父母雇下了菲菲毛,做姐姐的保姆。

我和梅芙第一次把车停在范赫贝克街(但在埃斯蒂斯帕克,人人都把它错念成了"范霍比克街"),是我从乔特中学第一次放春假回家时。那一年说是春假,其实名不副实,地上还有一尺厚的积雪,完全就是愚人节的玩笑,是在向寒冬脱帽致敬呢。虽然在寄宿学校只待了半个学期,但是我明白,真正的春天是为那些由父母带着去百慕大航海的男孩准备的。

"你要干什么?"我问道。她把车停在了荷兰屋对面,布克斯鲍姆家门前。

"我想看看。"梅芙弯下身体,摁下点烟器。

"这儿没啥可看的,"我对她说道,"走吧。"因为这天气,还因为我看到了"可得"和"应得"之间的差距,心情很糟糕,但回到埃斯蒂斯帕克,坐在姐姐的车上时,我还是挺高兴的。车是我们小时候家里用的,蓝色的奥兹莫比尔,姐姐有了自己的公寓后,父亲把这辆车给了她。当时我只有15岁,基本上是个白痴,还以为家的感觉就是这辆车,就是这停车的地点,其实家的感觉完全来自我的姐姐,我不知道,当然也就没有半点儿感激之情。

"你着急去哪儿?"她从烟盒摇出一支香烟,用手遮住点烟器。如果出手不及时,火星就会迸溅出来,要么落在座椅上,要么落在车垫上,要么落在你的腿上。

"我在学校的时候,你会开车到这儿来吗?"

砰的一声。她接住了火星,点燃了香烟。"不会。"

"我们现在倒是来了。"我说道。云层遮住了最后的阳光,雪花纷纷扬扬地落了下来。梅芙骨子里是个冰岛卡车司机,什么样的天气都阻挡不了她,但我刚下火车,又累又冷。我想要一份烤芝士三明治,再去浴缸里泡个澡。在乔特中学,泡澡要遭到无尽的耻笑,但我一直都不知道为什么只有冲澡才是男子汉的行为。

梅芙往肺里灌满烟雾,再呼出来,接着熄了车子的火。"有一两次,我想过来这里,但还是决定等你一起。"这时她对我微微一笑,摇下车窗,露出一道缝,只够一股冰冷的空气入侵。我出发去学校前,唠叨个不停让她戒烟,但之后却忘了这回事,我自己也抽上了。在乔特中学,我们不能泡澡,取而代之的是抽烟。

我伸长脖子,顺着车道往上瞅:"你看得到她们吗?"

梅芙从驾驶座的侧窗望出去:"她第一次来,仿佛是一百万年之前的事情了,但我也不知道为什么,就是止不住地要想。你可能都不记得了吧?"

我当然记得。谁能忘记安德烈娅的第一次出场呢?

"她那时还说,担心晚上有人往我们窗户里看,记得吗?"

梅芙话音刚落,前厅立刻沐浴在枝形吊灯温暖的金色灯光中。片刻后,楼梯上的灯也开了,几秒后,二楼主卧室的灯也亮了。话音刚落,荷兰屋就亮起了灯,我的心跳几乎停了。我不在的时候,梅芙当然是来过这里的。她知道太阳一落山,安德烈娅就会把灯打开。我姐姐否认来过,不过是为了追求戏剧效果。之后我凡是看出来她这样,都欣赏她的用心良苦。呵,那真是有意思。

"看那儿。"我轻声说道。

欧椴树的叶子已经落光,雪在下,但不算太大。没错,可以看到房子里面,可以看穿房子,看不到的细节,记忆可以填补:枝形吊灯下是圆桌子,每天傍晚,桑迪把父亲的信件放在上面;桌子后面是落地钟,数字6下面有一条船,旁边有两排画上去的蓝色波浪——以前,星期天弥撒过后,我负责给钟上发条,那条船就在波浪间轻轻摇摆,我看不到那条船,也看不见波浪,但我知道它们就在那里;还有靠墙的半圆形托桌,上面有个钴蓝色花瓶,花瓶上绘了一个女孩和一条狗;两把没人坐的法式椅子;一面巨大的镜子,其边框总是让我联想到金色章鱼扭曲的触须。恰好在这个时候,安德烈娅穿过了前厅。我们距离太远,看不清楚她的脸,但我认出了她走路的姿态。诺尔玛全速跑下楼梯,突然又停了下来,应该是她妈妈叫她不要跑。诺尔玛长高了些,但我猜也可能是布莱特。

"她第一次来之前,"梅芙说道,"肯定到房子外面看过我们。"

"也可以说,人人都看过,凡是冬天从这里开车经过的人都这样。"我把手伸进她的包里,掏出香烟。

"听起来有些自大,"梅芙说道,"人人都看过。"

"乔特中学就是这样教的。"

她笑了起来。我看得出来,她本来没打算笑的。这让我很高兴。

"你整整五天都在家里,"她一边说话一边往车窗外吐烟,"一年中最好的五天。"

第 二 章

自从安德烈娅第一次在荷兰屋露面后,她就像徘徊的病毒。数月过去,没人提及她的名字,一旦我们以为再也不会见到她时,她就会再次出现在餐桌旁。一开始,她会因为好久没来而规矩老实,然后慢慢活泛起来。等到安德烈娅彻底活泛了,嘴上说的就只有这幢房子:房子顶冠饰条的某个细节、估计的天花板的高度,说个没完没了,仿佛我们从未见过头顶上的天花板。"那是卵锚饰。"她手指向上方,对我说道。真到了忍无可忍的关口,她就会再次消失,顿时,酣畅淋漓的轻松之感,悄无声息地席卷了我和梅芙(我们想当然地认为还有父亲)。

那个星期天,我们做弥撒回来,看到她坐在池边的一把白色铁艺椅子上。其实是梅芙看到了她。当时,梅芙穿过图书室,望向窗外,正好看到了她。如果换作我,可能会去找父亲,但梅芙并没有,她绕了一圈,从厨房的后门走了出去。

"史密斯太太?"梅芙抬起一只手,搭在眼睛上方,挡住阳光。

安德烈娅嫁给父亲之前,我们叫她史密斯太太,从未有人叫我们改口。他们结婚后,我肯定她更希望我们称呼她"康罗伊太太",但那样只会更加尴尬,因为明摆着嘛,我和梅芙也是康罗伊家的人。

梅芙告诉我,安德烈娅吓了一跳,谁知道呢,也许她在睡觉。"你父亲在哪儿?"

"在屋里。"梅芙回头看了一眼房子,"他在等你?"

"我等他一个小时了。"安德烈娅纠正道。

因为是星期天,桑迪和乔斯林都不在。我觉得,如果我们不在家,她们是不会让安德烈娅进来的,但我也不确定。她们两个人当中,桑迪要热心肠一些,而乔斯林疑心比较重。她们不喜欢安德烈娅,很可能会让她在外面等我们回来。那天只有一点寒意,天气挺不错的,适合在池边坐坐。阳光在蓝色的水面上闪着熠熠光芒,勾勒出苔藓在石板缝隙中温柔的线条。梅芙告诉她,我们去了教堂。

然后,她们只是注视着对方,谁都没有移开目光。"知道不?我有一半的荷兰血统。"安德烈娅终于开口了。

"对不起,什么?"

"是我母亲,她是纯正的荷兰人。"

"我们是爱尔兰血统。"梅芙说道。

安德烈娅点点头,仿佛她俩之前有什么分歧,如今得以解决,而结果对她有利。等到明显再也无话可说之际,梅芙进屋告诉父亲,史密斯太太正在池边等他。

"见鬼,她的车停哪儿了呢?"父亲出去后,梅芙对我说道。那些日子,她几乎从不骂脏话,刚做完弥撒就更不会。"她总是把车停在房子前面的。"

于是,我们去找车,首先看了房子的另一侧,又去看了车库后面，在这些最显眼的地方搜索无果。我们顺着车道往下走，做礼拜穿的鞋子踩在小砾石上发出嘎吱嘎吱的响声，然后走上街道。我们不清楚安德烈娅住在哪儿，但知道她并非邻居，没法走路过来。最后，我们在一个街区之外，找到了她那辆奶油色的雪佛兰羚羊，车头的左角全凹了进去。梅芙蹲下来，仔细查看，我甚至还伸手碰了碰吊着的挡泥板，真是神奇，前灯居然幸免于难。显然，安德烈娅开车撞了什么东西，但她不想让我们知道。

我们没跟父亲说车子的事情。本来嘛，父亲什么也不跟我们说。他从来不说安德烈娅的事情，从不提她什么时候走，也不提她什么时候回来；他是否打算把安德烈娅安置到我们的未来中，也不告诉我们。安德烈娅在的时候，父亲的一举一动就像她一直都在；等她不在的时候，我们也绝不想提醒父亲，就怕父亲让她回来。说真的，我并不觉得父亲对安德烈娅有多大兴趣，我只是觉得父亲对付不了安德烈娅的百折不挠。在我看来，父亲的对策就是随她去，让她自己走人。"肯定行不通的。"梅芙对我说。

生活中，父亲唯一在意的就是他的工作：他修的房子、拥有的房子、租出去的房子。他很少出手房子，而是借贷经营以求买进更多的房子。他与银行有约，银行的人来找他，父亲会让对方等着。父亲的秘书肯尼迪太太会给这位先生端上一杯咖啡，告诉他不会等很久的，但有时真的会等很久。银行的人也无能为力，只能坐在我父亲办公室的小接待室里，手握帽子干等。

一周的工作之余，父亲还剩下的一点点关注留给了我，即便如此，那也是他工作的一部分。每月的第一个星期六，他会开着别克车，带上我去收租。他给我一支铅笔和一个账簿，让我在租户欠款旁边一栏写下他们已经支付的金额。很快，我就知道谁永远都不在家，谁会准备好信封出现在门口。我知道谁会有东西要报修——漏水的马桶、堵塞的马桶、卡死的电灯开关。某些人每个月都有东西要修，如果问题不解决就不付房租。父亲的膝盖在战争时期受了伤，他一直都是轻微跛着脚，走到后备厢取工具修东西。我还是个孩子的时候，觉得后备厢就像是个百宝箱，有钳子、夹子、锤子、螺丝起子、密封剂和钉子，什么都有。现在我知道，星期六早上租户让你修理的都是小问题，这样的事情，父亲喜欢亲自动手。他是个有钱人，但他想让别人知道他依然懂行。或者他只是演给我看，因为他本不需要开车到处收租，也不需要拖着伤腿爬梯子检查松动的板瓦，有专门的维修工干这个。也许就是为了我，他才卷起袖子，扒开炉灶，检查里面的加热元件，而我则站在一旁，惊叹他的无所不能。他是在告诉我，看好了，以后这份生意会交到我手上，到时候我不能两眼一抹黑。

"要真正明白金钱的意义，唯一的方式就是穷过。"我们在车上吃午餐，他对我说道，"你在这方面就没戏了。像你这样富养长大的小子，什么都不缺，从来不知道饿肚子是什么滋味。"他摇了摇脑袋，仿佛我做了什么令人失望的选择，"这种缺憾，是没法解决的。你尽可以观察，也看得到他们是怎么一回事，但就是和亲身经历不一样。"他放下三明治，拿着保温杯喝了一口咖啡。

"是的，先生。"我说道。没别的话可说。

"做生意最大的谎言就是'钱生钱'，记住了。你必须要有脑子，要有计划，要注意周围的动静，这些东西不花一分钱。"我父亲不擅长给人建议，说了这些，仿佛已经虚脱，从兜里掏出手帕，抹了一把额头。

当我心平气和地回望这一刻时，我告诉自己，日后事情的走势皆由此起。父亲试图把他的人生经验教给我。

我父亲跟租户相处时更为自在，在办公室也好，在家里也好，他都不能如此。租户开口说话，有时说费城的人无能，不能对抗布鲁克林；其他时候则是解释为什么信封里的租金不足。从父亲的站姿，从他时不时点头的方式，我看得出来，他在用心听。交不够租金的人从来不会抱怨钉死的窗户，他们只是想找个机会把这个月的遭遇告诉他，再向他保证下个月不会如此。我从没见过父亲斥责租户，也没见过他威胁他们。他只是听，然后告诉他们尽力而为。但交谈三个月之后，下一次我们再去，公寓就换了一家人住。我不知道这些倒霉的人遇到了什么事，但无论遇到了什么，都不会发生在每月的第一个星期六。

随着时间的推移，父亲抽烟的时候越来越多。我坐在他身边的宽座椅上，或是看账簿，或是望着车窗外一掠而过的树木。我知道父亲抽烟的时候是在想事情，我还知道自己要乖乖地保持安静。我们朝费城开去，居民区的环境越来越糟糕。他总是最后才去最穷的大楼收租，仿佛是要多给他们一点时间凑齐欠款。最后几站，我宁愿在车里等他，胡乱听听收音机，但我很明白，如果要请父亲免了我最后这几趟，他会说不。芒特艾里和珍金镇的租户总是对我很好，问问学校的情况，谈谈篮球，还要给我糖果，但父亲吩咐过，不准接受。"你这一天天的，越来越像你爸爸了，"他们会说，"真是一模一样。"但到了更穷的居民区时，情况就不一样了。并不是说租户人不好，但即便是手里有钱，他们也很紧张，也许在想就算这个月缴清了，下个月的钱又从哪里来呢？他们不仅对父亲毕恭毕敬，对我也是如此。正是他们恭敬的态度，我真想扒掉自己的一层皮。比我父亲年纪还大的人称呼我为康罗伊先生，而我当时最多10

岁,仿佛他们觉得,我和父亲的相似之处并不仅仅是外表上的。也许他们看待事情的方式与我父亲一样——总有一天,他们会把租金交到我手里,所以无权叫我丹尼。当我们爬上楼梯时,我剥掉墙上翘起来的涂漆,跨过坏掉的板条。半开的门在铰链上啪啦作响,没有纱窗门;前厅的热气扑面而来,这里要么热得像热带,要么冷得刺骨。穷成这样的人不会抱怨水龙头需要更换垫圈了。我没有想到这也是我父亲名下的一栋楼,他完全有能力打开汽车后备厢,拿出工具捣鼓一下,让这里的人们生活得舒服一些。父亲一家家地敲开他们的门,门打开了,里面的人说什么,我们就听什么:丈夫没了工作,丈夫跑了,妻子跑了,孩子病了。有一次,一个男人说孩子病得厉害,他不得不留在家里照顾那男孩。昏暗的公寓里只有那个男孩和那个男人,我猜其余人都跑了。我父亲听得差不多了,就走进起居室,从沙发上抱起发烧的男孩。那时我完全不知道死亡是怎么回事,但那个男孩在我父亲怀里,胳膊从身侧垂下来,头往后仰。我感到了对上帝的敬畏。如果不是他急促的呼吸声,我会觉得一切已晚。病人用的是薄荷膏,房间里充斥着很浓的薄荷醇气味。我父亲抱孩子下楼,把他放到别克车里,孩子的父亲一路跟在后面,说没必要担心。"不会有事的,"他一直在说,"孩子会好起来的。"但他还是钻进车后座,跟着儿子到了医院。大人坐在后座,我坐在前座,这是从未有过的情况,这让我感到紧张。如果让修女嬷嬷们看到了,她们会说什么呢?这只能靠想象。等到了医院,我父亲在前台做好安排,然后我们就离开了。暮色中,我们开车回家,对刚发生的事情一字未提。

"他为什么要那样做?"那天晚餐过后,我们在梅芙的卧室里,她如此问道。虽然梅芙比我大7岁,每年都在学校的数学竞赛中获奖，记账肯定会比我好得多，但父亲从不带梅芙去收租，真是匪夷所思。每月的第一个星期六，等我们得到允许可以离开餐桌，等到父亲拿着喝的和报纸走进图书室之后，梅芙就会把我拖进她的卧室，关上门。她想要知道这一天都发生了什么，她要我从头到尾一一道来：每个公寓的情况，租户说了什么，父亲对他们说了什么。我们一直在卡特集市买三明治当午餐，即便是这一点，她都不肯漏掉。

"那孩子真是病得不轻，就这么回事。从头到尾，他眼睛都没有睁开过一次，爸爸把他放到车上时都没睁开。"我们到了医院，父亲让我去男卫生间洗手，要用热水和肥皂，其实我根本没碰过那孩子。

梅芙琢磨着这事。

"什么？"我问道。

"嗯，想想吧，他讨厌生病的人。你生病的时候，他有没有进过你的房间？"她在我身边躺下来，拍了拍她脑袋下的枕头。"要是想把脚丫子放在我床上，你那脏鞋子怎么也得脱了吧？"

我踢掉脚上的鞋。坐在我床边，把手放在我额头上，父亲这么做过吗？给我拿姜汁汽水，问我感觉怎么样，是不是还想吐，他这么做过吗？做这些的都是梅芙。梅芙在学校的时候，对我这样做的人是桑迪和乔斯林。"他从不到我房间来。"

"那孩子的父亲也在，他为什么要这样做呢？"

一般情况下，任何问题，梅芙都比我更早想到答案，但这一次答案太明显了。"因为他母亲不在。"如果那家里有女人，他应该不会插手。

母亲就是安全标准，也就是说，我所处的环境比梅芙更安全。

母亲离开后,梅芙就像是我的母亲,而没人做她的母亲。当然,桑迪和乔斯林像母亲一样照顾我们,照顾我们洗漱和饮食,为我们准备好午餐带到学校,给我们交童子军的费用。她们爱我们,我知道的,但一天结束后,她们就回家了。当我在半夜做了噩梦时,不可能溜到桑迪或乔斯林的床上。我也从未想过去敲父亲的门。我会去找梅芙。她教我怎么握刀叉。我打篮球时,她会去看比赛,她认识我所有的朋友,监督我的功课。早上我们各自去上学,晚上我们各自回房睡觉,这些时候,无论我愿意与否,她都会给我一个吻。她没完没了、不厌其烦地对我说,我又善良又聪明又敏捷,如果我下定决心,就会成为了不起的人。虽然没人对她做过这些,但她对我做得很好。

"妈妈就是这样对我的。"她惊讶于我居然这样想。"听着,老弟,幸运的人是我。我和她共度了很多年,而你没有。你该有多想她呀,我都不敢想。"

但是,我怎么可能想念不认识的人呢?当时,我只有3岁,即便知道发生了什么,也没记忆。桑迪把整件事跟我说了,但我知道其中一部分是我姐姐告诉她的。我们母亲第一次离家出走的时候,梅芙已经10岁了。一天清晨,梅芙起床,拉开窗座的窗帘,看看头天晚上有没有下雪。的确下雪了,荷兰屋里冷得很。梅芙的卧室有壁炉,桑迪在炉栅里铺好了厚厚一层皱报纸,再垒上干柴,到了清晨梅芙只需划燃一根火柴——从8岁生日那天开始,她就可以划火柴了。("我8岁生日那天,妈妈给了我一盒火柴,"梅芙跟我说过一次,"妈妈说她母亲也是在她8岁那天给了她一盒火柴,她整个上午都在学怎么划火柴。她教我怎么点火,那天晚上,她让我自己点燃生日蜡烛。")梅芙生火,披了睡袍,穿上拖鞋,到我房间看看我。我当时3岁,还没醒。这故事里没有我的戏份。

接着,她穿过过道,来到我们父母的房间,发现里面没有人,床已经整理好了。梅芙回到自己房间,做上学的准备。她刷牙,洗脸,衣服穿到一半,菲菲毛才过来。

"每天早上,你都比我早。"菲菲毛说道。

"你应该早点来叫醒我。"梅芙说道。

菲菲毛说我姐姐起得已经够早了。

父亲已经出发,这不稀奇。母亲不在家,这倒是罕见,可也不是没有先例。桑迪、乔斯林和菲菲毛似乎都是老样子。如果她们不担心,梅芙也没有担心的理由。母亲负责送梅芙去学校,但那天清晨,菲菲毛开车送她,到了学校,梅芙带上乔斯林装好的午餐下车。放学,也是菲菲毛接她。梅芙问母亲在哪儿,菲菲毛耸了耸肩:"会不会是跟你父亲在一起?"

晚餐的时候,母亲也不在。等父亲回来后,梅芙问他母亲上哪儿去了。他把梅芙抱起来,吻了吻她的脖子。那些日子里还会有这样的举动。他对梅芙说,母亲去费城看望老朋友了。

"再见都没说一声就走了?"

"她跟我说了的,"父亲说道,"她起得非常早。"

"我起得很早。"

"嗯,她甚至比你还早,她让我告诉你们,她过一两天就会回来。人人都需要出去散散心。"

"散什么心呢?"梅芙问道,她其实想问的是:是我让她烦心?是我们让她烦心?

"离开这房子散散心。"父亲牵着她的手,一起去用晚餐。"这地方很令人费心。"

023

乔斯林、桑迪和菲菲毛把什么事情都做了；园丁们照顾草地、耙枯叶、铲雪；梅芙什么忙都肯帮的，到底还有什么可费心的呢？

第二天早上，梅芙醒来，母亲没在家，又是菲菲毛接送她上下学。但那一天从学校回到家里的时候，母亲坐在厨房里，正在和桑迪和乔斯林喝茶。我在地板上玩儿，把锅盖子全都揭了下来。

"她看起来很疲惫，"梅芙对我说，"她看起来，就像是离开家后就没睡过觉。"

母亲放下杯子，把梅芙拉到她腿上。"我的小乖乖。"她说道，亲吻了姐姐的额头，又亲吻了姐姐的头发，"我的真爱。"

梅芙搂着母亲的脖子，头枕在母亲的胸前，嗅着母亲身上的气味，而母亲抚摸着她的头发。"谁还能有这样的女儿？"她对桑迪和乔斯林说道。"谁还能有这么漂亮的女孩，又善良又聪明？我怎么配有这样的女儿呢？"

这样的事，后来又发生了三次。

在接下来的两个月里，母亲有一次两晚不在家，接着是四晚不在家，然后就是一个星期。梅芙开始半夜起来查看父母的房间，就是为了看看母亲还在不在。有时母亲醒着，看到梅芙站在门口，就揭开被子，梅芙则悄无声息地穿过房间，溜进母亲温暖的怀抱里。母亲搂着她，她听着母亲的心跳，感受着母亲的呼吸，什么都不想就坠入了梦乡。这是人生中无与伦比的时刻。

"你走之前，为什么不跟我说再见呢？"梅芙这样问她，我们的母亲只会摇摇头。

"我做不到。就是再过一百万年，我也没法对你说再见。"

我们的母亲病了吗？病得越来越重吗？

梅芙点点头。"她变得像幽灵一样。过了一个星期，她更瘦了，更加苍白,一切急转而下。我们都快崩溃了。妈妈回到家后,一哭就是数天。放学后,我到她床上,跟她坐在一起。有时你也到她床上玩儿。爸爸一回家,就是一副想要抓住她的样子,简直就是伸出双手到处走。那个时候,桑迪、乔斯林和菲菲毛都如临大敌,但没人谈论这件事。她不在的时候,我们难以忍受;她回家了,又是另一种难以忍受,因为我们都知道她会再次离开。"

最后,她真的又走了,梅芙问父亲,母亲什么时候回来?父亲看着她,看了好长时间。父亲不知道该把哪部分事实告诉一个只有10岁的孩子,最后他决定全盘托出。他告诉梅芙,我们的母亲不会回来了,她去了印度,不会再回来了。

梅芙永远无法确定故事的哪一部分更糟糕:是母亲的离开,还是印度在地球的另一边?"没人去印度!"

"梅芙。"父亲说道。

"也许她还没有走!"梅芙不相信父亲,一点也不信,但如果事情发生了,就需要有个结局。

我们的父亲摇了摇头,但他没有伸手抱梅芙。如果抱了,那才是最奇怪的呢。

我们的母亲就这么离开了,故事到了这儿就没了下文。本应该有疑问,本应该有解释。如果她在印度,父亲就应该去找她,带她回来,但这一切都没有发生,原因是梅芙早上不肯起床了。她不肯去学校。桑迪用托盘给她端去麦片粥,坐在她的床边,竭力劝说她吃上两口,但桑迪说梅芙很少有听劝的时候。大家都认为这是小女孩过度思念母亲,可以理解。她们多多少少都有些症状,所以也就任凭这孩子沉浸在悲伤中,从来没有真正想过她还在喝橙汁,还在喝水,还在一罐罐地喝甘菊茶。她拿着自己的杯子走进浴室,一杯杯地喝，最后干脆把头塞到水池里，直接对着水龙头喝。菲菲毛带我到梅芙的房间，把我放在她床上，梅芙会给我读一个故事，然后又睡着了。母亲永远离开不到一周后的一个下午，梅芙叫不醒了。菲菲毛摇晃她，摇晃她，接着抄起梅芙，抱在怀里，冲下楼梯，朝汽车奔去。

其他人在哪里？父亲、桑迪，还有乔斯林到哪儿去了？我在哪儿呢？桑迪说她不记得了。"当时太吓人了。"她一边说，一边摇头。桑迪只知道菲菲毛开车把梅芙送进医院，抱着她进了医院大厅，几个护士从菲菲毛怀里接过沉睡不醒的孩子。梅芙在医院待了两个星期。医生说，姐姐得了糖尿病，有可能是应激性创伤造成的，也有可能是病毒造成的。遇到不明不白的情况时，身体会做出多种多样的反应。在医院，他们忙着稳定梅芙的血糖，梅芙的意识游离，时而清醒，时而糊涂。一切都像是在梦境中。她对自己说，因为自己做了某件记不太清楚的事情，母亲不能来探望，这是对她们两个人的惩罚。慈悲会的嬷嬷们全是我们母亲的朋友，她们来看梅芙。圣心学校的两个女孩给梅芙带来一张有着全班签名的卡片，但医院不让她们久待。父亲晚上会到医院来，但他很少说话。他隔着白布单握着梅芙的一只脚，对她说，她现在就得好起来，没人受得住这个。乔斯林、桑迪和菲菲毛轮流在病房里陪着她。"我们三个人，一个照顾你，一个照顾你弟弟，一个照顾你父亲。"桑迪说，"所有的人都照顾到了。"桑迪说，她需要哭的时候，就等梅芙睡着后，再到走廊里哭。

梅芙从医院回家后，事情变得更糟了。理论上来说，她生病是因为母亲不在，那么得出的结论就是，如果再提母亲，就会要了她的命。荷兰屋变得安安静静。桑迪、乔斯林和菲菲毛尽心尽力地照顾我姐姐,她们负责给针管消毒,负责给梅芙注射胰岛素。每一针打进去后姐姐的变化都令她们胆战心惊。我们父亲不肯沾手这件事。那段时间,菲菲毛都和梅芙睡在一起,可最终还是在半夜把梅芙送回了医院。他们再次稳定了她的血糖,然后又让她出院回家。梅芙哭呀哭呀,直到父亲走进她房间,叫她消停,不要再哭了。他们都像是亲身经历了最可怕的童话故事。他现在老了100岁。"停下,"他说,勉强说出几个字,"停下来。"

终于,她停下了。

第 三 章

安德烈娅断断续续地出现，如此差不多两年过后，在一个星期六的下午，她带着两个小女孩走进了我家。安德烈娅真是让人没法说，她真是有天赋，可以把不可能的事情变得自然。我不太清楚是否只有我和梅芙是第一次见到她的女儿，或者诺尔玛和布莱特的存在对我父亲而言也是新闻。不，他肯定是知道的。他一眼也不瞅她们，这就说明他已见怪不怪。她们比我小得多。布莱特是妹妹，那模样就像是从圣诞卡片上走出来的，粉嘟嘟的脸颊，蓝色的眼睛，像她妈妈一样漂亮，见到谁都是大大的笑容。诺尔玛有着浅棕色的头发、绿色的眼睛。仅冲着她如此严肃这一点，就完全比不上她光彩照人的妹妹。她的嘴唇总是抿成一条直线。显然，是诺尔玛在料理所有事。

"女儿们，"她们的母亲说道，"这位是丹尼，这是他的姐姐梅芙。"

我们当然震惊，但内心深处却很高兴，觉得史密斯家的女儿们会彻底了结掉安德烈娅。我们父亲可受不了家里再来两个孩子,何况还是两个女孩。那些个星期六的晚上,安德烈娅前来赴宴,却从来不提她需要回家的事情,那孩子又是谁在照顾呢?这是不可原谅的。相对而言,这一次的来访很短暂,当我们站在门口对她们三人说再见时,我觉得是再也不会见了。

"再会了,史密斯太太。"那天晚上,梅芙在卫生间给我的牙刷挤上牙膏,然后给自己挤。我当然可以自己挤牙膏,可这是我们的习惯。我们一起刷牙,再一起祈祷。

"晚安,布莱特,诺尔玛。"我说道。梅芙难以置信地盯着我,有一秒钟的时间,接着就大笑起来,笑得就像是海豹在叫唤。

我和梅芙总是觉得,解开我们人生密码的机会就在眼前,但我们很快明白了,父亲是一个不可破解的谜团,而且我们完全误读了安德烈娅女儿集体亮相的意义。这可不是什么草率的见面。这就是证据,安德烈娅和父亲做的是成套的买卖,这一点她是心领神会的,而我们却没有看懂。很快,这两个女孩就成了家里的常客,或是坐在餐桌边和我们共进晚餐,或是脱了袜子在游泳池里拍水玩儿。她们两个人都不会游泳。家里有别的孩子,这感觉很奇怪。我和梅芙在学校都有朋友,我们也会去朋友家参加派对、一起学习、一起过夜,但都是在朋友的家里。从没有人来过荷兰屋。也许是我们不想让别人注意到我们没有母亲,或者担心因为房子遭人嘲笑,但其实是我们明白父亲不喜欢小孩,但也正因如此,他让那两个孩子来家里才莫名其妙。

一天晚上,两个女孩和她们母亲一起来了,她们母亲穿了一件非常时髦的蓝色丝绸连衣裙。布莱特不停地用手抚摸那件裙子,弄出类似树叶落下的沙沙声,诺尔玛则是在前厅的瓷砖上玩游戏,每次迈步都要踏在黑色小方块砖上。安德烈娅对我们四个人宣布,她和我父亲晚上要出去。毫无预警的情况下,她就打算把两个女孩留给我和梅芙看管。

"我们该拿她们怎么办?"梅芙问道,我们真的不知道该怎么办。照顾她们可不是我们的责任。我们从未和她们单独相处过。

安德烈娅手一挥,就化解了梅芙的问题。那段时间她真是活力四射,仿佛一切都成了定局。也许真的已成定局。"什么都不必做。"她对梅芙说道,然后对着女儿们灿烂一笑,"你们可以照顾好自己,是不是?有书吗?诺尔玛,请梅芙给你找一本书。"

梅芙床头的桌子上有一摞亨利·詹姆斯的小说。《螺丝在拧紧》,她们要看吗?父亲穿着他最好的外套,从宽宽的楼梯上走下来,眼睛直视前方。他手握栏杆,这意味着他膝盖很疼,也就是说他心情不好。安德烈娅知道这个吗?"该出发了。"他对安德烈娅说道,但对其他人,他一个字都没有说,甚至没有一句谢谢或是晚安。他径直朝门口走去。我觉得他是因为心里有愧。

"你们会相处愉快的。"安德烈娅转头大声说道,然后跟着我们父亲走了出去。父亲没有等她。两个小女孩一脸崩溃,直到看着母亲的帽子消失在视线中,然后就哭了起来。

"耶稣,马利亚,约瑟夫。"梅芙说道,然后走开去找手帕纸。公正地说,这两个女孩并没有放声大哭。事实上,我觉得她们尽力想要忍住,但还是忍不住。她们一起坐在一把法式椅子上。布莱特的头枕在她姐姐的胸前,诺尔玛双手掩面,仿佛她们刚刚听说世界末日就要来临。我问她们,想不想看书,想不想看电视,想不想吃冰激凌。她们不肯看我一眼。接着,梅芙回来了,递给她们一人一张手帕纸,然后就像没人在哭一样,问她们想不想看看这幢房子。

即便是在悲痛之中,诺尔玛和布莱特显然还是听到了梅芙的话。她们想要继续哭下去,仿佛哭就是这一晚前进的方向,但她们鼻子呼哧的声音小了,因为想要听得更清楚。

"这儿只是前厅,可不是房子。"梅芙说道,"这儿只是房子的一小部分。请注意,你们从这儿可以看到整幢房子,那儿是前院,"梅芙指了指她们走进来的那道门,转身对着相反的方向,指了指瞭望台的窗户,"那儿是后院。"

布莱特坐直了,向两边看了看。诺尔玛又滴了几滴眼泪,踌躇着,也看了两眼。

"你们已经见过餐厅和会客厅了。"梅芙转身对着我。"是这样,对吧?我觉得她们还没有去过厨房。"

"她们为什么要进厨房呢?"我并不想摆出不高兴的样子,这两个女孩才是不高兴的主儿,但如何度过这个晚上,我能想出一百种方法,唯独没有哄安德烈娅的孩子高兴。

梅芙找来一个手电筒,接着打开通往地下室的门。"不要去抓栏杆,"她回头说道,"小心毛刺扎手。脚下留神就行了。"

"我不想去地下室。"布莱特站在最高的台阶上,瞅着下面黑乎乎的一团。

"那就别下来,"梅芙说道,"我们一会儿就上来。"

"抱我。"布莱特建议道。梅芙甚至没搭理这句话。

诺尔玛走了两步,停了下来。"有蜘蛛吗?"

"肯定有。"梅芙继续往下走。天花板中间有一个灯泡,吊着一根灯绳,梅芙在找这根绳子。两个女孩考虑了她们的选择:要么下去,要么上去。很快,她们就决定下去,这是一支探险队,我则负责断后。两个女孩穿着裙子和白色紧身裤袜,脚上是漆皮鞋。这幢房子的地下室来自另一个世纪,与地面上的结构无关,墙体的某些角落已经变成了一堆堆的泥土。有一次,我在土堆里找到了一只箭头,如果在周围挖一挖,应该可以多找到几只,但事实就是,我本人不喜欢地下室。

"你为什么要到这里来?"诺尔玛一半是害怕,一半是不解。

"我指给你看。"梅芙转动手电筒,对着房间尽头的角落,光线反射到了一堵小铁门上。"那是保险丝盒。比如说,楼上大厅盥洗室的灯泡烧坏了,你知道不是灯泡的缘故,那就得下来查看保险丝盒。如果保险丝用光了,就在后面塞一枚硬币,继续使用旧保险丝。如果供热出了问题,也得下来查看炉子。如果没有热水,就得来查看锅炉。也有可能只是指示灯坏了,这种情况下,擦火柴就得小心。煤气可能有泄漏。砰,爆炸。"她直截了当地说道。

说真的,我都不知道。

诺尔玛、布莱特和我都想待在手电筒的光圈中,而梅芙则是勇敢地继续往前走。她打开一扇木门,发出了嘎吱嘎吱好大的声音,两个女孩子猛地往我身上一贴。接着,梅芙拉动另一根灯绳,又一个光秃秃的灯泡亮了。"这是地下室的储藏室,储备有食物,如果下来之后饿了,就可以吃。桑迪和乔斯林做了泡菜、果酱和番茄酱。凡是可以装在罐子里的,差不多都有。"我们抬起头,看见一架架的罐子,码放得干干净净,贴有日期标签,按照颜色分类排列,金色的切半桃子泡在糖汁里,还有红色的覆盆子果酱。冰冷的地面上还摆有条板箱装的红薯、粗皮苹果和洋葱。当着两个小女孩的面,看到这里储备了那么多的食物,我真是第一次感到了自己的富有。

我们终于准备上楼了,这时布莱特停下来,指着楼梯下面堆放的盒子:"那里面是什么?"

梅芙转过手电筒,照了照那一大堆发霉的纸盒:"圣诞装饰品、摆设一类的东西。"

一提到圣诞节,布莱特就一脸喜气,问她可不可以打开盒子。她想的也有道理,既然有圣诞装饰品,就应该有礼物,甚至还有她的一份呢,但梅芙说不行:"你可以圣诞节再来,到时候再打开吧。"

那天晚上我们刷牙的时候,我一个字都不跟梅芙说;我们祈祷的时候,我也漏掉了她的名字。

"好了,"她说道,"不要气啦。"

但我就是气。我气呼呼地上床睡觉了。带她们参观,耗去了一个晚上。凡是可看的东西,梅芙都带她们看了个遍:配膳间里是餐具和叠成卷轴状的桌布;三楼卧室小隔间的后面有一扇很小的门,通往阁楼局促的空间。梅芙让她们在舞厅打转,假装在跳华尔兹。我和梅芙压根儿就没想过要在那儿跳舞。诺尔玛问了一句:"舞厅怎么在三楼呢?"

梅芙解释说,修房子那会儿,舞厅放在三楼是潮流。"潮流,没错,"她说道,"后来就不流行了。但舞厅一旦设置在三楼,就永远在三楼了。"梅芙带她们参观了所有的卧室。诺尔玛和布莱特一致认为梅芙的房间最棒,她们坐在窗座上,梅芙拉上窗帘把她们遮起来,两个女孩放声大笑,梅芙拉开窗帘,她们就叫:"不,不要啊!"参观完毕后,梅芙从厨房搬来折叠梯,她们轮流爬上去给落地钟上发条。可梅芙知道,那是我每个星期天上午的头一件事。

梅芙坐在我的床边:"想想吧,如果只是让她们看房子好的部分,她们就会觉得房子和我们非常有压迫感吧,我也不知道,但全部看一看,会更友好些?"

033

"非常友好。"我说话的语气可不友好。

梅芙的一只手放在我额头上,我生病的时候她就这样。"丹尼,她们还很小呢。那么小的孩子,我都很同情的。"

她让两个孩子睡在她的床上。父亲和安德烈娅回来后,他们一人抱一个下楼,把女孩们放到安德烈娅的车上。他们忘了拿孩子的鞋。梅芙只能跑下楼追他们。梅芙对我说,安德烈娅有些醉态。

我姐姐做了很多从未领过功劳的事情,其中一件就是:她对两个女孩很好。如果我父亲和安德烈娅在场,梅芙对她们总是礼貌地不予关注,但单独与诺尔玛和布莱特相处的时候,她总是很好——教她们用钩针编织东西,允许她们编自己的头发,或是教她们如何做木薯淀粉。结果就是,她们就像两只西班牙猎犬,梅芙在家里走到哪儿,她们就崇拜地跟到哪儿。

我们哪天在哪儿用晚餐,有着一套复杂的家规,其制定者是桑迪和乔斯林。父亲按时下班回来时,我们三个人就在餐厅用餐。大餐桌笼罩在家具亮光剂的油腻气味中,我们熏着这种味道,桑迪给我们端上餐盘。父亲如果晚下班,或是有其他事情时,我和梅芙就在厨房吃。这种时候,桑迪就把一盘子吃的放进冰箱,再用蜡纸盖上,等父亲回来后在厨房吃。或者只是我认为他会在厨房吃。也许他端着盘子走到餐厅,一个人坐着吃。当然,安德烈娅带孩子来的时候,我们在餐厅吃。如果有安德烈娅,桑迪不仅要上菜,还要撤走盘子。如果没有安德烈娅,我们吃完后,各自端上自己的盘子送到厨房。没人跟我们说要这样做,但我们都知道,我们也知道到了星期天下午六点钟,我、父亲和梅芙就会聚到厨房,一起吃桑迪头一天给我们准备好的冷餐。星期天晚上,安德烈娅和她的女儿们从来不和我们一起用餐。房子里没了别人，我们三个人挤在厨房的小餐桌边，也许仅仅是因为空间的局促感，我们有了近似一家人的感觉。荷兰屋那么大，厨房却小得出奇。桑迪给我讲过，这是因为厨房原本只是为了仆人设计的，至于空间够不够仆人转身，对此，修豪宅的人连放屁的兴趣都没有（桑迪就是这样说的，放屁的兴趣）。角落里有一张蓝色的胶木桌子，乔斯林坐在桌边剥豌豆、擀面团，她和桑迪也坐在那儿用午餐和晚餐。我们吃完东西，梅芙总是仔细擦干净桌子，把东西放回原处，她觉得厨房是桑迪和乔斯林的领地。那么小的厨房，硕大的九炉煤气灶占去了很大的空间，另外还有一个电热屉和两个可以烤火鸡的大烤箱。到了冬天，无论桑迪把火烧得多旺，房子还是冷得像冰窖，但小小的厨房有了炉子，就很温暖。到了夏天，那当然又是另一回事，可即便是夏天，我也喜欢厨房。厨房外面就是池子，对着外面的门总是开着，角落里有个电扇，吹出的风带着烘焙的香味。正午，太阳晃得人睁不开眼，我仰面漂在池子里，嗅着乔斯林在烤炉烘烤樱桃派的香味。

安德烈娅把女儿扔给我们照顾后的那个星期天晚上，我留神盯着梅芙，觉得她有些不对劲。我一眼就能看出她的血糖状况。我知道她什么时候没在听我说话，什么时候就要倒地。我总是第一个注意到她在冒虚汗或是脸色苍白。桑迪和乔斯林也看得出来。她们知道梅芙什么时候需要果汁，什么时候必须要打一针。但每次父亲看到了都是大吃一惊。他的目光总是落在梅芙头顶的上方。

但那一次与她的血糖毫无关系。我盯着她的一举一动，梅芙做了我最想不到的事情：她一边非常随意地用勺子舀土豆沙拉，一边告诉父亲，照顾安德烈娅的女儿不是我们的职责。

他嚼着刚放进嘴里的鸡肉，想了片刻："你昨晚有其他安排？"

"家庭作业。"梅芙说道。

"星期六晚上?"

梅芙挺漂亮,挺受欢迎,只要她愿意,星期六晚上根本不会待在家里,但大多数时候她都待在家里。我第一次意识到,她这样做是为了我。她绝不会让我一个人待在家里。"这一周作业很多。"

"嗯,"我父亲说道,"看起来你还是做完了。她们两个在这里,你还是能写作业。"

"星期六我一点作业都没有写。我在陪她们。"

"但现在你的作业写完了,是不是?明天到学校有作业交,你也不会丢脸。"

"问题不是这个。"

父亲把刀叉交叉放在盘子上,看着梅芙:"那你来告诉我,问题是什么呢?"

这一点并没有出乎梅芙的意料。她全都考虑过了。也许,从我反对带她们参观开始,梅芙就在想了。"她们是安德烈娅的孩子,照顾孩子的人应该是她,不应该是我。"

父亲的脑袋朝我这边偏了一下:"你照顾他。"

从早到晚,梅芙都在照顾我。她是想说这个吗?她不想再多两个需要照顾的孩子了?

"丹尼是我弟弟。那两个女孩与我们毫无关系。"父亲之前对梅芙的各种教训,现在都被梅芙用来反抗父亲:梅芙,你坐直了。梅芙,你问我问题时要直视我的眼睛。梅芙,不要把手插进头发里。梅芙,声音大一点,你小声嘀咕,没人费神听你说话。

"但是,如果她们是你的家人,你就不在意了?"父亲盘子里的食物还没有吃完,就点燃了一根香烟,我从来没有见过他这样无礼地咄咄逼人。

梅芙只是瞪着父亲。我真是不敢相信,她就那样直视着父亲的眼睛:"她们不是。"

他点了点头:"你住我的、吃我的,我请你照顾一下我的客人,你也不妨费点神。"

厨房的水龙头在滴水。滴答,滴答,滴答。真的就像租户抱怨的那样,水龙头滴水的声音在墙壁之间回荡,震耳欲聋。我看过父亲换过很多次垫圈,觉得自己操作起来也没问题。我在想,如果我离开餐桌,去找一把扳手,他们是否会注意到我人不在了呢?

"你没请我帮忙。"梅芙说道。

父亲往后推椅子,但梅芙抢先一步。她从桌子边站起来,手里还紧紧攥着餐巾,没有说"失陪"就离开了厨房。

父亲习惯性地保持着沉默,坐了一会儿,把香烟放在他的面包碟上。我和他一起吃完了这一餐,真不知道是怎么回事,我居然忍受下来了。吃完后,他去图书室看新闻,我清理餐桌,冲了盘子,堆放在水池里等着乔斯林第二天早上来洗。晚餐后负责清理的人是梅芙,但我替她做了。父亲忘了吃甜点。冰箱的浅底盘里有柠檬块,我给自己切了一块,给梅芙拿了一个橘子,放在一个盘子里,端上楼。

梅芙在她房间里,伸着长腿,坐在窗座上,膝盖上放着一本书,但并没有读,她的眼睛看着花园。这间房间朝西,但也不是正西方向,最后一点阳光落在她身上,她看上去就像是一幅画。

我把橘子递给她,她用指甲一抠,掰开橘子。她收起腿,腾出位置,让我坐在她跟前。"丹尼,看起来对我们不妙,"她说道,"你应该也知道吧。"

第四章

梅芙到巴纳德学院[1]上学才六周，就被叫回了埃斯蒂斯帕克参加婚礼。在会客厅里范赫贝克夫妇画像的注视下，我们的父亲娶了安德烈娅。布莱特在西班牙萨伏内里地毯上撒下一把把粉红色的玫瑰花瓣。诺尔玛靠着她的母亲，举着放了两枚结婚戒指的粉红色天鹅绒垫子。我、梅芙和大约三十位客人站在一起。到了婚礼上，我们才知道安德烈娅还有母亲、一个姐姐、一个卖保险的姐夫，外加数位朋友。蛋糕送上来的时候，这些朋友仰着脑袋，张着嘴，望着餐厅的天花板。(餐厅天花板是那种深沉而热情的蓝色，再覆盖上雕刻的叶子，图案错综复杂，颜色金黄，其实是镀了一层金。镀金的叶子繁密茂盛，组成团，外面加一圈还是镀金的叶子，然后再来一个方框，还是镀金的叶子。天花板看上去更像是凡尔赛风格，而非宾州东部风格。我小时候觉得天花板怪吓人的。我、梅芙和父亲

---

[1] 巴纳德学院：位于纽约市，私立女子本科学院，创建于1889年。

用餐的时候,都刻意盯着盘子。)招待会上,桑迪和乔斯林端上香槟酒,她们身穿安德烈娅为婚礼买的黑色制服,制服有与之相配的白色衣领和袖口。"我们看上去就像是女子监狱的舍监。"乔斯林举着手腕说道。每次到了又要开香槟酒的时候,梅芙就去厨房。她之前勇敢地宣布,上大学后,她学会的第一件事就是开香槟。对于桑迪和乔斯林而言,香槟无异于上了膛的枪。

婚礼是在秋天举行的,多么明媚的一天呀,发光的似乎不仅仅是太阳,还有草地和树叶。为了这场婚礼,父亲居然前所未有地打开了房子后面所有的三层落地窗,形成了十来道通往后平台的玻璃门,平台下面的池子里全是睡莲。谁又知道睡莲也是可以租的呢?大家都在说多漂亮呀,这房子、这花、这光线,甚至瞭望台上弹钢琴的女人,都是那么美。但我、梅芙、桑迪和乔斯林知道,这都是浪费。

父亲离过婚,安德烈娅也不是天主教徒,因此父亲不能在圣灵感孕教堂娶她,也不能请神父布鲁尔到家里主持婚礼,他们这就不像是结婚。主持婚礼的是谁都不认识的法官,父亲花钱请他到家里来,就像是花钱请电工一样。婚礼仪式后,安德烈娅频频举起酒杯对着光线,说香槟的颜色与她裙子的颜色一模一样。我真是第一次看到了她有多漂亮、多幸福、多年轻。我父亲第二次结婚,49岁,他的新妻子穿着香槟色的绸缎裙子,31岁。但我和梅芙还是搞不懂父亲为什么要娶她。回首过去,我不得不说,我们缺少想象力。

"你觉得有可能看清楚过去本来的面目吗?"我问姐姐。那是初夏的一天，大白天里，她把车停在荷兰屋前，我们坐在车内。欧椴树挡住了我们的视线，目光所及，除了欧椴树还是欧椴树。我小时候觉得这些树好高大，但它们还在长。也许有一天，它们会长到安德烈娅的梦里去。我们摇下车窗，各自伸了一只胳膊搭在车外，梅芙是左臂，我是右臂，两人都在吸烟。我在哥伦比亚大学医学院的第一学年已经结束。我们差不多就是在那个夏天戒了烟，但那天还只是在考虑戒烟的事情。

"我看过去，就是看的本来面目。"梅芙说道。她在看那些树。

"但我们会把现在叠加在过去之上。我们通过现在的透镜看待过去，我们不是原来的我们，而是现在的我们，这一来，过去就彻底变了样子。"

梅芙长长地吸了一口烟，露出了微笑。"我喜欢这个。你在医学院学的？"

"精神病学概论。"

"你一定要成为心理医生。那可真是太好了。"

"你想过去看心理医生吗？"那是1971年，精神病学非常时髦。

"我不需要看心理医生，我看过去看得非常清楚，但如果你需要拿人练手，那我就悉听尊便。我的心理就是你的心理。"

"你今天怎么没上班？"

梅芙一脸惊讶："这问题蠢得可以。你刚刚回来，我当然不去上班。"

"请病假了？"

"我跟奥特森说你要回家。我什么时候在公司，他不在乎的。工作我都做好了。"她往窗外抖了抖烟灰。大学毕业后，梅芙一直都在奥特森公司做会计。他们做包装和运输冷冻蔬菜的生意。姐姐在巴纳德学院得了数学奖章。那一年哥伦比亚大学得数学奖章的人，绩点还不如我姐姐的高，这么好的消息是奥特森的妹妹告诉我姐姐的，她们是朋友。凭着梅芙的学识和能力，她不仅管账报税，还改善了送货系统，保证冷冻玉米能快速送到整个东北地区的杂货冷冻柜中。

"你要一直在那儿干？你应该回学校继续学习。"

"医生呀，我们在谈论过去，不是将来。你不要跑题。"

我弹了弹手里的香烟。安德烈娅是我想要谈论的过去，但布克斯鲍姆太太从她房子里走出来取邮件时，看到我们坐在车里，就径直走到我开着的车窗旁，靠了上来。"丹尼，你回家了！"她说道，"哥伦比亚大学怎么样？"

"跟以前一样，只是学的更难了。"我本科也是哥伦比亚大学的。

"嗯，我知道这位见到你可高兴了。"她冲着梅芙点了点头。

"嗨，布克斯鲍姆太太。"梅芙说道。

布克斯鲍姆太太一只手放在我的胳膊上。"你得给你姐姐找个男朋友。医院里肯定有某个不错的医生，忙得没时间找老婆。高个子的医生。"

"我的标准可不只是身高。"梅芙说道。

"我说这话，请不要误会：每次看到她回来，我总是很高兴，但也很担心。"布克斯鲍姆太太只对着我说话，仿佛车里没有梅芙这个人。"她不应该一个人单独坐在这里。有些人会误解的。当然，我没有不欢迎她的意思。"

"我知道，"我说道，"我也担心，我会跟她谈谈的。"

"街对面的那个，"布克斯鲍姆太太的头冲着欧椴树稍微偏了

041

偏,"没动静。她开车经过,也不挥手。她看到什么人,都当没看见。我觉得她肯定是个伤心人。"

"也许不是呢。"梅芙说道。

"有时我会看到那两个女孩。你们见过面吗?她们有礼貌一些。要我说呢,她们才让人同情。"

我摇了摇脑袋:"我们不见面。"

布克斯鲍姆太太捏了捏我的前臂,又向梅芙挥手道别:"有空到家里来坐坐。"她说道,我们表示感谢,然后她走开了。

"布克斯鲍姆太太证实了我对过去的记忆。"又只有我们两个人了,梅芙如此说道。

安德烈娅带着两个女儿住进了荷兰屋,梅芙回了学校,我和父亲的关系更近了些。照顾我一直都是姐姐的责任,现在她不在家,父亲对我的学业和篮球赛产生了意想不到的兴趣。没人觉得安德烈娅可以替代梅芙在我生活中的角色。真正的问题是,11岁的我在多大程度上可以自主地生活。桑迪和乔斯林还是照旧履行她们的职责,给我吃的,告诉我不论何时出去都必须戴上帽子。她们都能敏锐地察觉到我的孤独。我在自己房间里做功课时,桑迪来敲门:"下楼来学习吧。"她这样说完,也不给我回答的机会,转身就走。我拿着代数书下楼。到了厨房,乔斯林关上她的小收音机,给我拖出一把椅子。

"吃点东西,脑子更好使,人人都是这样。"她拿出烤好的面包,切下硬的一头,为我抹上黄油。我一直都喜欢硬硬的面包头。

"梅芙给我们寄来了明信片。"桑迪说道,指了指冰箱。冰箱贴下面有一张卡片,上面是白雪覆盖的巴纳德学院。明信片被明目张胆地贴出来,证明了安德烈娅从不进厨房的事实。"她说,我们要记得喂你东西吃。"

乔斯林点了点头:"她走之后,我们都觉得不用再喂你了,但梅芙这样说,我们就得这么办。"

梅芙给我写长信,跟我说纽约的事情、她上课的事情,还有她同学的事情。梅芙有个叫莱斯利的同学,每天在餐厅供应晚餐的时候打工,这是大学助学金的一部分,等她坐在床上想要学习的时候,穿着衣服就睡着了。信中,梅芙没有表现出半点学业艰难或是想家的意思,但她一直都说,她想念我。现在没有她在身边辅导我功课,我才第一次想到在她小时候,是谁辅导她功课呢?菲菲毛?我表示怀疑。我坐在厨房的桌子旁,打开课本。

桑迪站在我身后:"让我看看,我以前数学不错。"

"我自己能行。"我说道。

"你只想着摆脱你姐姐。"乔斯林一边说话,一边坚定地拍了拍我的肩膀,免得我尴尬,"结果呢,她不在家,你就想她了。"

桑迪大笑起来,用洗碗巾打乔斯林。

她说对了一半。我从未想过要摆脱梅芙。"你有姐妹吗?"我问乔斯林。

桑迪和乔斯林都在笑,然后她们同时停下来。"你在开玩笑吗?"乔斯林说道。

"没有呀。"我说道,不知道她们在笑什么、怎么又不笑了,但还没等她们纠正我,我就看了出来——这两个女人长得很像,我一直都看在眼里,但没往心里去。

桑迪歪着脑袋:"丹尼,你认真的?你不知道我们是亲姐妹?"

那一刻,我本可以告诉她们,我知道她们有多相似,又有多不同,但说不说并不重要。我从未想过她们的亲人是谁,也没想过她们回家见的家人是谁。我只知道,她们负责照顾我们。我记得,桑迪的丈夫生病了,她有两个星期不在,接着她丈夫死了,她又有几天不在。"我不知道。"

"这是因为我漂亮得多。"乔斯林说道。她想搞笑一下,放我一马,但我也看不出谁比谁漂亮。她们比我父亲年轻,但比安德烈娅年长,再多的,我就区别不出来了。我知道不能问。乔斯林高一些,瘦一些,头发是不自然的金色。桑迪总是用两个发夹把厚厚的棕色头发别在后面,神情也许要和蔼些。她的脸颊是粉红色的,眉毛非常漂亮——如果还有"眉毛漂亮"这一说,我也不清楚。乔斯林已婚,桑迪丧偶。两人都有孩子,我知道这个,因为我们穿不下的衣服,梅芙都给了她们;因为遇上孩子病得厉害的时候,她们就不来上班。她们回来之后,我有没有问过是谁生病了?有没有好点?我没有。我非常喜欢她们两个人,桑迪和乔斯林,我都喜欢。让她们失望了,我感觉很不好。

桑迪摇了摇脑袋:"男孩子呀。"她说了这么一句话,免除了我所有的责任。

梅芙宿舍的前台有一部电话。我背了电话号码。我给她打电话,她们就派人到三楼去敲门,看她在不在,而她通常都不在,她喜欢在图书馆看书。从派人去看她在不在,到给她留个口信,整个过程耗时至少七分钟,而我父亲认为长途电话不宜超过三分钟。我绝望地想要跟姐姐说话,想要问她是否知道乔斯林和桑迪是姐妹。如果她真的知道,那我就要问她为什么这么大意,不告诉我——但我没打电话。我走进会客厅，站在她的画像前，在她10岁的亲切目光下，暗自咒骂。我决定等到星期六时问父亲。那个星期一天天地过去，桑迪和乔斯林的相似之处变得灼然醒目：每天早上，我出发去搭学校巴士，她们并排站在厨房里，两人真像呀；她们冲我挥手，就像两个花样游泳运动员一样，真像呀；当然了，她们的声音也是一样的。我才意识到，我在楼上的时候，从来分不清是她们中的哪一个在叫我。我全都没注意到，我到底是有什么毛病？

"有什么关系呢？"终于等到了星期六，我们出发去收租，我父亲如是说道。

"但你是知道的。"

"我当然知道。我雇了她们，或者说是你母亲雇了她们。你母亲总是在雇人。一开始是桑迪，没过两个星期，桑迪说她妹妹也需要一份工作，于是我们就把她们两个人都雇了。你对她们一直都非常好。我不觉得有什么问题。"

我想要说，问题就是我对世界是麻木的。即便是在自己家里，我也不知道周围的情况。我母亲雇了她们，她知道她们是姐妹，也就是说她是好人。我甚至不知道她们是姐妹，也就是说我是个混账东西。但这也是我把现在叠加在过去之上了。当时，我甚至没去想我为什么会觉得堵得慌。有好几个星期，我都尽量回避桑迪和乔斯林，但那是不可能的。最后我决定相信我本来知道她们之间的关系，但后来却忘了。

桑迪和乔斯林在管理家务方面，有完全的自主权。也许我们偶尔会说，再来一顿炖牛肉配汤团多好呀，或者再做一次可口的苹果派吧，但这样的时候很少。她们知道我们喜欢什么，我们不用说，她们自己就做了。家里从来不会缺苹果或是咸味饼干，图书室桌子左手边的抽屉里总是有邮票，浴室里总是放着干净的毛巾。桑迪不仅熨烫我们的衣服，还有床单和枕套。只要梅芙在家，冰箱门的搁架上总是有一排闪闪发光的胰岛素瓶子，一打开冰箱，就看见瓶子在抖动。还没有一次性针管的时候，她们还会给针管消毒。我们从来不用嘱咐她们洗衣服或是擦地板，事情总是被处理得井井有条，我们根本就没机会注意到有事需要做。

安德烈娅来了之后，一切都变了。她制订每周的食谱，让乔斯林照着做，她每道菜都要进行点评：汤的盐味不够；乔斯林给她女儿盛的土豆泥太多。她们怎么可能吃得完那么多土豆泥？她已经明确说过要比目鱼，为什么乔斯林端上来的是鳕鱼？就不能劳神到另一个市场去看看有没有比目鱼吗？安德烈娅需要事事关心吗？她每天都在找额外的事情给桑迪做：给储藏室的架子掸灰，或者清洗薄窗帘。我再也没有听到过桑迪和乔斯林在过道里说话的声音，再也没有听到过乔斯林早上来时气势磅礴的口哨声。她们不可以站在楼梯下面大声提问，得像文明人一样，走上来找我们。安德烈娅是这样说的。桑迪和乔斯林刻意少露面、讲礼节，哪儿看不到我们，她们就在哪儿干活。或许是我自己的缘故：梅芙离开后，我更多的时候都在自己卧室待着。

房子的二楼有六个卧室：我父亲的；我的；梅芙的；布莱特和诺尔玛的卧室阳光充足，有两张床；还有一间客房，但从未有客人住过；最后一个房间被改成了家庭办公室。楼梯平台上有一个休息区，但在诺尔玛和布莱特出现之前，从未有人在那儿坐过。她俩似乎很喜欢坐在楼梯顶部。

一天晚餐的时候，安德烈娅宣布要重新安排房间："我要让诺尔玛搬进那个有窗座的房间。"她说道。

我和父亲只是看着她,桑迪正在往玻璃杯里加水,往后退了一步。

安德烈娅什么都没注意到。"现在家里最大的女孩是诺尔玛。那是给大女儿住的房间。"

诺尔玛的嘴巴微微张开了。我看得出来,她之前也不知道这事。如果之前她想到梅芙的房间里去,那是因为她想跟梅芙在一起。

"梅芙还要回家的,"父亲说道,"她只是去了纽约。"

"她回家探望的时候,可以住三楼,三楼的房间挺漂亮的。桑迪,你收拾一间出来吧,对吧,桑迪?"

但桑迪没有回答。她把水罐抱在胸前,仿佛如果不加克制,就会把罐子扔过去一样。

"我觉得没必要这样,"父亲说道,"这里又不缺睡觉的地方。诺尔玛想要自己的房间,可以睡在客房。"

"客房是给客人用的。诺尔玛就睡在那个有窗座的房间吧。整栋房子里,那个卧室最好,视线也最好。人不住这里,还像神龛一样给留着,太傻了吧。说真的,我还想过,也许我们应该用那个房间,但壁橱不够大。诺尔玛的裙子都那么小,那个壁橱你用正好,是不是?"

诺尔玛缓慢地点了点头,一方面是害怕她母亲,一方面是着迷于那个窗座。多好的窗帘呀,一拉上,就挡住了整个世界。

"我想要睡梅芙的房间。"布莱特说道。布莱特还没调整过来,不习惯住在这么大的房子里,就像我之前一样,她紧紧抓住她姐姐不放。

"你们都要有自己的房间,诺尔玛会让你进去玩儿的,"她母亲说道,"每个人都会适应过来的。就像你们父亲说的那样,这房子够大,每个人都可以有自己的房间。"

这话一出口,整件事情就画上了句号。我一个字都没说。我看着父亲,如今他显然也是诺尔玛和布莱特的父亲,我希望他能再试一试,但他就那样算了。安德烈娅长得非常漂亮。父亲可以当场遂了她的心愿,也可以等等,之后再遂她的愿,但不管怎样,她终归都会遂愿。

那时,我正好爱上了范赫贝克家的一个女儿,或者说爱上了她的画像,我称呼她为朱莉娅。朱莉娅有着窄窄的肩膀,黄色的头发用绿色的绸带绑在脑后。她的画像在荷兰屋三楼的一间卧室里,悬挂在无人睡过的床头。除了我,只有桑迪星期四会来这里,她要给房间吸尘,还要用抹布把东西擦一遍。我相信我和朱莉娅本是天生一对,只是错生在了不同的时空。我越想越是觉得不公,最后我犯下了错误,给在巴纳德学院的姐姐打去电话,问她是否想过三楼卧室画像里的那个女孩是谁,就是灰绿色眼睛的那个女孩,范赫贝克家的女儿。

"女儿?"梅芙说道。那天我运气好,她在寝室,接了电话,"他家没女儿。我觉得那是范赫贝克太太还是女孩时候的画像。你把画像拿到楼下,放在一起看。我觉得是同一个人。"

姐姐取笑我时毫不留情,可以说到我耳朵流血,但她常常也像对待同龄人一样和我说话,无论我提什么问题,她都诚实回答。听她说话的语气,我知道姐姐没开玩笑,甚至还特别留心地听我说话。我跑上旋转楼梯,到了三楼,站在没人用过的床上,从墙上取下我心爱女孩的镀金雕刻画框(她可能不愿意要这么华丽的画框,但这画框还不够华丽,还配不上她)。我的朱莉娅不是范赫贝克太太,但是,等到我把画拿到楼下,靠在壁炉架上,显而易见,梅芙是对的。这是同一个女人在生命两端的画像,范赫贝克老太太的黑丝绸扣子一直扣到脖子,年轻的朱莉娅则如沐春风。说真的,即便这不是同一个女人,如此相像的面容,总有一天女儿也会变成母亲的样子。这时,乔斯林从拐角处出来,看到我站在那里看两幅放在一起的画像。她摇了摇头。"岁月不饶人呀。"她说道。

桑迪和乔斯林把梅芙的东西搬到了三楼。至少这个房间跟她的老房间一样,也朝着后花园。至少望出去,景致多少是一样的,甚至还可以说更好一点:树枝少一些,树叶多一些。但当然了,窗户是老虎窗,也没有窗座。比起原来的房间,新房间只有巴掌大一块,顶上就是屋檐,天花板是倾斜的。梅芙那么高的个子,分分钟都会撞到头的。

把梅芙的房间变成诺尔玛的这件丧气事,谁都没有想到会花那么长的时间。梅芙的东西一被搬空,安德烈娅就想重新粉刷房间,等刷完之后,她又改变了心意,开始往家里搬回一本本的墙纸样本。她去购物,买新床罩,买新的小地毯。两个星期的时间里,我们所有人就只听到她说重新装修的事。但直到梅芙回家过感恩节,我才发现没人敢告诉姐姐,她被驱逐了。这事当然归我父亲,我们其他人当然也知道他是绝对不会干的。梅芙进了前厅,抱着我转圈,亲吻桑迪和乔斯林,亲吻两个小女孩。突然我们都意识到,她要上楼了,就要看到自己以前的床上满是布娃娃的样子。就在这时,有着大将风范的安德烈娅展示出了她处变不惊的本事。

"梅芙,自从你走了后,我们另做了安排。你的房间在三楼。是个非常不错的房间。"

"阁楼?"梅芙问道。

"三楼。"安德烈娅重复道。

父亲拎上梅芙的行李。他无话可说,但至少愿意和梅芙一起上楼。他膝盖不好,上楼不方便,从来不上三楼。梅芙还穿着她的红色外套,戴着手套。她笑了起来。"这就像是《小公主》!"她说道,"小女孩的钱没了,他们就让她住在阁楼,还让她打扫壁炉。"她转身对着诺尔玛:"小姐,别打什么主意。我才不会帮你打扫壁炉呢。"

"那还是我的差事。"桑迪说道。几个月了,我都没听到桑迪说笑,可梅芙搬到三楼这件事还真没什么可笑的。

"嗯,那我们上去吧,"梅芙对我们父亲说道,"路途漫漫。我们得早点出发,否则没法准时赶回来用晚餐。好香的味道。"她看着布莱特:"是你这么好闻吗?"

布莱特笑了,但诺尔玛眼泪汪汪地跑出房间,拿走梅芙的房间可能对梅芙意味着什么,她突然明白了。梅芙看着她跑开,我从梅芙的脸上看得出来,她不知道该安慰谁:诺尔玛?桑迪?还是我?父亲拿着她的包,往楼上走。她犹豫了片刻,跟了上去。他们真的去了好久好久,但没人上三楼催他们,没人去告诉他们餐桌已摆好,我们在等他们。

第 五 章

那一年,梅芙又回家过圣诞节,但她没待几天。有个家在新罕布什尔的朋友邀请她去滑雪;另外还有个巴纳德的女孩,也是她的朋友,家在费城,开车送她过去。她的朋友们都是有钱人家的女儿,又聪明,又受欢迎,知道如何从斜坡滑雪而下,还有志于阅读法文原版的《红与黑》。后来,她得知复活节宿舍不关闭,就决定待在学校。她有很多朋友住在纽约,总有人邀请她去赴宴。而且,她还有很多事情要做。她可以去圣帕特里克大教堂参加复活节弥撒,然后跟着其他女孩子一起走在第五大道上,她们每年都是那样的。没人会责怪她,但我会责怪她。没有姐姐,我要怎么过复活节?

"坐火车到纽约来,"她在电话里说,"我来接你。等爸爸上班的时候,我给他打电话安排这事。你一个人坐火车没问题的。"

在学校,我觉得自己比朋友们老成,他们有父母,房子大小也正常。我看起来也老成。现在,我是班上个子最高的。"如果家里姐妹个子高,那男孩个子也会高。"梅芙说过的,她说得对。但我还是不太确定父亲会让我单独去纽约。即便我个子高、成绩好,即便平时我大多是自己照顾自己,我还是只有 12 岁。

但父亲给了我一个惊喜,说要开车送我去纽约,返程时再让我自己坐火车回家。开车到巴纳德学院大约需要两个半小时。父亲说,我们去接上梅芙,我们仨一起吃午餐,然后我留下,他一个人开车回埃斯蒂斯帕克。他说我们仨的时候,有种很怀旧的感觉,仿佛我们曾是一个整体,而非只是在描述现状。

安德烈娅风闻这一计划,晚餐时宣布她要一起坐车去。她需要很多东西,要到纽约去采购。她想了想,又说两个女儿也应该一起去,还说先把我送到梅芙那儿,然后父亲就带她们去观光。"女儿们还没去过纽约,而你是从纽约来的!"安德烈娅说道,仿佛是父亲故意不让她们去纽约。"我们坐船去看自由女神像,是不是很棒?"她问两个女儿。

我也没去过纽约,但我不准备提,免得别人觉得我是厚脸皮想跟着玩儿。等桑迪端上甜点的时候,安德烈娅已经在说要订酒店房间和看演出了。她问我父亲有没有认识的人,可不可以帮忙搞到《音乐之声》的票。

"你为什么总是最后一刻才做安排呢?"她问父亲,然后又说干脆安排几场同肖像画家的会面。"我们还得给女儿们画肖像呢。"

我端详着盘子里最后一点炸大黄脆。没关系的。我只不过是没了一顿午餐,还有关于"我们仨"的荒唐念头。我还是可以坐车去看梅芙,我真正想要的也就是这个。车里还有谁,没关系的。有期待才会有失望,那些日子里,我没有期待,我知道安德烈娅得不到自己想要的,就不会罢休。

但到了第二天早上,我正在吃麦片,父亲推开厨房的双开弹簧门，两个指头放在我的碗前，轻轻敲了敲。"该走了，"他说道，"马上。"安德烈娅显然是不在。两个女孩在梅芙的房间里睡觉（布莱特如愿以偿，她们一起睡），桑迪和乔斯林还没有来。我没问他怎么回事，没有提醒他，他的妻子和他妻子的女儿们也要一起去。我没有去拿计划要在火车上读的书，也没有告诉他预定出发的时间是两个小时之后。我扔下碗里吃了一半的脆谷乐，明目张胆地留给桑迪清理，跟着父亲走出了门。我们要甩掉安德烈娅。那一年，复活节来得有一些晚，清晨的空气中满是风信子疯狂的甜蜜气息。父亲走得很快，他的腿好长，即便是膝盖不方便，我也得跑着才跟得上。我们穿过长长的花架，花架上是含苞待放的紫藤，一路朝车库走去，我一直都在想，逃跑，逃跑，逃跑。我们走在沙砾路上，每一步踏上去，都是逃跑的声音。

我无法想象要有什么样的勇气才能对安德烈娅说"不可以一起来"这种话，她肯定会回敬父亲不可理喻的争辩。对父亲而言，重点是赶紧出发，免得等安德烈娅下了楼又要阐明她的立场。既然这是必要条件，我们就得逃跑。我们提前两个小时坐到了车里。

如果我在父亲沉默时提问，他会说他在和自己对话，我不应该打断他。现在我看得出来，他正在和自己对话，所以我就看着窗外明媚的清晨，想着曼哈顿，想着姐姐，想着我们将会度过的美好时光。梅芙晕船，我不会让她带我去看自由女神像，但我琢磨着是不是可以让她带我去帝国大厦。

"你知道，我以前住在纽约。"我们刚进入宾州收费站时，父亲说道。

我说，我大概知道吧。我没有说，昨天晚餐时，安德烈娅才刚提过。

接着，他打开转弯信号灯，朝着出口驶去。"时间还早，我带你去看看。"

大多数时候,我对父亲的了解就是我所能看到的东西:他高高瘦瘦,有着饱经风霜的皮肤、铁红色的头发,和我的头发一个颜色。我们三人都是蓝色的眼睛。他的左膝弯曲不便,冬天和下雨的时候更甚。他从来不提膝盖的事情,但当他膝盖疼的时候,很容易就能看出来。他抽波迈[1]香烟,在咖啡里加牛奶,看报纸头版前要先做填字游戏。他喜欢建筑,喜欢的程度就像男孩子喜欢狗。在我8岁那年,一天晚餐时,我问父亲,他会投票给谁,是艾森豪威尔还是史蒂文森。艾森豪威尔谋求连任,学校的男孩子们都要投票给他。我父亲用餐刀尖点着盘子,告诉我说,永远不要提这样的问题,不仅是对他,对任何人都不要。"男孩子们预测一下,还是可以的,因为男孩子们不能投票,"他说道,"但是,问成年人这样的问题,就是在侵犯别人的隐私。"回想起来,我觉得父亲是惊骇于我认为他可能会投票给史蒂文森,但我当时并不知道。我知道的是,如果炉子烫手,就不要摸第二次。在我小时候,给父亲说过的事情有:棒球——他喜欢费城人队;树木——他知道所有的树木名字,但同一种树,我如果问第二次,就要挨训;鸟类——情况同上,他在后院放了喂鸟器,轻易就能认出前来啄食的鸟儿;建筑——无论是结构稳定性,还是建筑学上的细节、房产价值、不动产税,只要你说得出来的,父亲都知道,父亲喜欢谈论建筑。如果要细数我没有问过父亲的事情,就好比数天上的星星,所以我就仅列举一例:我从不问他关于女人的事情。女人作为一个整体,不谈;女人的用途,不谈;更不会谈具体的某个女人,比如我的母亲、我

---

[1] 波迈:也称为长红,香烟品牌之一。

的姐姐、安德烈娅。

为什么这一天会不一样,我也说不出来,但肯定与他和安德烈娅的争吵有关。也许是这个缘故吧,再加上他要去纽约,他和我母亲就是在纽约长大的,还有这是他第一次去学校见梅芙,让他有了一波怀旧的情绪。也许只是他说的:时间还早。

"全都不一样了。"父亲说道。我们开车行驶在布鲁克林,驶过一条又一条的街道。但布鲁克林与我认识的费城街区没什么不一样,我们星期六去收租的地方差不多也这样。费城有的,布鲁克林都有,只是更多,密度更大。他龟速前进,指点周围:"看到那些楼没?我住这儿的时候,那些楼还是木头盖的。他们拆了老楼,或者是发生过火灾。整个街区都变了。那个咖啡店还在——"他指了指"鲍勃咖啡"那家店。窗口柜台上的人在吃早午餐,有些人在读报纸,其他人则盯着街面。"这家店自己做的油炸甜甜圈,别家都做不出那个味道,星期天从教堂出来,排的队足有一个街区那么长。看到那家鞋店没?老实人修鞋铺。那家店也一直都在。"他又指了指,那家店的橱窗就跟店门差不多大小。"店主的儿子和我在一个学校。我打赌,我们要是走进那家店,他肯定在换鞋掌。这也是一种生活。"

"应该是吧。"我说道。听起来我就像个白痴,但我真不知道该怎么理解这番话。

他拐了一个弯,到了红绿灯处又拐了一个弯,我们就到了第十四大道。"就在那儿。"他说道,指了指一座楼的三层,那座楼与之前经过的楼没什么两样,"我住在那儿,你母亲住那个方向,往后一个街区。"他的拇指朝肩膀后面戳了戳。

"哪儿?"

"就在我们后面。"

我跪在座位上,从后窗望出去,心提到了嗓子眼。我母亲?
"我想看看。"我说道。

"跟别的楼一个样。"

"时间还早呢。"这是濯足节[1]的星期四,做弥撒的人要么一早就去,要么下班后再去。外面只有出来买东西的女人。我们的车停在另一辆车的旁边,父亲正要拒绝的时候,前面那辆车开走了,就像是发出了邀请一般。

"嗯,既然这样,我还能说什么呢?"父亲把车子开进了空位。

离开宾州后,天色阴沉起来,但没有下雨,我们往前走了一个街区的距离。天气寒冷,父亲微微有点跛脚。"就在这里,一楼。"

那栋楼跟其他的楼没什么两样,但一想到我母亲曾住在这里,我感觉就像登上了月球,是那么的不可思议。窗户上有栅栏,我抬起手来摸了摸。

"防蠢货的,"我父亲说道,"你外祖父就是这么说的。那是他加的栅栏。"

我看着他。"我外祖父?"

"你母亲的父亲。他是消防员。很多个晚上,他都在消防站过夜,所以就给窗户加上了栅栏。但应该也没必要吧,当时的治安还好。"

我的手指握在一根栏杆上:"他还住在这里?"

"谁?"

"我的外祖父。"我嘴里还从来没有冒出过这几个字。

"哦,天,没有。"我父亲想起往事,摇了摇脑袋,"老杰克已

---

[1] 濯足节是基督教节日,根据耶稣在受难前夕最后的晚餐上为十二门徒洗脚的典故而定。

经死了。他的肺出了毛病。我不知道是什么原因,大概是因为他经历了太多的火灾吧。"

"我的外祖母呢?"说出这样的话来,我自己都吓了一跳。

看着他的表情,我知道他没想过会发生这一出。他只是想开车经过布鲁克林,给我指一指他知道的地方、他住过的楼。"死于肺炎,杰克死后不久,她也走了。"

我问他,还有没有别人。

"你不知道吗?"

我摇了摇脑袋。他一边说话,一边把我的手指从栏杆上掰开,态度并没有不友好,然后让我转身朝车子走去。"巴迪和汤姆死于流感。洛雷塔死于生产。多琳嫁了人,搬去了加拿大。还有詹姆斯,詹姆斯是我的朋友,死在了战场上。你母亲是家里最小的孩子,比所有人都活得长,多琳可能是个例外,她应该还在加拿大。"

我发现了自己内心深处某种若有似无的东西,与我姐姐类似的那部分。"她为什么要走?"

"她嫁的那个家伙要走,"父亲没明白我的意思,"他从加拿大来的,或者是在加拿大找了份工作。具体是哪一个,我记不清楚了。"

我停下脚步。我甚至没有费神去摇头,直接又问了一遍。这是我人生的核心问题,我还从未问过。"我母亲为什么要走?"

我父亲叹了一口气,双手插进衣服口袋里,抬起双眼,看了看云层的位置,对我说,她疯了。就只有这么一句话。

"怎么疯了?"

"就像是脱了自己的外套递给大街上的人,但别人并没问她要外套。还要把你的外套也脱下来送给别人。就是这种疯。"

"我们不应该如此吗?"我的意思是,我们没有这样做,但这不是目标吗?"

我父亲摇了摇头:"不,不应该如此。听着,琢磨你母亲的事情,没意义。人人心里都有包袱,这就是你的包袱。她已经走了。你必须接受这个事实。"

等回到车上,我们的谈话就结束了,我们就像两个素昧平生的人,一路开到了曼哈顿。我们到了巴纳德学院,准时接到了梅芙。她在宿舍前等我们,穿着红色的冬衣,黑色的头发扎成一根粗粗的辫子,搭在肩头。桑迪总是对梅芙说,把头发编起来更好看,但在家里,她从来不这样扎头发。

我迫不及待地想要和姐姐单独谈一谈,但又无能为力。如果我能说了算,当场就会和父亲道别,打发他回家,但计划是我们三人要一起吃午餐。我们去了一家梅芙知道的意大利餐厅,就在学校附近,我吃的是一大碗浇了肉酱的意大利面,乔斯林怎么也不会相信这东西能当午餐的。父亲询问梅芙的课程,梅芙很少受到这样的关注,感觉非常受用,全盘托出。她选修了微积分Ⅱ、经济学、欧洲历史,还有一门关于日本小说的课。听到小说这部分,父亲难以置信地摇了摇头,但没有加以批评。也许是他见到梅芙很高兴,也许是不用站在布鲁克林的街头拐角跟我说话,让他心情愉快;不管怎样,终于有一次,他的女儿得到了他的全部关注。梅芙现在已经是第二学期了,父亲对梅芙的课程一无所知,但我什么都知道:因为读完了《源氏物语》,她奖励自己读《细雪》[1];她们的经济学教材是她们经济学教授的著作;她觉得微积分Ⅱ比微积分Ⅰ简单。我往嘴

---

[1] 《细雪》创作于谷崎润一郎翻译完《源氏物语》之后,《源氏物语》在很大程度上影响了其创作。——编者注

里塞满了意大利面,免得张口说话会转移话题。

父亲一待在餐馆里就会感到不耐烦,午餐很快就结束了。之后,我们陪着他走到停车的地方。我不知道应该当晚回家,还是第二天再回家。我们还没说过这件事,我什么东西也没带,但也没人提我该在什么时候回去的事。我又归梅芙管了,就是这么一回事。父亲匆匆拥抱了梅芙,在她外套口袋里塞了一些钱,接着我和梅芙站在一起,和父亲挥手道别,看着他开车离开。午餐时,冷雨就飘了下来,但还不大,梅芙说我们应该坐地铁去大都会艺术博物馆,看埃及的展出,这样就不会淋雨。本来除了帝国大厦,我最想看的就是地铁,但现在走下台阶,我却心不在焉。

刚走到旋转栅门前,梅芙就停下脚步,盯着我看。她可能觉得我快要吐了,其实也差不多。"你吃得太多了?"

我摇了摇头:"我们去了布鲁克林。"肯定还有更好的方式开头,但我真不知道该怎么描述这个上午。

"今天?"

我们面前有一道黑色的金属门,另一边是地铁的站台。地铁到站了,一道道的车门打开,人们上车下车,但我和梅芙站着没动。其他人匆匆走过,赶着通过旋转栅门。"我们出发得太早了。我觉得他和安德烈娅肯定是吵了一架,因为安德烈娅想跟我们一起来,她和那两个女孩,结果爸爸却一个人下了楼,催我立刻出发。"还没有什么可哭的,我就已经哭开了。我早就过了哭鼻子的年龄。梅芙带我坐到木头长凳上,我们坐在一起,她从手提包里掏出面巾纸,递给我,一只手放在我的膝盖上。

我把整个经过都讲完了,发现也没多少东西可讲,可就是止不住地去想,想那些曾住在那间公寓里的人,除了在加拿大的姨妈和我们的母亲,其他人都死了,而母亲和姨妈很有可能也已经死了。

梅芙挨得非常近。在餐厅里,她从门口的碗里拿了一个薄荷糖吃。我们俩都吃了。她眼睛的蓝色和我不一样。她的颜色更深,几乎是深蓝色。"你还能找到那条街吗?"

"在第十四大道,但我没法告诉你怎么过去。"

"但你记得咖啡店和修鞋店,那就能找得到。"梅芙走到出售地铁币的亭子,要了一张地图,又走回来。她找到第十四大道,想好怎么坐地铁,送回地图,然后给了我一枚地铁币。

布鲁克林很大,比曼哈顿大,一个12岁的男孩只是路过,只是在一栋公寓楼前待了五分钟,没人相信他能找到回去的路,但我有梅芙。我们下了地铁,她就问"鲍勃咖啡"怎么走;到了咖啡店,我就知道该怎么走了:在拐角处转弯,到了红绿灯再转弯。我指给她看——那是我们外祖父安装的窗户栅栏,防蠢货用的。我们背靠墙砖,在那儿站了一会儿。她问我舅舅和姨妈们叫什么名字。我记得洛雷塔、巴迪和詹姆斯,但忘了另外两个叫什么。她让我不必把这个放在心上。雨下大了,我们走回"鲍勃咖啡",点了一份油炸甜甜圈,女服务生笑了起来,她说油炸甜甜圈每天早上八点就卖光了。其实也没什么,反正我们也不饿。梅芙点了咖啡,我点了热巧克力。我们一直待在那儿,直到暖和起来,衣服也半干了。

"我真是不敢相信,他竟然带你看了母亲住过的地方,"梅芙说道,"这么些年,我一直问母亲的事情、母亲家人的事情,问母亲去了哪儿,但他一个字都不肯告诉我。"

"因为他害怕那会要了你的命。"我不喜欢在姐姐面前维护父亲,但这是真话。梅芙曾因为母亲离家而生了病。

"荒唐。哪有这种死法?他只是不愿意跟我说话。高中的时候,我有一次对他说，我要去印度找母亲，你知道他说了什么吗？"

我摇了摇脑袋，想到梅芙会去印度，她和母亲两个人都走了，太可怕，我惊呆了。

"他告诉我，我应该当母亲死了，而且她很有可能已经死了。"

虽然这样说很可怕，但我还是理解的。"他不想让你去。"

"他说：'印度差不多有4.5亿人。祝你好运。'"

女服务生走过来，拎着咖啡壶要给梅芙续杯，梅芙婉拒了。

我想着公寓窗户上的栅栏，想起这世界上所有的蠢货。"你知道她为什么离开吗？"

梅芙喝掉了杯里剩下的咖啡："我只知道房子是她的眼中钉。"

"荷兰屋？"

"她受不了这房子。"

"她没有说过吧？"

"哦，她说过的。每天都在说。她只在厨房里坐着。每次菲菲毛有事情要问她，她都说：'你觉得怎么好，就怎么做。这是你的房子。'她总是说房子是菲菲毛的。爸爸因此感到心烦意乱，我记得这个。有一次她对我说，如果她能做主，就把这地方送给修女，让她们把这地方改成孤儿院或是养老院。她接着说，修女、孤儿和老人可能都觉得尴尬，不肯住。"

我费劲想了一下。讨厌餐厅的天花板是理所应当的。但讨厌整幢房子？再也没有比荷兰屋更好的房子了。"也许你误解了她的意思。"

"她不止说了一次。"

"那她就是疯了。"我说道，但话一出口，我就后悔了。

梅芙摇了摇头："她没有疯。"

回到曼哈顿后,梅芙带我到男士服装店,给我买了内裤、一件新衬衣、一套睡衣,又在隔壁药店给我买了牙刷。那天晚上,我们去巴黎剧院看了《我的舅舅》。梅芙说她爱上了雅克·塔蒂[1]。看到是配字幕的电影,我还挺紧张的,但这片子里的人也没怎么说话。看完电影出来,我们顺道吃了冰激凌,然后回到巴纳德。学院明文规定,凡是男生,到了宿舍大厅,一律止步,但梅芙只是给前台的女孩解释了一下,那女孩也是她朋友,她就带我上楼了。她的室友莱斯利回家过复活节,我就睡在这位室友的床上。房间真的好小,如果伸出手,轻轻松松就能摸到对方的手指。之前我都忘记了,小时候睡在梅芙的房间里,半夜醒来就听到她均匀的呼吸声,那是多好的感觉呀。

最后,星期五整天和星期六的大部分时间,我都是在纽约度过的。就算其间梅芙曾给家里打过电话,告知我们的安排,我也没有亲眼看到。她说本来打算要好好做带我观光的计划,可学习太忙,就没下太多功夫,所以我们去了自然历史博物馆和中央公园的动物园。虽然下雨了,我们还是去了帝国大厦,大厦的顶楼笼罩在湿漉漉的厚重云层中,我们站在下面只能得见云层。梅芙带我在哥伦比亚大学走了一圈,告诉我应该到这里来上大学。我们去圣母教堂做耶稣受难节[2]弥撒,仪式冗长,而建筑很美,将近一半的时间,我的注意力都被这美丽的建筑吸引了。后来,梅芙中途不得不离开,到教堂一侧的门廊注射一剂胰岛素。之后她告诉我,别人很有可能认为她是个穿针织套衫的瘾君子。等到了圣周六,她送我到纽约宾

---

1 雅克·塔蒂:法国演员、导演、编剧、制作人。前文《我的舅舅》即是他的作品。
2 耶稣受难节:复活节前的星期五。

州车站。她说，爸爸想要我回家过感恩节，而且星期一，我们都得回学校上课。她给我买了车票，保证一定会给家里打电话，叫桑迪准时来接我；也让我保证一到家就马上给她打电话。梅芙给了乘车员小费，请他把我安排在整列火车长相最安全的乘客旁边。那是圣周六的傍晚，火车上没几个人，我一个人占了一排的位置。在布伦塔诺书店，我求梅芙给我买了那本关于尤利乌斯·凯撒的书，我把书摊开放在膝盖上，却一直望着窗外。火车经过了纽瓦克市，我才想起来，我忘了把父亲住过的公寓指给她，而她也忘了问。

从出发后，我压根儿就没想起过安德烈娅，但此刻我突然想了起来，她和父亲有没有大干一架呢？接着，我想起父亲告诉我的话：无能为力的事情，最好不要放在心上。我试了试，做起来要比我想象得容易。我看着外面的世界从窗边飞驰而过：小镇，房子，树木，牛群；接着顺序反过来，树木，房子，小镇，如此循环反复。正如梅芙保证的那样，桑迪开车来到火车站接我。我坐在车里，原原本本地把这趟旅行讲给她听。桑迪想要知道梅芙怎么样、宿舍怎么样，我告诉她，房间非常小。她问我，梅芙吃不吃得饱："圣诞节的时候，她看起来瘦得皮包骨头。"

"是吗？"我问道。我没觉得梅芙有什么不一样。

等我们回到家，他们在用晚餐。我父亲说："嗨，看谁回来了。"

我平日坐的位置上摆着一套餐具。

"等到复活节，我就有兔子了。"布莱特对我说道。

"不，你不会有的。"诺尔玛说道。

"等明天，你们就知道了，"安德烈娅并不看我，"吃你们的晚餐。"

乔斯林也在，她给我端来盘子，冲我眨了眨眼睛。桑迪要去车站接我,她就过来帮忙了。

"纽约有兔子吗?"布莱特问道。两个女孩挺好玩的,她们像对待大人那样对我。在她们眼里,我的年纪和地位与父亲和安德烈娅相仿。

"很多。"我说道。

"你看到了?"

其实,我只是在萨克斯第五大道精品百货店的复活节橱窗里看到了兔子。我对她们说,假人模特身着时装站着时,兔子们就在它们脚下跳来跳去。我、梅芙,还有其他好多人一起站在街道边上看兔子,足足有十分钟呢。

"你们看剧了吗?"诺尔玛问道,这时安德烈娅抬起了头。我看得出来,如果我和梅芙做了她想做的事情,她肯定会很崩溃。

我点了点头:"唱歌的部分很多,但比我想象得要好。"

"你们究竟是怎么搞到票的?"我父亲问道。

"是梅芙在学校的朋友,对方的父亲在剧院工作。"当年我并没有多少撒谎的经历,但做起来浑然天成。他们不可能去核实我说的话,即便要这么干,梅芙也会毫不犹豫地挺我。

之后他们就没什么问题了,所以在中央公园动物园看到的企鹅、在历史博物馆看到的恐龙化石、电影《我的舅舅》、梅芙的寝室,还有其他的一切,我都闭口不谈。我打算星期一到学校之后,把一切都告诉我的朋友马修。马修想去曼哈顿都快想疯了。安德烈娅开始说明天感恩节的午餐,说她会很忙;而在回来的车上,桑迪已经告诉过我,吃的都已经准备好了。我一直想要与父亲对视一眼,想要他给我一点小小的信号,表明我们的关系发生了变化,但他没有。他根本没问我和梅芙在一起过得怎么样,也没问我撒谎的那部剧。我们再也没提起过布鲁克林。

✈

"你不觉得奇怪吗?我们从未见到过她?"我问梅芙。那时我已经二十好几了。我觉得应该见到过一两次才对。

"我们为什么会见到过她?"

"嗯,我们就在她的房子前停车。应该碰得到的。"有一次,我们看到诺尔玛和布莱特穿着泳衣从院子里走过,仅此而已,而且是很久以前的事了。

"这又不是盯梢。我们又不是一直都在这儿。隔一两个月,才顺便来这儿坐上十五分钟。"

"不止十五分钟。"我说道,而且我们来得好像更为频繁了。

"随便啦。那就是我们运气好。"

"你会有想到她的时候吗?"我并不会常常想起安德烈娅,但当我们把车停在荷兰屋前时,会感觉仿佛她就坐在后座一样。

"有时我会想,她是不是要死了,"梅芙说道,"我想她什么时候会死呢。就这样。"

我笑了,虽然我非常肯定梅芙不是在开玩笑。"我不太一样,我想她是否幸福,我想她是否遇见过合适的人。"

"不,我不想那些。"

"她年纪不大。她可能另找了男人。"

"她绝不会让任何人进那房子的。"

"你听我说,"我说道,"最后她对我们的所作所为十分不堪,在这一点上,我同意你的看法。但有时我也在想,是不是她不知道该怎么做事？或许是因为她太年轻了，不知道该怎么办，或者是因为悲伤，或者是因为她本人生活中的遭遇，那就与我们无关了。我的意思是说，我们对安德烈娅了解多少呢？事实上，我还记得她很多挺体面的事情。我只是选择揪着她不体面的事情不放。"

"为什么非要说两句她的好话，有必要吗？"梅芙问道，"意义何在？"

"意义就是，事实就是如此呀。我也有不恨她的时候，有一些客气，甚至是亲切的回忆，为什么要全部抠掉，只留下怨恨某人的回忆呢？"我想说，意义就是我们不应该再开车来这里，我们这样抓住仇恨不放，一辈子都要耗在这里了。

"你爱过她？"

我发出了一个只能解读为恼怒的声音。"不，我不爱她。就只有这两个选择吗？要么爱她，要么恨她？"

"嗯，"我姐姐说道，"是你在说，你不恨她，我就想问一问界限是什么。要我说，这样的谈话本身就很荒唐。这样说吧，你隔壁住了一个小孩，你和这小孩的关系不好不坏，但有一天，他走进你家里，拿着棒球棍，杀了你姐姐。"

"梅芙，看在上帝的分儿上。"

她举起一只手："听我说完。现在发生的事实抹得掉过去吗？如果你爱这个孩子，也许就抹不掉。如果你爱这个孩子，你会想探个究竟，寻找背后的原因，从他的角度来审视这件事，你会想，是不是他父母对他做了什么？是不是他内分泌失调了？你甚至会想，这样的结果，你姐姐是否也是因素之一，她有没有折磨过这个男孩？有没有对他残忍过？但只有爱他，你才会那样想。如果只是喜欢那个小孩，如果他对你而言只是还过得去的邻居，你搜肠刮肚地寻找你们之间的美好回忆又有什么意义?他进了监狱。你再也不会见到那个杂种。"

当时,我在布朗克斯[1]爱因斯坦医学院的内科做实习医生,每两三周搭火车回费城一次。时间有限,当天就得返回,不能过夜,但每个月我一定要回去一次。梅芙总是说,等我在医学院的学习结束了,就能有更多的时间见到我了,但事实并非如此。那些日子里,我真是没多余的时间,就那么一点时间,真不想坐在那栋倒霉的房子前。但我们最后还是坐在那儿了:像燕子,像鲑鱼,我们无助地受制于我们的迁徙模式。我们装模作样,好像失去的是房子,而不是我们的母亲和父亲;我们装模作样,仿佛我们失去的是被仍然住在房子里的那个人夺走的。总有那么几个寒冷的夜晚,欧椴树的叶子开始泛黄。

"好吧,"我说道,"我认输。"

梅芙转过头,看着那些树。"谢谢。"

所以我试着一个人回忆她的好:安德烈娅和诺尔玛、布莱特在一起时,她们哈哈大笑;我拔了智齿的那天半夜,她来查看我的情况,站在门口问我"还好吗";有那么几次,我看到她让父亲很放松;有那么一瞬间,父亲把手放在她单薄的背上。这些都是微不足道的事情,想起来也令人疲惫,所以我让自己的思绪又回到医院,核对晚上要照看的病人,想好要和他们说什么。七点,我回到医院,开始值夜班。

---

[1] 布朗克斯:纽约市最北的一个区。

第六章

梅芙毕业后回了家,但没人说让她搬回来住。自从被逐到三楼后,她就很少回家住了。梅芙在珍金镇找了一套小公寓,房租比埃斯蒂斯帕克的便宜不少,距离我们做礼拜的圣灵感孕教堂也不远。她在一家运输冷冻蔬菜的公司找了份工作,说计划先工作一两年,然后再回去攻读经济学或法学硕士,但我知道,她是为了待在附近,盯着我在高中的最后时期,做我的援军。

奥特森冷冻蔬菜公司的人当时还不知道,梅芙真是天上掉下的馅饼。梅芙在开票部门工作两个月后,设计出了一套新的发货系统,还有一套新的库存跟踪方法。很快,公司和奥特森先生个人的报税工作都交到了她手里,她觉得这份工作容易得要死,而且这就是她想要的休息。梅芙在巴纳德学院的朋友们也在休息,她们或是去巴黎待上一年,或是准备结婚,或是在现代艺术博物馆干没有薪水的实习,而让老爸为自己在曼哈顿的公寓埋单。梅芙对"休息"总是有她自己的定义。

那段日子里有一种类似宁静的东西存在。作为二年级学生，我在校篮球队打球，其实是在校篮球队坐板凳，但我还是很高兴，因为那是我争取未来的一席之地。我有很多朋友，放学后有很多地方可去，其中就包括梅芙的公寓。我也不是刻意避免回家，但我认识的15岁少年都不想待在家里，而我待在家里的理由就更少了。安德烈娅和两个女儿似乎生活在跳芭蕾舞和买东西的平行世界里。她们的轨道飘得好远，几乎不在我的意识范围内。有时，在我学习的时候，听到梅芙的房间里传来诺尔玛和布莱特的声音。她们或是大笑，或是争抢梳子，或是在楼梯上互相追逐，但只是声音而已。就像我和梅芙一样，她们的朋友从没来过家里，或者她们压根儿就没有朋友。我觉得她们是一个整体，"诺—布"组合，就像是由两个小女孩组成的广告社。如果她们的声音让我厌烦了，我就打开收音机，再关上门。

父亲忙得团团转，也离我很远，我不在家，大家都方便。他说，郊区繁荣起来了，他有意拓展自己的事业。虽然这是真的，但他显然娶错了女人。如果我们都各司其职，大家都轻松得多。不仅仅轻松得多，还开心得多。这房子够大，我们完全可以各行其是。安德烈娅和女孩子们晚餐吃得早，在餐厅用餐，由桑迪负责；乔斯林给我留着一盘子食物，等我篮球训练回家后吃，虽然已经和朋友们吃过比萨，但我还要加餐。有时，天黑了，我骑车带着三明治到父亲办公室和他一起吃。父亲展开一卷卷画在白纸上的建筑效果图，让我看看这片土地的发展前景。从珍金镇到赛德，商业建筑拔地而起，每个工地前的大木头招牌上都有"康罗伊"这个名字。一个月有三个星期六，他打发我去工地派上点用途——扛木头、敲钉子、清扫新建好的房间。地基浇灌好后，房子的结构搭建了起来，我学着在橡木上行走，那些正式职工就在下面吼我："丹尼小子，不要掉下来!"他们住在埃斯蒂斯帕克,平日里不回家。但等我学会像他们那样在木板上跳来跳去,等我开始谈论电气和水管,他们也就不管我了。当时,我已经学会用轴锯箱切割顶冠饰条。我在建筑工地上最自在,胜过在学校或在篮球场,胜过在荷兰屋。只要有可能,放学后我就在建筑工地干活儿,不是为了钱——父亲觉得我的时间还不值钱。我去工地,因为我喜欢工地的气味和噪声,我喜欢参与修建大楼。每个月的第一个星期六,我和父亲仍然出去收租,但我们会谈论如何安排水泥车,会谈论让这个项目先上,另一个项目则要再等一等。水泥车总是不够,工人不够,时间也不够,每天我们想做的事情总是做不完。我们谈论这个项目的工程滞后,而另一个项目怎样可以按时完工。

"你拿到驾照的那天,可能会是我一生中最快乐的一天。"父亲说道。

"你不想开车了吗?你可以教我。"

他摇了摇头,胳膊肘对着开着的车窗。"我们两个都出来,完全是浪费时间。等你到了16岁,就可以一个人来收租了。"

我很欣赏自己的成熟,心想,就是这样。其实呢,每月一次,我们星期六一起出行,这种模式我还是愿意保留的,但我选择接受父亲的信任。长大成人,就是这么一回事。

结果我一样都没有得到。我还没到16岁,他就死了。

很遗憾地说,我觉得父亲死的时候已经老了。那年他53岁,在一栋快要完工的办公楼里,他爬了五层台阶,去检查顶楼窗户的遮雨板和防水状况,承包商说有个地方在漏水。那天是九月十日,天气热得像开了锅。那栋楼要一个月后才通电,也就是说楼内没有电梯和空调。楼梯井里有灯,用的是发电机,那里温度更高,项目经理布伦南先生说肯定有一百华氏度。走上第二层楼时，父亲说有些不舒服，之后就什么都没再说了。因为膝盖的缘故，他动作不快，但那天更慢，比平时慢了一倍。他穿着正装外套，浑身是汗。再爬六级台阶就到目的地了，他一声不吭地坐了下来，呕吐，身体前倾，一头撞在水泥台阶上，修长的身躯瘫倒在地。布伦南先生没能接住我父亲，但尽其所能地将他平放在楼梯平台上，然后跑下楼梯，穿过街道，进了一家药店，叫收银台的女孩打电话叫救护车。接着，他叫上四个在工地上干活儿的人把我父亲顺着楼梯抬下来，布伦南先生说，他从未见过面色如此惨白的人，而他还曾参加过战争。

　　布伦南先生一起坐上救护车。到了医院，他给父亲办公室的肯尼迪太太打了电话。肯尼迪太太给梅芙打了电话。我在上几何课，有个孩子走进来，把一张叠好的纸条交给老师。老师打开默读后，让我收拾东西去校长办公室。正上着几何课，有人进来让你收拾东西，肯定不是通知下次篮球赛你是首发队员。我走在过道里，心里只有一个想法：是梅芙出事了。我很害怕，心里十分惶恐，几乎要走不动路。她的胰岛素用光了，或是胰岛素没用？胰岛素太多或是不够，都会要了她的命。就在那一刻，我才意识到自己随时随地都生活在这一恐惧当中。我是班上最高的男孩子，打篮球，在建筑工地干活儿，长得很结实。校长办公室靠走廊的这一侧是玻璃墙，我看到梅芙背对着我站在办公桌前。那绝对是她的背影，头发梳成辫子，搭在背上。我叫了一声，声音高亢尖锐，仿佛发自腹腔深处。她转过身来，所有人都转过身来，但我并不在意。我请求了上帝，上帝答应了我的请求——我姐姐没有死。梅芙伸开胳膊抱住我，她在哭，我甚至没问她为什么哭。后来她说，她看到我那副表情，以为我知道了,但我并不知道。等我们上了车,她说要去医院,这时我才知道,我们的父亲死了。

我们犯了大错,但即便是现在我也说不清楚这到底是谁的错。布伦南先生的?肯尼迪太太的?梅芙的?我的?肯尼迪太太在我们之前到了医院,她和布伦南先生一起在等我们。布伦南先生把发生的事情告诉了我们。他告诉我们,他不知道如何做心肺复苏。那个年代,没什么人知道心肺复苏该怎么做。他的妻子是护士,她说他应该学,但他并没有学。他的表情非常痛苦,梅芙拥抱了他,布伦南先生靠在梅芙的肩头,哭了起来。

他们把父亲放置在急救室旁边的小房间里,我们不用去太平间。父亲躺在普通病床上,身上没有外套和领带,蓝色衬衣脖子处的纽扣开着,衬衣上有血迹。他的嘴那样张着,我明白,这嘴是没法合拢的。他惨白的脚从被单的另一头伸了出来。他的鞋子和袜子到哪儿去了呢?我想不出来。也不知道是哪个夏天,我们最后一次去湖边,从那以后我就再也没见过父亲光脚了。他的前额有个可怕的伤口,没有出血,用胶布胡乱贴着。我没有碰他,但梅芙弯下腰,在胶布旁边吻了一下,然后又吻了一下,她的长辫子落在父亲的脖子上。我觉得父亲张开的嘴很可怕,但她似乎并不在意。她对父亲好温柔,我冒出一个念头:等父亲醒过来,我要告诉他梅芙有多好,梅芙有多爱他。或者等我醒过来,就告诉父亲,我们当中有一个人在睡觉,我不知道到底是谁。

护士给了我们很多单独相处的时间,后来医生走进来,解释父亲的死因。他告诉我们,他的心脏病发作得很快,没有挽救的余地。"他倒下之前,可能就已经死了。即便是倒在医院里,"他说,"最后的结果可能也没什么两样。"当时,我还不知道医生会撒谎来安慰人。没有尸检，他所说的只是可能情况，但我们问都没问，就完全相信了他。梅芙签了文件，拿到了装有父亲外套和领带的袋子，还有一个马尼拉纸信封，里面有他的钱包、手表和结婚戒指。

我们还太年轻，我们的父亲去世了，直到今天，我都不认为我们应该承担责任。我们走进厨房，桑迪和乔斯林都在，我们告诉她们发生了什么。从她们开始哭泣的那一秒开始，我就知道我们干了什么。桑迪用胳膊搂着我，我扭着身体想要挣开。我必须找到安德烈娅，只能是我去找安德烈娅，不能是她到这儿找到我们。但我刚有这个想法，她就进了厨房，撞上我们四个人乱成一团，撞上只有我们四个人知道的悲伤。乔斯林转过身，伸出胳膊抱住了她的女主人，我可以保证，这样的动作她之前从没做过，之后也没有。"哦，史密斯太太。"她如此说道。

就在那一瞬间，恐惧笼罩了安德烈娅的脸——这么多年，那个表情一直留在我的脑海里。父亲躺在医院病床上的样子消失很久后，她那个恐惧的表情还在。她往后退了一步。

"我的女儿们在哪儿？"她轻声说道。

梅芙难以察觉地摇了摇头，当然，梅芙这时也意识到了。"她们很好，"她的声音就像是在嘴里打转，"是爸爸。我们没有了爸爸。"

装有父亲衣服的塑料袋放在厨房桌子上，这是不利于我们的证据。后来，我们对自己说，肯尼迪太太一定是给她打了电话的，但我们没有证据这么想。事实就是，我们把东西都拿回来了，却从未想到过安德烈娅。事情的重点发生了转移，不是父亲的死，而是我们的残忍，是我们如何把她排除在外。

如果我们做得好一点，最后的结果会不一样吗？如果布伦南先生给安德烈娅打了电话，而不是给肯尼迪太太打电话（但布伦南先生从未见过安德烈娅,却与肯尼迪太太共事了20年);如果肯尼迪太太给安德烈娅打了电话,而不是打给梅芙(但父亲工作的时候,安德烈娅每次给肯尼迪太太打电话找父亲时都很粗鲁,从来只有一句"我要跟我丈夫说话"。因此,肯尼迪太太绝不会给安德烈娅打电话的。葬礼的时候,她这样跟我说);如果梅芙一从奥特森公司出来,就奔到荷兰屋告诉安德烈娅,而不是到学校来接我;如果我们离开学校后一起去接她,三个人一起去医院,现在我们又在哪儿呢?

"还是这个地方,"梅芙会说,"她是什么样的人,可不是我们造成的。"

但我总是觉得不一定。

安德烈娅受到的伤害是她的最高奖品,成了她的蓝绶带。而我在父亲刚去世的黑暗日子里,感受到的不是失去亲人的悲伤,而是对自己所作所为的羞愧。诺尔玛和布莱特在她们想起这件事的每一分钟里都很严肃,但她们还是太小了,没法保持悲痛的状态太久。父亲去世的第二天,安德烈娅不让她们去上学,但过了一天她们就求着要回去。家里太悲伤。我也回了学校,不想和她待在房子里。她在新教徒墓地买了合葬墓穴,显然是计划把父亲葬在那里,之后她也要长眠在旁边。这时,梅芙给神父布鲁尔打了电话。安德烈娅和神父进了图书室,关上门,二十五分钟后,他们走了出来。父亲的权利得到了恢复,安德烈娅同意把我们父亲葬在天主教墓地,她觉得这也是我们的错。

"现在,他就永远孤零零一个人了。"她走过前厅,从我身边经过时如此说道,没有开场白,"遂了你们的心愿。嗯,干得好,我这一辈子要是跟一群天主教徒待在一起,那就是活见鬼了。"

他们结婚后的第二天,我、梅芙和父亲要去做弥撒。安德烈娅一个人坐在餐厅里,出于友好,我就问新任继母和女孩子们是否要一起去。

"我死也不会去那地方的。"她说道,然后继续吃她的溏心蛋,仿佛刚才只是提醒我要带雨伞。

"如果她这么恨天主教,你就得想想她为什么要嫁进来。"我们钻进车里的时候,梅芙说道。

父亲笑了,我们很少听到他这么开心地大笑。"她想要这位天主教徒的房子。"他说道。

梅芙以为我小时候常常思念母亲,其实恰恰相反。我并不认识她,我觉得很难去苦苦思念一个我不认识的人,或是一段我不记得的时光。她给我留下的家人——一个厨娘、一个管家、一个宠溺我的姐姐,还有一个疏远的父亲,我挺受用的。她有寥寥几张照片被藏了起来,看上去她又高又瘦,有尖尖的下巴、黑色的头发,很像梅芙的样子,我觉得自己并没有失去什么。但到了父亲葬礼的那天,我满脑子里想的都是母亲,我从未想过会如此痛苦地渴望得到她的安慰。

家里鲜花泛滥。安德烈娅觉得不会有多少人给我们送来鲜花,于是就订了几十份插花。如果她脑子好使一点,就应该再伪造点卡片插上。安德烈娅永远不会理解父亲在社区的地位。鲜花从四面八方涌来,有和父亲一起去教堂的人,有在工地上工作的人,有他办公室的人,还有银行的人,还有警察、餐馆老板和老师——多年来我父亲默默帮助过的人,他们都送来了鲜花。租户也送来了鲜花,有的人是每个月都全额付款的,还有那些囊中羞涩、靠父亲帮忙渡过难关的。大多数都是我认识的人,也有我不认识的人,他们租房子是在我参与收租之前,有人搬走了,有人买了自己的房子,有些人的名字，我只在账簿上见过。每一张桌子和每一架钢琴上都摆满了鲜花，无一例外。鲜花摆在租来的花盆底座上，放在铁支架上，于是房子就变成了举世无双的花园，到处竞相绽放的盛况。我们站在墓边，看着强壮的工人用绳子把父亲的棺材放下去。在安德烈娅的坚持下，葬礼上送到圣灵感孕教堂的鲜花也被收集起来，送回家里。我们回到家里，发现前台阶上也有鲜花，房子的门都大开着。安德烈娅在讣告上写了这么一句：之后家里会举行招待会。她忘记这世上还有好多像她那样的人，甚至在这样的日子里也会来看热闹。桑迪和乔斯林在厨房里做小块三明治，家里还雇来临时女工，她们身着黑裙，外面套着白色围裙，负责把盘子端出去。桑迪和乔斯林为没能请到假去参加葬礼而感到伤心；有人觉得她们不够好，不能到前厅倒水倒酒，这也让她们伤心。"可能是我这模样不够，没资格倒葡萄酒。"桑迪说道。梅芙去了厨房，跟她们一起往软面包片上抹奶油奶酪，她穿着自己最好的那条海军蓝裙子，腰间系着一条洗碗帕。我则在前面照顾安德烈娅和两个女孩。一般情况下，我对诺尔玛和布莱特跟着我转很不耐烦，但这一天，我让她们待在我身边。父亲不在了，没人告诉我应该怎么做才能像个男人，但我依然知道他对我的期待。她们的手指从花瓣中拂过，脸深深地埋进玫瑰花束中嗅香味。她们说想要找到最喜欢的那一束，她们的母亲说了，她们每人可以拿一个花瓶到她们的卧室，也就是梅芙的卧室。

"你想要哪个？"诺尔玛问道。她穿着黑色的棉布裙子，前面有装饰褶边。她12岁，布莱特10岁。"她肯定会让你也选一个的。"

本着游戏的精神，我选了一个小花瓶，里面插着一些奇怪的橘色花朵，看上去就像是海底植物。我不知道那些是什么花，之所以选中了它们，只是因为在这惨白的一天中，它们是橘色的。

　　回忆起来似乎也挺好笑的，当时我很担心安德烈娅。她已经哭了四天，整个葬礼上都在哭，一分钟都没有停过。我父亲去世才短短几天，她变得更瘦小了，蓝眼睛都哭肿了。与我父亲共事的人来了，一次次地握住她的手，轻言细语地悼念、安慰。我们从未邀请过邻居来，现在却到处都是他们的身影。我认出了他们来，他们一边暖心地跟我说话，一边在恪守礼节的情况下四处打量。我遇见了一个安静的瑞典人，他低着头，表示慰问，还让我代为问候姐姐。原来他是奥特森先生。我请他等一等，说我去找梅芙，带她过来，奥特森先生明确表示反对："不要去打扰她。"他说道，仿佛梅芙是在三楼哭泣，而不是在厨房里给三明治装盘。神父布鲁尔在门廊里，被祭坛社团的两个女人拦着，没有进屋。我看到梅芙给神父端去了一杯茶，我告诉梅芙，奥特森先生来看她了。一分钟之前，我还在跟他说话，可等我们去找的时候，到处都找不到他。

　　我只要走进人群，就会有人关心我，拥抱我。这一整天都像是在梦境中，人们常说这不过是一个梦，应该就是这样的吧。我的家人怎么就一个个地离我而去了呢？在单亲家庭中长大的我一直都过得挺好，但现在我明白了，单亲家庭不能担保未来。梅芙很快就要去研究生学院了，而我会跟安德烈娅、两个女孩，还有桑迪和乔斯林一起生活？我在只有女人的房子里瞎转悠？这不对劲呀，我父亲可不想我这样。我对自己说，我和他。但这句话就到此为止，关于我过去的生活，就是这三个字：我和他。

　　房间里到处都是人，鲜花斗艳争芳，香味逼人。我开始怀疑布鲁尔神父待在外面，大约是为了透气吧。我远远地看到马丁教练带着校队走进了前厅，校队的全部成员都来了，一个不落。他们参加

077

了葬礼，但我没想他们会来招待会。他们从未到我家来过。一个穿女仆装的女人端着托盘经过，我从上面拿了一杯葡萄酒，她甚至都没看我一眼，我走进盥洗室，灌下了那杯酒。

荷兰屋让人尴尬，这是我从未有过的想法。梅芙告诉我，我们的母亲恨这幢房子，我甚至还不明白她为什么要那样说。盥洗室的墙壁是浅浮雕的，胡桃木的嵌板上雕有燕子，燕子在花茎中展翅高飞，飞向一轮弯月。嵌板雕刻于20世纪20年代早期，是意大利货，当时是被装在板条箱中运到美国，安装到范赫贝克家一楼的盥洗室内的。某人的一生中，有多少岁月是在为外国人的墙壁而雕刻的呢？我伸出手，用指头划过一只燕子的轮廓。母亲是这个意思吗？我感觉到，整幢房子就像是扣在我身上的一个壳，这辈子我都得拖着它走。当然，从日后来看并非如此，但在父亲葬礼那天，我以为自己看到了未来。

未来的第一声枪响很快就打响了。葬礼的第二天，梅芙回到家里，告诉安德烈娅，她要辞去奥特森公司的工作，到康罗伊公司做事。不必说的是，安德烈娅对做生意从没有过兴趣，甚至并不太懂我们父亲做的是什么生意。就算是在她最好的状态下，她也没能力经营公司，而她现在满心悲痛，显然不是最好的状态。

"我可以保证计划中的项目都能完工，"梅芙说道，"财务和税收，我也能处理。只是临时的，然后我们再决定怎么处理公司。"当时，我们都在会客厅坐着，布莱特的头放在梅芙的膝盖上，梅芙用手指理着布莱特乱糟糟的黄头发。诺尔玛坐在沙发上，坐在梅芙身边。

"不。"安德烈娅说道。

一开始，梅芙以为安德烈娅是怀疑她的能力，或者是怀疑这对公司并不是最好的安排，又或者，谁知道呢，也许是在怀疑这样对梅芙并不是最好的安排。"我可以做得到的,"她说道,"大学之前的暑假,我就在办公室干过,我懂账目,我认识办公室的人。这和如今我在奥特森干的工作也差不多。"

我们等着。甚至布莱特都抬起头来,等着应有的解释,但没有解释。

"你有别的安排?"梅芙最终问道。

安德烈娅缓慢地点了点头:"诺尔玛,去告诉桑迪,给我送一杯咖啡来。"

诺尔玛巴不得摆脱这紧张的氛围和这无聊的对话,立刻跳起来,消失了。

"不要跑!"安德烈娅冲着她的背影叫道。

"我并不是要接管公司,"梅芙并不想让别人认为她手伸得太长,"只是暂时的。"

"你这头发,你母亲应该让你剪掉才是。"安德烈娅说道。

"什么?"

"我至少跟你父亲说过一百次:让她把头发剪了。但你父亲不肯,他从不放在心上。我一直想跟你说来着,完全是为了你好,这头发看起来吓人,但你父亲不让我说。他总是说,那是你的头发。"

布莱特抬起头,眨巴眼睛看着我姐姐。

这一评论来得太奇怪,完全可以置之不理,可以归结为伤心、惊讶,归结为什么都可以,安德烈娅不可能真正关心过梅芙的头发。家里到处都是葬礼的鲜花,我一直在想,等这些花都枯萎了,那才是灾难。我在想,也许我们应该从小一点的事情说起,比如说等花枯萎了,我们要清理花瓶,或者写致谢信。"星期六,我可以去收租,"我这样说是希望把我们拉回理智的范畴,"梅芙开车,我知道路线。"

"没有必要。"

这我就完全不明白了:"我一直都在收租。"

"一直收租的是你父亲,"安德烈娅说道,"你只是坐车同往。"

沉默笼罩了整个房间,我们谁都不知道该怎么从里面爬出来。我感觉范赫贝克夫妇的目光要在我的脑袋上钻出洞来。我总是有这种感觉。

"我们想说的是,我们想要帮忙。"梅芙说道。

"我知道你们的意思。"安德烈娅说道,接着头微微一歪,对着自己的女儿微笑了一下,布莱特还趴在我姐姐的膝盖上,"你也知道,对吧?"她又抬起头来,看着我们。"怎么搞的,一杯咖啡怎么花这么多时间?她们在厨房总备有一壶咖啡的。也许她们觉得那是她们的咖啡。"安德烈娅双手在腿上不耐烦地拍了拍,站了起来,"看起来我得自己去拿了。你知道那句话的,对吧?'自己动手,丰衣足食'。"

她出去后,我、梅芙和布莱特等了好一会儿,才听到了上楼的脚步声。她拿着咖啡,从厨房的楼梯上了楼,这次见面结束了。

父亲去世后的短短两周内,我一是因为失去父亲而伤心,二是为自己延迟进入社会而伤心。如果还有得选,我就选择15岁从高中退学,跟梅芙一起经营家里的生意。这份生意是我想要的、我期待的,也是父亲要给我的。如果生意落在我手里时我还没准备好,只需要尽快准备好就行了,我并不认为自己样样都懂,那是绝对不可能的,但我认识的那些人,他们都会帮我的。他们喜欢我,他们看着我干活儿也有些年头了。

另外就是难过和难受,这两个东西搅在一起,分也分不开。两个女孩粘着我,安德烈娅则回避我。几乎每天晚上,要么是诺尔玛，要么是布莱特，总有一个会到我房间来，叫醒我，告诉我她做了什么梦。有时她们没叫醒我，但第二天早上，我就会看到她们中的一个睡在我房间的沙发上。我失去了父亲，也许，她们也觉得失去了父亲，但我真是记不得父亲曾跟她们说过一个字。

一天下午，我从学校回到家，跟桑迪和乔斯林打了招呼，到厨房给自己做了一个火腿三明治。二十分钟后，梅芙从后门飞奔而入。她看起来像是从奥特森公司一路跑到了荷兰屋，满脸通红。我在看书，忘了看的是什么。

"出了什么事？你怎么没上班呢？"大多数时候，梅芙要六点才下班。

"你没事吧？"

我低头看了看，仿佛是在检查衬衣上有没有血迹："我为什么会有事？"

"安德烈娅打来电话，她让我来接你，她说我必须立刻来。"

"来接我干什么？"

她用袖口抹了一把额头，把钥匙放回手提包里。我不知道桑迪和乔斯林去哪儿了，但此刻厨房里只有我和梅芙。

"她差点把我吓死。我以为——"

"我挺好的。"

"我去找她。"梅芙说道。我站起来跟了上去，我觉得自己应该跟上去，我得去看看究竟是怎么回事。

我们去了前厅，环视四周。从我回家就没看到两个女孩，但这种情况也是比较常见的，她们不是在练习这个，就是在练习那个。梅芙大声叫着安德烈娅的名字。

"我在会客厅里，"她说道，"你不用大喊大叫。"

她在壁炉前，站在巨幅的范赫贝克夫妇画像下，正好是数年前我们第一次看到她的那个位置。

"我上班赶来的。"梅芙说道。

"你得把丹尼带走。"安德烈娅只看着梅芙说道。

"带他去哪儿？"

"你的房子，或是朋友家里，"她摇了摇脑袋，"随你的便。"

"出了什么事情？"一直是梅芙负责说话，但我们异口同声问了这个问题。

"出了什么事情？"安德烈娅重复了一句，"嗯，让我想想，你们的父亲死了，我们就从这里说起吧。"安德烈娅的样子很好看，头发挽起来，穿着一件红白格子的裙子，我不记得她以前穿过，还涂了红色的口红。我在想她或许是要去参加派对，我没有意识到她是为了我们特意打扮的。

"安德烈娅？"梅芙说道。

"他不是我儿子，"此刻，她的声音变了，"你不能指望我来抚养他。他可不该由我负责。你父亲从未说过，我必须给他带儿子。"

"没人让你——"我刚开了个头，但她抬起了手。

"这是我的房子，"她说道，"在我自己的房子里，我理应感到舒适。你们对我很不好，你们两个都是。你们从未喜欢过我，从未支持过我。我想，在你们父亲还活着的时候，我理应接受——"

"你的房子？"梅芙说道。

"你父亲一死，你就露出本来面目了，你们两个都是。他把房子留给了我，他想要我拥有这幢房子，想要我和我的女儿们在这里开心地生活。你得把他带走——上楼去，带上他的东西，离开。这对我来说并不容易。"

"凭什么说是你的房子？"梅芙问道。

我看得到我们姐弟两人的样子，仿佛是映在了她眼睛里一样，对比之下，我们个子高得荒唐。我很年轻，打篮球，在建筑工地上干活，很强壮。梅芙之前就说过，我一定会比她高，的确如此，我早就比她高了。我还穿着练习篮球时穿的T恤和运动裤。

"你可以去跟律师谈这个，"安德烈娅说道，"但我们已经全部谈过了一遍，没有任何死角。所有的文件都是齐全的。你们想谈多久就谈多久，但现在你们得离开。"

"两个女孩在哪儿？"梅芙说道。

"我的女儿不关你的事。"她的脸因为用力而变得铮亮，她用力恨我们，用力让自己相信她生活中的不幸都是我们的错。

安德烈娅说得如此明白，我却仍然没有完全明白这是怎么一回事，这也真是够荒唐的。梅芙则是清清楚楚，她像圣女贞德走向火堆一样，挺直了身体。"她们会恨你的，"她用一种实事求是的语气说道，"今天晚餐的时候，你用谎言来搪塞她们，但谎言是站不住脚的。她们是聪明孩子，知道我们不会一声不吭地离开，一旦她们开始思考，就会发现你干的好事。我们不会告诉她们，但她们也会知道的，每个人都会知道的。你的女儿们甚至会比我们还要恨你，等到我们都忘记了你是谁，她们还会依然恨着你。"

我当时还在想，也许可以找个法子，也许将来我和安德烈娅可以谈一谈，她就会明白我不是她的敌人，但梅芙已经关上了这道门，还钉上了铁钉。梅芙想要谱写安德烈娅的未来，但谱写她未来的人只能是她本人，而不是梅芙。但梅芙这样说，听上去像是诅咒。

我和梅芙上了楼，来到我房间，把我唯一的行李箱装满衣服。接着，梅芙下楼到厨房，拿了几个装草与树叶的袋子，和桑迪、乔斯林一起回到了房间,她们两人在哭。

"嗨,"我说道,"嗨,别这样。我们会解决这件事情的。"我并不是说我有什么办法可以解决当前的问题,而是说,我和梅芙会证明我们才是荷兰屋的合法继承人,推翻入侵者。我是基督山伯爵[1],我满心打算的是要回来。

"真是噩梦,"乔斯林摇着脑袋说道,"你们可怜的父亲。"

桑迪一个个打开抽屉柜,把东西清理到袋子里,这时安德烈娅出现在门口,看我们拿走了什么:"你们得在我女儿回家前消失。"

乔斯林用手腕抹了抹眼睛下面:"我得做晚餐。"

"不用做,"她说道,"你们都走,你们四个。你们一直都是一伙儿的。我可不要留下什么间谍。"

"哦,看在上帝的分儿上,"自从这码子事开始以来,梅芙第一次提高了嗓门,"你不能解雇她们,她们什么都没有对你干过。"

"你们是一伙的,"安德烈娅微笑着说道,仿佛她说了什么有趣的事情。之前她并没有打算解雇桑迪和乔斯林,显然是刚刚才想到的,可一旦说出口,就感觉很好,"不能拆散了你们。"

"安德烈娅。"我说道。我朝她走了一步,我并不知道自己为什么要这样。我想要让她住手,让她恢复本来的样子。我从未喜欢过她,但她也没有这么坏。

她往后退了一步。

"我来告诉你,我们对她做了什么,"乔斯林说道,仿佛安德烈娅不存在一样,"我们认识你们的母亲,就是这么一回事。你们的

---

[1] 基督山伯爵是法国作家大仲马所创作的小说人物,先前遭人陷害,后经过精心策划,完成了复仇。——编者注

母亲雇了我们,一开始是桑迪,后来是我。桑迪对你们母亲说她有一个妹妹,也需要工作。埃尔纳就说,明天带你妹妹过来。你们的母亲就是这样的,欢迎所有的人。人们成天都到这房子里来,她给他们吃的,给他们工作。她爱我们,我们也爱她,这个人全都知道的。"她的头朝后面扬了扬,指明了她身后的女人。

安德烈娅难以置信地睁圆了眼睛:"那个女人扔下了她的两个孩子!她离开了她的丈夫,离开了她的孩子们。我才不要站在这里,听你——"

"再也没有比你们母亲更善良的人,"乔斯林就像是没有听到她说话一样,她抱起我的针织套衫,扔在打开的袋子里,然后继续说道,"真正的美人,从内心散发出来的美。所有见过她的人都看到了这一点,所有人都爱她。她是奉献者,你懂我的意思吗?"她正视着我。"就像上帝告诉我们的一样。过去,这一切都是她的,她却从来没有把这些当回事。她只想知道她能为你做些什么、她怎么才能帮助你。"

桑迪和乔斯林从来不谈论我们的母亲,从来不谈。这颗炸弹,她们留到了这一天才引爆。安德烈娅手扶在门框上。"收拾完下来,"她声若游丝地说道,"我在楼下。"

乔斯林看着她曾经的女主人。"你在这房子里的每一天,我们都对彼此说,'真不知道康罗伊先生是怎么想的。'"

"乔斯林。"她姐姐说道,这是警告的意思。

但乔斯林摇了摇脑袋:"我就直说了,她没听错。"

安德烈娅嘴巴微微张开了,但没说出话来。我们看得出来,她不知所措。她承受了打击,然后走开了。

那一天,那个时候,我在想什么呢?我想的不是我的房间。长那么大，我几乎每晚睡在那里。梅芙说，放沙发的地方，以前放的是我的婴儿床，一开始菲菲毛睡在我的房间里，好让我们的母亲休息。我没有想洒满房间的阳光，也没有想窗外的那棵橡树，暴风雨的天气，枝丫就会刮在我的窗户上，我的橡树，我的窗户。我想的是赶紧离开，赶紧离开安德烈娅。

我们四个人从宽宽的楼梯走下去，一人拎了一个垃圾袋，放进梅芙的车子里。渐渐走远后，看着气势恢宏的房子：三层楼，窗户居高临下，下面就是前草坪。浅黄色的灰泥近乎白色，就像是下午晚些时候天空中云朵的颜色。当年安德烈娅穿着香槟色的裙子，站在宽阔的凉台上把婚礼的花束扔过头顶，四年后，人们在这里排队慰问我父亲的遗孀。之前我把自行车留在草地上，现在差点被它绊倒，所以我拿起自行车，把它塞进后备厢，放在垃圾袋上。安德烈娅总是对我父亲说，让我把自行车放好。我和父亲都在房间里，她对父亲说："西里尔，你对丹尼说说吧，你给他的东西，让他好好照顾呀。"

我们吻了桑迪和乔斯林，道了别。我们保证说，一旦事情解决了，我们就一起回来，没人想到我们永远离开了荷兰屋。我们坐进车里，梅芙的双手在颤抖，她把手提包里的东西全倒在前座上，拉开她明黄色的医疗盒，她需要检测血糖。"我们必须离开这里。"她说道，她开始冒虚汗。

我从车里走出来，绕到另一边。现在唯一重要的是：梅芙。桑迪和乔斯林已经开着桑迪的车走了，没人在看我们。我叫梅芙往边上挪。她在准备注射器，她没说什么我不知道怎么开车之类的话，她知道，我至少能够把我们带到珍金镇。

至于我们拿走的和留下的东西，真是蠢得没法说。带走的衣服和鞋子，六个月后我就穿不下了，我母亲用她的裙子给我缝制的被子，却留在了床脚。我们拿走了书桌上的书，可却忘记了厨房里那个压制玻璃的黄油碟，据我们所知，那是我们母亲从布鲁克林公寓带来的唯一东西。父亲的东西，我一样都没有带走，但后来我想起了一百件希望拿走的东西：他一直戴在身上的那块表，与他的钱包和戒指一起放在那个信封里。从医院回来的路上，我一直拿着那个信封，我把它交给了安德烈娅。

当初，诺尔玛占了梅芙的房间，梅芙的大多数东西都被整理出来，装在盒子里。大学毕业后，很多盒子都被带到了她的公寓里，用安德烈娅的话来说，梅芙是成年人，应该自己管理自己的财物（这是原话）。可那年夏天她的公寓里有了飞蛾，梅芙就把冬天的漂亮外套放在家里的雪松衣橱里。还有一些其他东西：毕业班年鉴，一两箱子她读过的小说，还有一些布偶，她说以后她肯定会有女儿，那是要留给女儿的。所有的这些东西都放在飞檐下的阁楼里，在三楼卧室衣橱后面的那个小门后面。安德烈娅是不是连那个地方也知道呢？那天晚上参观房子，梅芙带两个女孩子看过，她们是不是还记得，甚至想过要再去看看呢？或者那些盒子就像是梅芙青少年时期的时光胶囊，就这样被埋在了房子里？梅芙声称她不在乎。她所有的相册都带走了，她刚上大学时就带走了相册，唯一落下的是父亲小时候的一张装框照片，他膝盖上抱着一只兔子，不知怎的留在了诺尔玛的房间里。后来等我们真正明白了状况后，梅芙很是气愤。我的倒霉童子军证书装了框，挂在墙上，几个篮球奖杯，那床被子，那个黄油碟子，还有那张照片，她气愤这些东西都没拿走。

但我一直挂念着的是梅芙的画像，我们离开了，它还挂在会客厅的墙上。我们怎么把它忘了呢？那是梅芙10岁时的画像，她穿着红色的外套，目光明亮而直接，有着一头蓬松的黑色头发。那是幅好画,不亚于任何一幅范赫贝克家人的画像,但它是梅芙的画像呀,安德烈娅会怎么处置它呢?丢进潮湿的地下室?直接扔掉?即使我姐姐就在眼前,我还是有一种把她落下了的感觉,觉得把她一个人孤零零地留在了有危险的房子里。

梅芙感觉好了一点,但我还是让她上楼坐下,我来爬楼梯、搬行李。她住在三楼,公寓只有一个卧室,她让我睡卧室。我说不。

"你睡床,"她说道,"你个子太高,沙发装不下,我不一样。我一直都睡沙发的。"

我环视她小小的公寓。我来过好多次,可人就是这样,一想到以后要住在这里,眼光就变得不一样了。公寓小小的,简单朴素,我突然就觉得姐姐很可怜,想着自己住在范赫贝克街,姐姐不应该就住在这样的地方,一时间都忘了自己也不再住荷兰屋了。"你为什么睡沙发?"

"看电视的时候睡着了。"她说道,接着坐在沙发上,闭上眼睛。我担心她会哭出来,但她没有,梅芙不是哭哭啼啼的人。她把浓密的黑发从脸上拂开,看着我:"你在这儿,我挺高兴的。"

我点了点头。有那么一秒钟的时间,我在想,如果梅芙不在,我还能去哪儿呢?跟桑迪和乔斯林到她们家里?给篮球教练马丁先生打个电话,看他能不能收留我?但我根本不必去想这些问题。

那天晚上,躺在我姐姐的床上,我盯着天花板,真切地感到我失去了父亲。不是失去了他的钱,或是他的房子,而是失去了在车里坐我身边的那个男人。他全方位地为我遮风挡雨,我完全不知道这世界会到何种境地。我从没想过他小时候是什么样的,我从没问过他战场的事情,我只是视他为我的父亲,也只是从儿子的角度看待他。之前没问过,现在想问也没处问了,我只能将其列为我的错误之一。

第 七 章

古奇律师，我们一直是这么叫他的。他和我的父亲同龄，是父亲的朋友。作为朋友，他同意第二天在梅芙的午餐时间见她一面。我说我要旷课跟她一起去，梅芙不同意。"我只是去摸清楚地形，"那天早上，她坐在小厨房的案桌边，吃着麦片说道，"我感觉，我们以后一起去的机会多着呢。"

梅芙开车去上班，顺路把我放在学校门口。所有人都知道我父亲去世了，他们刻意对我很好。老师们和教练对我好的方式就是把我拉到一边，对我说，有事情尽管跟他们说，欠下的功课不用着急，慢慢来。但我的朋友们，则完全是另一回事。罗伯特，他打球稍微比我好一点；T.J.，他打球比我糟糕很多；还有马修，他最想做的事情就是跟我一起去建筑工地。我的处境让他们不安，他们表现出来的则是尴尬笨拙，就像商量好了似的，只要我在，好笑的事情都不笑了，给彼此一种因为悲伤而暂停一切的感觉。不是为了悲伤而悲伤，有点像，但不是。我从未想过要装作父亲没去世的样子，但我不想让任何人知道荷兰屋的事情。我失去了荷兰屋,这难以启齿,有一种我当时并不明白的耻辱感。我依然相信梅芙和古奇律师能够搞定这件事,神不知鬼不觉地,我们就回去了,没人会知道我们曾被扫地出门过。

但"回去"是不是意味着安德烈娅和两个女孩子就不在了呢?她们会有什么样的遭遇?我的想象力还没有延伸到那一步。

那天我的训练有点晚,等回到公寓,梅芙已经下班在家了。她说晚餐就吃炒鸡蛋和烤面包吧,我们俩都不会做饭。

我把书包放在起居室。"怎么样?"

"远比我想象的糟糕,"她的语气中有一种轻松的味道,我还以为她在开玩笑,"想喝啤酒不?"

我点点头。以前从未有过这样的邀请。"我来拿。"

"拿两瓶。"她身体前倾,埋下头,在煤气灶的火焰上点香烟。

"你还是别那样吧。"我想要说的是,你是我的姐姐,我唯一的亲人。炉火太危险了,脸不要凑上去。

她站直了,深深地呼出一口烟,从厨房那头一直吹到这头。"我很熟练的。两年前,在曼哈顿东村的一个派对上,我烧掉了眼睫毛。错,犯一次也就够了。"

"很好。"我拿了两瓶啤酒,找到开瓶器,递了一瓶给她。

她灌了一大口,清了清嗓子:"所以呢,据我所知,我们在这世界上拥有的东西,也就是你现在看到的这些。"

"那就是一无所有。"

"正是如此。"

我从未想过我们会一无所有的可能性,肾上腺素激增,有了一种打架或逃跑后的感觉。"怎么回事?"

"古奇律师说,顺便说一句,他很可爱,再也没有比他更好的人了。他说,普遍规律是富不过三代,但我们两代就完了,其实我应该说,一代就完了。"

"什么意思?"

"一般说来,第一代人发家,第二代人花钱败家,第三代人就得工作养家。但对于我们,父亲发了家,但也把家给败了。他这辈子就完成了整个轮回。他穷过,富过,现在我们穷了。"

"爸爸没有钱?"

梅芙摇了摇脑袋,很乐意做出解释:"他有很多钱,但没啥脑子。他年轻的妻子告诉他,婚姻是合作关系。丹尼,记住这句话:婚姻是合作关系。所有东西,她都让父亲加上了她的名字。"

"所有的楼,父亲都写了她的名字?"这听起来像是不可能的。父亲有很多栋楼,他一直都在买卖交易中。

梅芙摇了摇头,又喝了一口啤酒:"那是外行话。康罗伊地产是有限责任公司,也就是说公司的一切都在放在一个篮子里。父亲卖掉一栋楼,现金放在有限责任公司里,接着他又用这笔钱去买另一栋楼。安德烈娅让父亲把她的名字写在公司名下,也就意味着她拥有共同所有权,生者对死者名下的财产拥有享有权。"

"这是合法的?"

"因为共同所有权,根据法律规定,所有的财产都到了他妻子手里。你听得懂吗?我花了点时间才明白的。"

"我听得懂。"我不确定的是真实性。

"聪明小子。房子也是这样。房子和房子里所有的东西。"

"古奇律师干的?"我认识古奇律师。有时他和我父亲一起坐在露天看台上,来看我的篮球比赛。他的两个儿子上的是主教麦克德维特德高中。

"哦,不是的。"梅芙摇了摇头。她喜欢古奇律师。"安德烈娅有她自己的律师。一个在费城的家伙。大律师事务所。古奇律师说,这件事情他跟父亲说过好多次,可你知道父亲说什么吗?他说:'安德烈娅是个好母亲,她会照顾孩子们的。'就像是,他觉得这个女人会对孩子好,所以才娶回家的。"

"遗嘱呢?"梅芙说第二代花钱败家,也许是对的,甚至是我都知道要询问遗嘱的事情。

她摇了摇头:"没有遗嘱。"

我一屁股坐在厨房的椅子上,喝了好大一口啤酒。我抬头看着姐姐:"我们怎么没有尖叫?"

"惊呆了,还没回过神来。"

"肯定有办法解决的。"

梅芙点点头:"我也这样想。我肯定会试试的。但古奇律师告诉我,不要抱太大的希望。爸爸知道他在干什么。他是在清醒状态下签署的文件,那个女人没有逼他。"

"当然是她逼的!"

"我的意思是说,她没拿枪对着父亲的脑袋逼他。想想吧:妈妈离开了他,这只窈窕的毛丝鼠跑过来,对他说永远不会离开他。她想要在父亲所有东西里都掺和一脚,我的就是你的。她会照顾好一切,父亲永远都不用担心。"

"嗯,这句话是真的。他真是不用再担心了。"

"结婚四年的妻子得到了这一切。我的车甚至都是她的。古奇律师跟我说,我的车属于她,但她对古奇律师说,车给我了。我肯定得在她改变心意之前把车卖掉。我要买一辆大众。你觉得呢?"

"当然。"

梅芙点点头。"你很聪明,"她说道,"我也很聪明。之前我以为爸爸也很聪明,但我们三个人加在一起,都比不过安德烈娅·史密斯·康罗伊的脚趾头。古奇律师要你和我一起去一趟。他说,我们三个人还有一些文件要过。他说会一直做我们的律师,免费。"

"如果在爸爸还活着的时候,他就能代表我们,那就好了。"

"他显然是试过的。他说爸爸觉得自己年龄还不大,犯不着立遗嘱,"梅芙思考了一分钟,"我打赌,安德烈娅有遗嘱。"

梅芙靠在炉子边抽烟,我喝光了手里的啤酒,我们都有各自的心思。"死了两个丈夫。"我说道,安德烈娅有多大年纪呢?34岁?35岁?反正在少年的眼里,这都是古董年龄。

"你有没有想过史密斯先生是怎么死的?"我问道。

"从未想过。"

我摇了摇头:"我也没想过。这很奇怪,是不是?我们从未想过史密斯先生,没想过他是怎么死的。"

"你凭什么说他死了呢?我一直觉得是他把老婆孩子放在街边,爸爸千万个不凑巧,正好驾车从旁边经过,提出搭她们一程。"

"诺尔玛和布莱特还在,就她们两个,也挺可怜的。"

"她们烂在地狱才好,"梅芙在碟子上摁灭烟头,"三个人全烂掉。"

"你不是那个意思吧,"我说道,"两个女孩不算。"

我姐姐猛地往前一扑,有那么一瞬间,我以为她想要打我。"她们偷走了我们的东西,你不明白吗?她们睡在我们的床上,用我们的盘子吃东西,我们半点东西也讨不回来。永远,永远也要不回来了。"

093

我点点头。我一直在想的、想要说但没有说的是,我们的父亲也是这样。我们永远不会再有父亲了。

我和梅芙一起操持家务。我们在慈善商店买了一个二手衣橱,塞进卧室的角落,用来放我的衣服。我依然不想睡卧室,但每天晚上梅芙都抱着她那叠毯子占了沙发。我想让她找个大一点的房子,但看到一切都压在她身上,吃的住的都是她在负责,我就没提。

一切都安排好了,我们给桑迪和乔斯林打电话,让她们来看我们的成果。梅芙从烘焙店买了一盒用白色盒子装的曲奇,她用盘子装上,然后扔了盒子,好像要骗她们这是我们做的一样。我整理好沙发上的靠垫,她收拾了水槽里的杯子。门铃响起,我们打开门,四个人高兴得炸了锅。团聚的盛况!谁要是看到了,可能会以为我们已经多年未见。

分开有两个星期了。

"让我看看你。"桑迪双手放在我的肩头。我觉得她的头发灰白了一些。她眼里有泪水。

桑迪和乔斯林拥抱我们,亲吻我们,那是在家里时从未有过的拥抱和亲吻。乔斯林穿着粗布工作服,桑迪穿着棉衬衣配廉价的网球鞋。她们现在是普通人,不再是为我们工作的人。然而,她们还是递给我们两大罐吃的,一罐是蔬菜通心粉汤(梅芙的最爱),一罐是炖牛肉(我的最爱)。

"你们可不能再给我们做吃的了!"梅芙说道。

"我会永远给你们做吃的。"乔斯林说道。

桑迪狐疑地环视了一下起居室:"我可以时不时地来一趟,帮你整理东西。"

梅芙笑了起来："怎么？觉得我干不好？"

"你还要工作，"桑迪看着地面，用脚尖蹭了蹭地板，"家务的事情，你完全不用操心。再说了，这能用上我多少时间，一个小时？"

"我可以做家务的，"我这么一说，她们三个都看着我，好像我提议要自己做衣服一样，"梅芙不让我工作。"

"好好打篮球。"桑迪说道。

"好好学习。"乔斯林说道。

梅芙点点头："看看呢，我们应该还行的。"

"我们还可以，真的。"我说道。

桑迪消失在卧室里，五秒钟之后出来了，看着我："你睡哪里？"

"他知道如何照顾你吗？"乔斯林问我姐姐。

梅芙摆了摆手："我挺好的。"

"梅芙。"乔斯林表情严厉地说道，看上去挺逗的。桑迪和乔斯林从未对梅芙严厉过。

"一切都妥妥的。"

乔斯林转身对着我："我看到过你姐姐晕过去，不止一次。有时她忘记吃东西，有时她注射的胰岛素剂量不够，有时她做得都对，但血糖还是往下降。你得盯着她点，特别是压力大的时候。她会跟你说，根本不关压力的事情，但的确是有关系的。"

"别说了。"梅芙说道。

"她有糖剂片。让她给你看她的糖剂片放在哪儿，确保她手提包里有备用的。她感到不舒服时，就给她一片，然后叫救护车。"

一想到梅芙躺在地板上，我就有些吃不消。"我知道的，"我用平静的语气说道。我知道胰岛素，但并不知道糖剂片，"她给我看过。"

梅芙微笑着，往后一靠："亲眼所见，万分可靠。"

乔斯林看着我们两个，有一分钟的时间，接着她摇了摇头："你们两个真是要吓死人，但也没关系。现在他知道了，他肯定会问你的。等我们走了，一定要让她给你看，知道了吗，丹尼？"

虽然我可以敏感地觉察到梅芙血糖的起伏，但我意识到自己并不清楚细节问题。我知道如何站在一边看她照顾自己，但这与照顾她是不一样的。乔斯林说得对，等她们走了，我就让梅芙把一切都告诉我。"知道了。"

"你们呀，我一直是自己住在这里的，对吧？"梅芙说道，"难道是丹尼每晚骑自行车过来，给我注射胰岛素？"

"你还可以给我打电话，"乔斯林说道，完全无视梅芙，"我全都知道，有什么不清楚的，问我就是。"

桑迪在埃斯蒂斯帕克找了一份做家务的工作。"他们人还是不错的。钱挣得没有那么多，"她说道，"但需要做得也不多。"乔斯林在珍金镇的一户人家里做厨娘，照顾那家的两个孩子，还要遛狗，挣得不多，要做的事情却很多。两姐妹大笑起来，她们说，被解雇了才好呢，就像是得到了荣誉勋章。反正荷兰屋没有了我，她们也不会继续在那里待下去。

"等我安顿好了，就去说服我那家人雇下乔斯林。他们需要厨娘。我们就又在一起了。"桑迪说道。

我不是说在最后关头，而是说在安德烈娅与我们生活的这些年里，如果我处事得当，没有那么挑剔，桑迪和乔斯林此时就还坐在厨房的蓝色桌子旁，剥豌豆，听收音机。

桑迪抬头看着天花板,看着窗户,就像是在默默丈量这个房间。"当初为什么不住进你父亲的公寓?"她问我姐姐。

"哦,我不知道。"梅芙说道。她还因为胰岛素的事情有些心神不宁。

桑迪坐在沙发上,乔斯林坐在她身边。梅芙坐在椅子上,我坐在地板上。"你住进来的时候,我没有想过,但现在想起来,这说不通,"桑迪说道,"要在这镇子上找一栋不属于你父亲的公寓,你肯定费了不少心思。"

我自己也想过。我能想出来的唯一原因是:梅芙问父亲要过公寓,但父亲说不行。

梅芙看着我们,看着我们三个人,看着她唯一的家人。"我想让他刮目相看。"

"用这地方?"桑迪俯身把我放在咖啡桌上的一摞书整理好。

梅芙再次微笑:"我做了预算,只能租下这样的公寓。我没问他要过一分钱,我以为他会注意到呢。我把大学最后一年的零花钱存起来,支付了一头一尾两个月的租金。我找了一份工作,买了一张床,又过了一个月,买了沙发,接着又在慈善商店买了这把椅子。你们知道他的,总是喜欢称颂贫穷的好处,总说靠自己赚钱才是唯一的学习方式。我觉得我是要证明给他看,我不像学校里那些富家女,我可没坐等着爸爸给我买一匹马。"

桑迪笑了起来:"我从未想过有人会给我买一匹马。"

"嗯,挺好的,"乔斯林微笑说道,"我知道他为你骄傲,这全是你一个人干出来的。"

"他没看在眼里。"梅芙说道。

桑迪摇了摇头:"他当然看在眼里了。"

但梅芙是对的。梅芙想给父亲看的，他从没看在眼里，他就没想过姐姐可以自食其力。父亲只注意过我姐姐的一件事，那就是她的站姿。

梅芙煮了咖啡，她和乔斯林抽烟，我和桑迪就看着她们抽。我们吃着曲奇，历数记忆中安德烈娅的每一桩劣行。我们就像是交换棒球卡一样互换信息，一旦有人讲了别人不知道的事，就会引来一阵惊呼。我们说她睡得很晚，数落她每条难看的裙子，她跟她母亲通电话，一说就是一个小时，却从不邀请母亲来家里。她浪费食物，整夜都开着灯，似乎一本书都没读过。她坐在池子边，一坐就是几个小时，什么都不干只是盯着她的指甲看，还让乔斯林把午餐用盘子给她端过去。她不听我们父亲的话。她把梅芙的房间给了她女儿。她把我赶了出来。我们挖了一个火坑，把她架在火上烤。

"有没有人可以给我解释一下，父亲一开始怎么就娶了她？"梅芙问道。

"当然有，"乔斯林想都不用想，"安德烈娅非常喜爱那房子。你们父亲认为那房子是世界上最美丽的东西，他找了个和自己看法一致的女人。"

梅芙双手朝上一摊："大家都这样想呀！找个喜欢那房子的体面女人有那么难吗？"

乔斯林耸了耸肩："嗯，你们母亲很讨厌那房子，安德烈娅很喜欢，你们父亲觉得这个问题解决了。但我戳痛了她，对不对？我说了那些关于你们母亲的话。"

桑迪双手掩面，笑了起来："我还以为她要一头栽地上，死过去呢。"

我看着桑迪，然后又看着乔斯林，她们都在哈哈大笑。"你那时是随便说的吗？"

"什么？"桑迪一边说，一边抹了抹眼睛。

"就是我母亲，我不知道，像个圣徒一样？"

房间里突然紧张起来，我们一下子都非常在意自己的坐姿，在意自己的手放在哪儿。"你们的母亲。"乔斯林说道，然后停下来，看着她姐姐。

"我们当然爱你们的母亲。"桑迪说道。

"我们都爱她。"梅芙说道。

"她很多时候都不在家里。"乔斯林用心措辞。

"她在工作。"梅芙也是紧绷的状态，但与桑迪和乔斯林不一样。

我不知道她们在说什么，也不知道母亲还曾有过工作。"她做什么工作？"

乔斯林摇了摇头："有什么是她不做的呢？"

"她为穷人工作。"梅芙对我说道。

"在埃斯蒂斯帕克？"埃斯蒂斯帕克没有穷人，或者说我没见到过。

"不分地点地为穷人工作，"桑迪说道，但我看得出来，她是想要把情况往好了说，"她总能找到需要帮助的人。"

"她跑出去找穷人？"我问道。

"从早到晚。"乔斯林说道。

梅芙掐灭了香烟："好了，打住。你们这样说，好像她从没在家过一样。"

乔斯林耸了耸肩，桑迪弯腰伸手拿了一块拇指纹状的曲奇，上面有圆圆的杏子酱。

"嗯,"梅芙说道,"她回家的时候,我们总是很开心。"

桑迪露出微笑,点了点头。"总是很开心。"她说道。

星期天一大早,梅芙走进卧室,打开百叶窗。"起床,穿好衣服。我们去教堂。"

我拉了一个枕头盖在头上,想要回到刚才我已记不得的梦中。"不去。"

梅芙弯下腰,拉开我头上的枕头。"我是认真的。起来,起来。"

我眯缝着一只眼睛,看着她。她穿着裙子,冲了澡,头发还是湿的,但已经编好了辫子。"我在睡觉呢。"

"我已经非常仁慈了,让你睡过了八点的仪式。我们去赶十点三十分那场。"

我把脸埋进枕头。我渐渐清醒过来,但我不想醒过来。"又没人管。谁还能逼我们去教堂?没人了。"

"怎么没人,我呀!"

我摇了摇头:"要去你自己去,我要睡回笼觉。"

她重重地坐到床边,我整个人弹了弹。"我们去教堂,就这样。"

我翻过身,仰躺着,极不情愿地睁开眼睛:"你没听懂我的话呀。"

"起来,起来。"

"去了就会有人拥抱我,跟我说他们好难过,我才不想去呢。我想睡觉。"

"这个星期天,他们是要拥抱你,但到了下个星期天,他们就只会挥手打招呼,屁事没有了。"

"下个星期天,我也不去。"

"你这是怎么了?以前去教堂,你从不抱怨的。"

"以前?我向谁抱怨呢?爸爸?"我看着她,"每次吵架都是你赢。你知道的,对吧?等你有了自己的孩子,你可以天天让他们去教堂,上学前还做祷告。但我没必要去了,你也没必要去。我们没了父母。我们可以出去吃薄饼。"

她耸了耸肩。"你自己去吃吧,"她说道,"我要去教堂。"

"你没必要为了我这样,"我撑起胳膊肘,真不敢相信,她还真要去,"我可不需要什么榜样。"

"我不是为了你才去的。天哪,丹尼,我喜欢做弥撒,我就是相信上帝,相信社区,相信善良。这一套,我都信。见鬼呀,这些年你在教堂里干什么呢?"

"大多是在默记篮球统计数据。"

"那就睡你的回笼觉吧。"

"你的意思是说,大学的时候你也到教堂做礼拜?没人盯着,你一个人在纽约,星期天早上你都起来了?"

"我当然做礼拜。你不记得了,那次你来见我,我们一起去了受难日弥撒?"

"我还以为你是非带我去不可。"我说的是实话。即便是当时,我也想当然地认为她对父亲保证了,如果父亲让我留下,她就带我去做受难日弥撒。

她刚要张口说什么,但又作罢,只是隔着被单拍了拍我的膝盖。"再睡一会儿吧。"她说道,接着就走了。

我们为什么去教堂,真是很难说得清楚,但人人都去教堂。我父亲在教堂见同事和租户,我和梅芙在教堂见老师和朋友。我父亲

101

去教堂,也许是为去世的爱尔兰双亲祈祷,也许是出于对我们母亲残留的最后一点尊敬。听别人说,母亲喜欢教堂和教区,还喜欢神父和修女。所有的神父和修女,她都喜欢。梅芙说,到了教堂,修女们站起来唱歌的时候,母亲最为自在。虽然我对母亲知之甚少,但我也知道,如果父亲不愿意去教堂,母亲肯定不会嫁给他。母亲不在了,父亲还是继续拖着我们去神坛,没有内容,但也保留了形式。也许他从未想过还有其他的可能性,也许只是因为他女儿手里握着弥撒书,全神贯注地听神父布道,而他的儿子在考虑季后赛七六人队[1]的机会;他呢,则在考虑切尔滕纳姆小镇边上一座待售的楼。但据我所知,父亲是在听神父布道,他听到了上帝的声音,可我们从未谈论过。在我记忆中,星期天早上忙上忙下的人总是梅芙,她要确保我们穿着得体、吃了东西、坐到车里时间充裕。梅芙上大学后,我和父亲本可以轻轻松松赖床消磨掉这桩事情,但又有了安德烈娅。她鄙视天主教,觉得这是一群疯子在朝拜圣像,而且号称吃肉。星期一到星期五,天还没亮,我父亲就去办公室,然后找借口不回家用晚餐。星期六他出去收租,或是到工地转转,就在车里吃东西。但星期天就棘手了,安德烈娅可不好打发。要躲开年轻的妻子,只有去教堂这一条路。我父亲跟布鲁尔神父说我要做祭坛助手,甚至没跟我商量,就给我报了名。祭坛助手要提前半个小时到教堂,帮着准备圣礼,帮布鲁尔神父穿上法衣。我是八点场弥撒的助手,但很多时候十点三十分我还在忙。总有人请病假,有人去度假,或者不肯起床,全是我从未享受过的奢侈。既然我做了祭坛助手,父亲觉得我也应该参加主日学校的学习,他说我该做个

---

[1] 七六人队:费城的老牌球队。

好榜样，全然不顾主日学校是为公立学校的孩子而设立的——他们在学校一个星期，五天的时间里都不会接触到宗教教化。在谈话中我甚至没有机会跟父亲说这很荒唐。他做完弥撒，坐在车里，抽着香烟看报纸等我。念完最后的祷告，洗干净圣餐杯，所有的事情都做完后，他带我去吃午餐。梅芙在家的时候，我们从来不出去吃午餐。就这样，一个小时的弥撒延长到了半个星期天。弥撒免除了我们的家庭义务，且至少在点蜡烛和吹蜡烛之间给了我和父亲待在一起的时间。对此，我还是心存感激的，但还没有感激到愿意起床。

但到了星期一上午，马丁教练把我叫到他的办公室，重申对我处境感到的悲痛之情。接着，他说我理应去做弥撒，为我父亲祈祷。"主教麦克德维特德高中的所有校队球员都参加弥撒，"他对我说，"每个人都要参加。"

我是其中的一员，但时间不会太长了。

一周后，古奇律师在办公室打来电话约我们见面，见面时间定在下午三点，是放学后，但这仍意味着我要错过训练，而梅芙也不得不请半天的私人事假。我们三个人坐在一个小会议室的桌子旁，他跟我们说了一件事，原来我们父亲给我们设立了教育信托基金。

"我们两个人的？"我问道。姐姐坐在我旁边的椅子上，穿着她出席葬礼的海军蓝裙子，我戴了领带。

"给你的，还有安德烈娅的两个女儿。"

"诺尔玛和布莱特？"梅芙几乎要横跨桌子，"她们拿走了一切，我们还要供她们上学？"

"你们不用付钱。由信托基金付钱。"

"没有梅芙？"我问道。一定是理解错了，他只是懒得提而已。

"梅芙大学已经毕业，你们父亲觉得她的教育已经结束了。"古奇律师说道。

除了那次在纽约的意大利餐厅用午餐，父亲从来没跟梅芙谈过她的教育，梅芙谈的时候，他也没听。他觉得即便梅芙去了研究生学院，也会中途结婚，学业就会半途而废。

"基金是用来支付大学费用的吗？"梅芙问道。听她说话的方式，我意识到她原来一直在担心送我上大学的事情。

"基金支付教育费用。"古奇律师说道，教育两个字说得格外清楚。

梅芙身体前倾："所有的教育？"好像房间里没有我一样。

"所有的。"

"他们三个人。"

"是的，丹尼年龄最大，当然是排在第一位。钱足够，用不完的，诺尔玛和布尼斯也应该能完成学业。"

没人叫她布尼斯。我想说，是布莱特，但没有说出来。

"如果还有剩余，剩下的钱怎么处理呢？"

"三个孩子完成教育后，如果基金还有剩余，就是你们四个人平分。"

他还不如说，剩下的钱一半都归安德烈娅。

"你负责管理基金？"梅芙问道。

"安德烈娅的律师设定的。她对你们父亲说，她想要确保孩子们的教育，继而——"他轻轻晃了晃脑袋。

"'既然我们都到律师办公室了，干脆就把我的名字加在你的财产下面吧？'"梅芙做了最大胆的推测。

"差不多。"

"那丹尼就要考虑读研究生了。"梅芙说道。

古奇律师若有所思，手里的笔在一个黄色便签本上轻轻敲着："那还早着呢。如果丹尼想要读研究生，没错，费用是从这里出。基金有规定，平均绩点不能低于3.0，教育不能中断。上学不是度假，你们父亲很在意这一点。"

"我父亲从来不用担心丹尼的成绩。"

在这一点上，我有话要说，但我觉得他们不会听我的。父亲根本不在意我的成绩，但也可能是因为我的成绩从未出过岔子。篮球也是，打就是了，他也不在意我的三分球。他在意的是：我敲钉子是否又快又准，我是否明白灌水泥的时机。我也在意这些事情，我们是一致的。

"我在乔特中学[1]念的高中，你们知道吗？"古奇律师问道，仿佛我们的谈话突然涉及了他的高中时代。

梅芙坐着没有说话，过了一分钟，告诉他说，不知道。梅芙的声音温柔得惊人，仿佛想到古奇律师被送到了寄宿学校，心里很难过一样。"很昂贵吗？"

"堪比大学费用。"

她点了点头，看着自己的手。

"我可以打几个电话看看。一般情况，他们不会在学年中间接收学生，但考虑到丹尼是篮球运动员，成绩又好，他们会想看一看的。"

他们两人决定了，我一月就去乔特中学读书。

"你知道什么样的孩子才去寄宿学校吗？"我们离开办公室，坐

---

1 乔特中学：美国顶级私立中学。

到车里后，我对梅芙说道。全然是指责的语气，其实我根本不认识寄宿学校的学生。我只知道，如果有家长发现自己的孩子抽大麻，或是代数二没及格，就会威胁送他们去寄宿学校。我的脏衣服没扔进洗衣筐，我想的是有桑迪呢，她会把衣服从地板上捡起来，洗干净，叠好，再送到我房间；而安德烈娅就会向我父亲抱怨，父亲就会说："嗯，看来得把他送去寄宿学校了。"这就是寄宿学校，是威胁，或是威胁的玩笑。

梅芙的想法不一样："又聪明又有钱的孩子去寄宿学校，然后再去哥伦比亚大学。"

我无精打采地坐在座位上，觉得自己好可怜。我已经失去了很多，我不想再失去学校，失去朋友，失去姐姐。"你怎么不干脆做个了断，把我送进孤儿院？"

"你没资格。"她说道。

"我没有父母。"这个话题，我们不讨论的。

"你有我，"她说道，"所以你没资格。"

"你如今在哪一科？"梅芙问道，"我知道你说过，但我没记住。他们调动你的科室也太频繁了一些。"

"呼吸内科。"

"研究呼气吸气？"

我露出微笑。又是一个春天，复活节到了，我回到埃斯蒂斯帕克，要整整待上两晚。布克斯鲍姆家的街边是一排樱花树，繁花盛开，粉红色的花瓣压得枝条微微颤抖，变幻出粉色和金色的光线。这是樱花绽放的日子,我赶上了最美的时刻,而我平常是待在医院就看不到外面的人。"呼吸科马上就结束,下个星期就到矫形外科。"

"壮得像骡子,蠢得也差不多。"我们停好了车,梅芙胳膊一甩,伸到车窗外,她虽然已戒烟,但手指还习惯做出抽烟的姿势。

"什么?"

"你没听说过?应该不是矫形外科医生的玩笑。爸爸总是念叨这句话。"

"爸爸对矫形外科医生有意见?"

"爸爸对花椰菜有意见。他非常讨厌矫形外科医生。"

"为什么?"

"他们把他的膝盖搞反了,你记得吧?"

"有人把他的膝盖搞反了?"我摇了摇头,"肯定是在我出生之前。"

梅芙想了一分钟。我看得出来,岁月在她脑海里一页页地翻过。"也许是吧。他说这话是逗乐,但说实在的,我小时候,还当真了。他膝盖弯曲的方向的确是反的。当时他总是去找矫形外科医生,应该是想要把膝盖矫正回来的意思。现在想起来,有些吓人。"

我有太多的事情想问父亲。这么多年后,我不再纠结父亲为什么不愿意多说,而是想我怎么那么蠢,为什么不多问。"外科医生不可能搞反了膝盖,即便如此,我们也应心存感激,他们好歹没锯掉那条腿。你知道的,在战场上,锯腿是常事。留着它比锯掉它要花更多的时间。"

梅芙做了个鬼脸。"又不是南北战争,"她说道,仿佛李将军在阿波马托克斯村子投降后,截肢就成了历史一样,"我觉得他们根本就没给他的膝盖动手术。父亲说,在法国的时候,医生忙得不可开交,就没留神,随它自己愈合。他甚至还能拿这件事来开玩笑,真有些感人。"

"一开始,他肯定是动了手术的。膝盖中了子弹,肯定要动手术。"

梅芙看着我,仿佛我是个刚打开车门坐到了她身边的陌生人:"他没中弹。"

"他当然是中弹了。"

"他跳伞时摔伤了肩膀,膝盖里有东西撕裂了,或者撞伤了。他着陆的时候,左腿着地,然后栽倒在地,又伤了肩膀。"

梅芙身后就是荷兰屋,是一切的背景。我怀疑我们不是在同一幢房子里长大的。"我怎么会一直认为他是在战场上挨了子弹?"

"我不知道。"

"他是在一家法国的医院?"

"治疗肩膀。问题就是,一开始,没人注意他的膝盖。想来呢,肩膀应该是伤得很严重。到后来,膝盖拉伤过度。他腿上绑了好些年的支架,然后腿就变僵硬了。他们称之为关节——"说到一半,她打住了。

"关节纤维化。"

"就是这个词。"

我记得那个支架,又重又笨,是父亲痛苦的来源。他抱怨的是支架,不是膝盖。"他肩膀怎么样了?"

梅芙耸了耸肩:"应该还好吧。我不知道,他从未提过肩膀。"

在医学院期间,以及之后至少十年的时间里,我都梦见过自己参加病例研讨会,介绍一位我从未检查过的病人,说的是我在那个复活节知道的事情:西里尔·康罗伊,美国伞兵,33岁。他没有中弹……

"我告诉你,"梅芙说道,"他心脏病发作,我一直都认为是楼梯的缘故,我简直想象不到,他还能爬到六楼。那么热的天气,他走楼梯去看窗户的防水,肯定气得冒烟。据我所知,他在荷兰屋上三楼也只有过两次:第一次是他带我和妈妈去看房子;还有就是我回来过感恩节,安德烈娅宣布我被流放到三楼。你还记得那一次吗?他帮我拎包上楼。等我们到了三楼,他腿疼得要死,不得不在床上躺了一会儿。我把行李放在他脚下,抬高他的腿。我本应该疯狂尖声叫骂安德烈娅,但我当时满脑子想的都是他再也没法下楼了,那我和他只好住在舞厅旁边的两个小卧室里。那样还真有些甜蜜,真希望就那样了。他说:'这房子挺好看,就是太高了。'我告诉他,应该把房子卖了,买个平房。我告诉他,这样就解决了他所有的问题,我们都笑了起来。还真是不容易,"梅芙望着车窗外,看着布克斯鲍姆家旁边的樱花树,"那些日子里,还有事情能让爸爸笑起来。"

人生在世,总有那么几次,你跳到空中,曾经立足的过去消失在身后,而想要降落的未来还不见踪影,一时间你就悬浮在半空中,什么都不知道,一个人都不认识,甚至连自己都不认识。那年冬天,梅芙开着那辆奥尔兹莫比尔牌汽车,送我到康涅狄格州,我就是这种感觉,几乎到了难以忍受的程度。她一直都想把那辆车处理掉,但过去留给我们的东西太少了。透蓝的天空,阳光照在雪地上，再反射过来，闪耀得我们睁不开眼。虽然我们失去了一切，但那个秋天在梅芙小小的公寓里，我们在一起过得很幸福。安德烈娅把公司一股脑地全卖掉了，什么都不剩；我父亲拥有的房子，一栋都不留。我简直想象不出来那是多少钱。梅芙想要我接受教育，想要我借此从诺尔玛和布莱特的未来财产中抹掉一点点零头，而我甚至还没有能力在学校待得那么长。我想要告诉梅芙，我们不值得为了这点钱而分开生活。我会上大学的，当然会去上大学，但现在我跟我的朋友们打篮球，仍然想要跟她坐在厨房的桌子旁吃鸡蛋和烤面包，谈谈生活。但物换星移，我们似乎无能为力，无法阻拦。梅芙下了决心，一定要送我去乔特中学。她还下了决心，让我去上医学院。她进一步解释，据她分析，再也没有比这个时间更长、花费更多的教育了。

"我不想当医生，你就根本不在意我的想法吗？"我问道，"我的人生，我想要干什么，你考虑过吗？"

"好吧，你想要干什么？"

我想要跟父亲一起工作，一起买房子、卖房子；我想要看着楼群拔地而起，但这一切都不可能了。"我不知道。也许我会打篮球。"听到这话，我都觉得自己任性。我觉得如果这个问题换到梅芙身上，能够不计时间和费用地接受教育，应该是她求之不得的吧。

"医院下班后，你想怎么打篮球，就怎么打。"她按照路标，前往康涅狄格州。

第二部

第 八 章

感恩节的前一个星期三，纽约下起了湿漉漉的大雪。宾州站看起来就像是饲养场，而我们这些着急的旅客在这个拥挤的终点站里，裹得严严实实，挤在一起，就像是站在烂泥池子里的奶牛。我们没法脱下外套，没法摘下帽子和围巾，大家都大包小包地拿着东西、抱着书本，地上是恶心的稀泥，没人愿意把东西放在地上。我们盯着显示班次的电子屏，等着上车的指示。大家都想在火车上找一个面朝前方、远离厕所的座位，早一点上车，如愿的机会就大一些。一个男孩子的背包硬邦邦的，就像是装满了板砖，他不断地转头跟女朋友说话，每次转身，他沉甸甸的财物都撞在我身上。

我想回到我在哥伦比亚大学的宿舍。

我想上火车。

我想脱了外套。

我想记住元素周期表。

如果梅芙肯来纽约，我就免了这些麻烦事。但她此刻正在监督数吨过节用的冷冻蔬菜发往各地的杂货铺,奥特森公司要到星期一才放假。我的室友回格林尼治的家和他父母一起过感恩节了,梅芙如果要来,可以睡他的床,我们本可以一起吃中餐,也许还能看一场戏剧。但是,如果没有必要,梅芙是不会来纽约的。什么是有必要呢?比如说,大学一年级的第一学期,我得了阑尾炎,宿舍管理员陪着我坐上救护车,去往哥伦比亚长老教会医学中心。我手术后醒来,看到梅芙正睡着,椅子被拉到床边,她的头靠在我胳膊旁的床垫上,浓密的黑发散开,就像是给我另盖了一张毯子。我不记得给她打过电话,也许是别人打的。毕竟,她是我的紧急联系人,是我的近亲。我的麻醉还没有全退,意识飘浮,时断时续,我看着她睡觉,脑子里想着:梅芙来纽约了。梅芙讨厌来纽约,部分原因是她很喜爱巴纳德学院,她在大学里看到了自己的潜质,而纽约代表了她的遗憾,完全不是她本人造成的遗憾。至少,我是这么认为的。我闭上眼睛,等我再次醒过来时,还是那把椅子,梅芙坐在上面,握着我的手。

"你醒了,"她说道,对我露出微笑,"感觉怎么样?"

几年后,我才明白病情的真正危险。当时,我觉得手术这件事介于讨厌和尴尬之间。我想开个玩笑,但她那么温柔地看着我,我就打住了。"我挺好。"我嘴里感觉又黏又干。

"听着,"她的声音很安静,"我先死,然后才是你。你明白吗?"

我呆头呆脑地冲她笑了一下,但她摇了摇头。

"我先死。"

电子屏的数字和字母滴滴答答地翻滚起来,等到停下来时,上面写着哈里斯堡[1]：4:05，15号轨道，准时。篮球教会了我怎么在人群中穿梭。这群像可怜的奶牛一样堵在宾州站的乘客，大多数一年只来一次，很容易晕头转向。在一片混乱中，很少有人能找到正确的方向。他们脑袋还迷糊，不知道该朝哪儿走，我已经上了火车。

从好的一方面来说，这趟旅行，给了我一个多小时的学习时间，让我能继续拯救我的有机化学，这很有必要。我的教授埃伯尔博士，能力出众，十月初的时候把我叫到他的办公室，说我这样下去一定会挂科。那是1968年，哥伦比亚大学激情燃烧着，学生们暴动、示威、占地占楼。这里就像是一个微观的交战国，我们每天都把自己看到的东西叫嚷得全国皆知。居然有人注意到一个大三学生的化学要不及格了，这真是荒唐可笑，可我就在他的办公室里。我有几节课没去上，他面前放着一摞我的小测验成绩单。这并不需要什么远见卓识，我当然明白自己有麻烦了。埃伯尔博士的办公室在三楼，里面塞满了书，还有一小块黑板。黑板上醒目地写着一个化学分子式，天书一般，但愿他不要让我去辨认分析。

"你注册的是医学预科生，"他看着记录，开口说道，"对吧？"

我说是的。"这学期还早，我可以回到正轨上。"

他用铅笔敲着我那一摞让人失望的卷子："医学院很看重化学。如果你挂科了，他们就不会收你。所以我们现在最好谈一谈。如果再往后拖，你就赶不上了。"

我点点头，感觉到小腹一阵痉挛。在学校，我一直都努力学习并取得好成绩，就是不想有这样的谈话。

埃伯尔博士说他教化学的时间也很长了，见过很多我这样的男

1　哈里斯堡：宾夕法尼亚州首府。

孩，他说我的问题不是能力不足，而是显然没有花上足够的时间来学化学。当然，他是对的，自从这学期开始，我就心不在焉；但他也是错的，我认为他并没见过多少像我这样的男孩。他瘦瘦的，浓密的棕色头发剪得乱糟糟的，我本猜不出他有多大年纪，但他穿着正装，打着领带，看上去年纪应该不小。

"化学是一套美妙的体系，"埃伯尔博士说道，"每一步都建立在前一步的基础上。如果你没有搞明白第一章的内容，跳到第二章是没用的。第一章是理解第二章的关键，第二章又是理解第三章的关键。我们现在已经讲到了第四章，贸然开始钻研第四章，想要赶上全班的进度，是不可能的，你没有掌握之前的关键内容。"

我说，就是这种感觉。

埃伯尔博士告诉我，回到课本的第一页，从第一章开始，读完之后，回答章节后面的所有问题，再扔掉答案，第二天醒来，再次回答这些问题。只有两次测试的结果都是全对，我才能进行到第二章。

我想问他，是否知道有学生睡在校长办公室的地板上？但我没说出口，而是换了一句话："但我还有其他的功课要赶。"就像我们是在谈判他究竟该占用我多少宝贵的时间。他从来没要求班上的同学回答章节后的所有问题，更不要说回答两遍。

他波澜不惊地看着我，看了好久："那你今年化学就没法过。"

我的有机化学不能挂科，其他任何科目都不能挂。我已经拿到了征兵号码，没了在校生身份，就要去服兵役，就得睡在越南溪山的战壕里。失去了大学生的身份，还不知道我姐姐会干出什么事来，那可是远超过政府所分配的。这不是在开玩笑。这就好比半夜三更，冒着暴风雪在新泽西高速公路上开车时，握着方向盘睡着了。埃伯尔博士及时把我摇醒,眼看着对面的车亮着大灯,就要撞上我的挡风玻璃。千钧一发之际,我还可以猛打方向盘,回到自己的车道。我离万劫不复,只有一片雪花的距离。

我在火车上选了一个靠过道的座位。曼哈顿和费城之间的景致,我可不需要看。一般情况下,我会把背包放在旁边的座位上,摆出一副不好惹的样子,但这一周是感恩节,谁都不能霸占两个位置。因此,我打开课本,希望能投射出我本来的面目:认真研究化学的学生,无意与人闲聊天气、感恩节或是战争。在宾州站的"奶牛群"中,要去哈里斯堡的分遣队挤成一团,通过旋转栅门,变换队形,排成一列纵队,上站台,进入车厢,一看到座位,就哐的一声放下自己的行李。我两眼盯着书本,一直相安无事,直到一个女人用冰冷的手指碰了碰我的脖子。一般人都碰肩膀的,她碰的是我的脖子。

"年轻人。"她说道,接着眼珠子往下,看着她脚下的行李。她已是为人祖母的年龄,我不明白这世界上为什么会有人借着男女平等的名头,让女人自己扛着行李上火车。她身后奶牛一样的人群不明白这里暂时的堵塞是怎么一回事,还在往前推。他们太担心了,火车要是没等他们上车就出发了,那该怎么办?我站起来,把她的行李举起来,塞到头顶的行李架上。她的行李袋有些寒酸,棕色的格子毛料,因为拉链随时可能崩开,在袋子中间扎了一根皮带。我这么一举一放,立刻被众人看在眼里,顿时有了搬运工的光环;整个车厢,上上下下的女人们都开始叫我帮忙。有几个人除了自己的行李,还有在梅西百货或是沃纳梅克百货的购物袋,里面装满了包装好的圣诞礼物。现在还只是感恩节,这么早就提前准备过圣诞节,我真不知道是为了什么。一个又一个的袋子,我给塞到了座位上方的铁架子上,她们自己是够不着的。宇宙可能真是在膨胀,但行李架可没有。

"轻一点。"一个女人一边说话,一边给我比画该如何轻拿轻放。她只恨自己矮了一英尺[1],否则就可以亲力亲为了。

最后,我朝过道两边望了望,确定没人再需要帮助,转身逆流而行,费力朝我的座位走去。等到了一看,一个满头金色卷发的女孩坐在窗边,正在看我的化学书。

"我给你留了位置。"她说这话的时候,火车一个趔趄,朝前开动了。

我不清楚她说的是书页,还是座位。我也没问,因为无论是书页,还是座位,都不用她来留。书,我已经看到了第九章,终于找到了化学的门道。座位上是我的外套,之前没把外套放在行李架上,现在已经放不进去了。

"我高中的时候选了化学,"这位金发碧眼的女子一边说话,一边翻着书页,"其他的女孩子都选了打字,但化学得 A 比打字得 A 更有价值。"

"怎么更有价值了?"在更宏大的方面,化学可能更有用,但肯定更多的人需要懂得如何打字。

"平均成绩呀。"

她的脸上就是圆形的集合:圆圆的眼睛,圆圆的面颊,圆圆的嘴巴,圆圆的小鼻头。我并不打算跟她攀谈,但只要她手里拿着我的课本,我就没有别的选择。我问她,化学得 A 了没?她还在看我的书,应该是看到了什么有趣的地方,心不在焉地点了点头,算是

---

[1] 一英尺:约 30 厘米。

回答了我的问题。她觉得化学的魅力不可抗拒,甚至超过了她曾在这门课拿过 A 的事实。我得承认,她这一点,挺让人有好感的。我等了足足两分钟,然后才对她说,我得看书了。

"当然。"她说道,把书递给了我,一根手指夹在第九章第二节的位置。"再次读一读,挺有意思的,就像是突然遇到了之前经常在一起的人。"

"我花了很多时间学化学。"

"化学不会改变。"她说道。

我看着书页,她则是在包里翻了翻,掏出一本薄薄的诗集,艾德里安娜·里奇[1] 的《生活必需品》。她是因为课程而读这本书,或者她是那种在火车上读诗集的女孩,我不知道,我也没问,我们就这样友好而沉默地一路坐到了纽瓦克市。火车停下来,车门打开了,她从口袋里掏出一包黄箭口香糖,拿了一根当作书签塞进诗集里,然后无比严肃地再次看着我。

"我们应该谈一谈。"她说道。

第一学年结束的时候,我的女朋友苏珊对我说过"我们应该谈一谈",接着就告诉我,我们结束了。"我们应该?"

"难道你想给所有在纽瓦克下车的女人取行李,然后再为所有上车的女人放行李?"

她当然是对的。女人们目光炯炯地盯着我,然后又刻意去看她们的行李。火车上还有其他身强体壮的男人,但她们已经认定我了。

"你是要回家吗?"我的邻座身体前倾,面带微笑。她的嘴唇上

---

1 艾德里安娜·里奇(Adrienne Rich):美国当代诗人、散文家和女权主义者。

涂抹了东西，很有光泽。从远处看过来，别人会觉得我们在深度交谈，或者认为我们订婚了。我距离她非常近，可以闻得到她洗发水的香味。

"回家过感恩节。"我说道。

"很好呢，"她微微点了点头，直接锁定了我的目光，我清楚地看到她的左眼皮有点下垂，如果不是这么久地盯着看，这样的小瑕疵是不容易被发现的，"哈里斯堡吗？"

"费城，"我说道。那一刻，我感觉我们挺亲密，就补充了我在郊区的地址，"埃斯蒂斯帕克。"一时间，我都忘了，自己已经不再住在那儿。如果非要说我住在哪儿，应该是珍金镇。梅芙住在珍金镇。

听到我说埃斯蒂斯帕克，她眼睛一亮，一副熟悉的样子。"吕达尔。"她碰了碰搭在胸前的蓝色羊毛围巾。埃斯蒂斯帕克就在吕达尔旁边，我们真算得上是邻居了。一个女人靠过来想同我们说些什么，但我的邻座挥手让她离开。

"快乐卡特。"我说道。提到吕达尔，就该提及他的名字。在童子军营，我们在一个队，是队友；教堂联盟篮球赛，我们在不同的队，是对手。他天生就是受欢迎的那种人。我们上高中的时候，他成绩好，牙齿整齐漂亮，天赋异禀，一上场就能拿到40分，还不算助攻。他拿到了全额奖学金，在宾州大学打球。

"他比我高一个年级，"女孩子们想起快乐卡特的时候，脸上都是这种表情，她也是，"他带我表姐参加了初中毕业舞会，我怎么都没想明白。你是在切尔滕纳姆中学？"

"主教麦克德维特德高中，"我不想谈及复杂的话题，"但最后两年我是在寄宿学校。"

她露出了微笑:"你父母受不了你?"

我喜欢这个女孩子,她懂得谈话的时机。"是的,"我说道,"差不多是那样。"

火车再次离站,我们重回陌生人的状态,她看她的诗集,我看我的化学。在如此宁静的共存中,我们几乎忘了对方的存在。

火车在30号街车站停靠的时候,那个拿格子旅行包的女人,就是一开始让我放行李的那个人,直接冲到我身边,把我从过道拖过去,让我给她拿包。她的旅行包真是卡住了,周围全是其他人的包,塞得紧紧的,她即便站在座位的扶手上,也拿不出来。接着另一个女人需要帮助,然后又是一个,又来一个。我开始担心车门要关了,我可能得一路坐到宝利,然后再折返过来。我看到邻座的金发女孩朝车门走去,也许她谨慎地等了等我,也许她根本没有等。我对自己说,这没关系。我拿下最后一个包,那女人似乎真的觉得我应该帮她把包扛到站台上,但我挣脱了,抓上外套、行李和课本,正好赶在车门关上之前溜下了火车。

找我姐姐,从来都不是难事。我有两点很确定,其一,她个子比其他人高;其二,她总是很准时。如果我是坐火车到,准能在等候人群的前排中间处找到她。那是感恩节前的星期三,她就站在那里,穿着牛仔裤,套着我的红色羊毛衫,我本以为那件衣服丢了。她冲我挥手,我抬起手,正要挥起来,这时我的邻座抓住了我的手腕。

"再见!"金发碧眼的她微笑着说道,"化学考试,一切顺利。"她背起了背包。我猜,她是为了等我才放下的背包。

"谢谢。"我有一种奇怪的冲动,想要把她藏起来,或是赶走。但来不及了,我姐姐大步朝我们走来。梅芙一把抱住我,让我双脚离地有三厘米的样子，晃了晃我。她第一次这样，还是我从乔特中学回家过复活节时，之后她就保留了这一传统，只是为了证明她可以这样做。

"你在火车上遇到谁了？"梅芙看着我，没有看她。

我转身对着那个女孩。她是标准的中等个头，但无论是谁，只要站在我和我姐姐之间，看起来都很矮小。这时我才想起，我还没问过她的名字。

"塞莱斯特。"那个女孩说道，然后伸出一只手，于是我们握了手。"梅芙。"梅芙说道。然后我说道："丹尼。"接下来，我们祝彼此感恩节快乐，道了再见，然后分开。

"你把头发剪了！"刚走到女孩听不见的地方，我立刻说道。

梅芙抬起手，摸了摸脖子，黑色长发都剪掉了，留了个生硬的波波头。"你喜欢不？我觉得这样看上去更成熟。"

我大笑起来："我还以为你是厌倦了成熟的外表呢。"

梅芙挽上我的胳膊，头一偏，挨在我肩膀上。她的头发往前一扑，立刻遮住了她的脸庞，于是她把头往后一甩，就像个女孩子一样，我心想。然后才记起来，梅芙本来就是个女孩子。

"一年中最好的四天时间，"她说道，"在你回家过圣诞节之前，最好的四天。"

"也许圣诞节的时候，你可以来看我。你大学的时候，我就在复活节时去看了你。"

"我不喜欢火车。"梅芙说道，仿佛这事就这么定了。

"你可以开车呀。"

"开车到曼哈顿？"她瞪着我，以此强调我说这话的愚蠢。"坐火车可轻松多了。"

"坐火车就像是一场噩梦。"我说道。

"那个女孩是噩梦?"

"不,那个女孩挺好的。事实上,她帮了我大忙。"

"你喜欢她吗?"我们快走到停车场的入口了,梅芙坚持要开车来接我。

"喜欢呀,在火车上你喜欢邻座的那种喜欢。"

"她家住哪儿?"

"你为什么关心这个?"

"因为她还站在那儿等着,没人来接。如果你喜欢她,我们就可以捎上她。"

我停下脚步,扭过头往后一瞧。她没有在看我们,而是看着另外的方向。"你脑袋后面长眼睛了?"我一直都觉得有这个可能性。在火车上,塞莱斯特似乎什么都能应对,到了车站,却茫然不知所措。因为她,我免了很多搬运行李的活儿。"她住在吕达尔。"

"我们可以拿出十分钟来,送她到吕达尔。"

我姐姐比我更能感知周围的环境。她人也比我好。她守着我的行李,打发我去问塞莱斯特要不要一起走。塞莱斯特又花了几分钟的时间,在人群中搜索家人,但谁来接她就是个未知数。接着,她又问我,是不是太麻烦我们了。我说一点也不麻烦。我们三个这才朝着停车场走去,塞莱斯特还一个劲儿地道歉。接着,她钻进我姐姐大众汽车的后座,我们开车送她回了家。

✦

"是你说我们应该送她回家的,"梅芙说道,"我记得非常清楚。

我们要到古奇家过感恩节,我还得回家做个馅饼,你说在火车上遇到了这个女孩,你答应了她,说我会开车送她回家。"

"胡说八道。你这辈子就没做过馅饼。"

"我得去烘焙店拿我订好的馅饼。"

我摇了摇头:"我一直都是坐 4:05 的那趟火车。等我回来,烘焙店都关门了。"

"你还没说够?我要说的是,塞莱斯特可不是我塞给你的。"

我俩在梅芙的车里,大笑起来。那辆大众汽车早就不在了,取而代之的是一辆沃尔沃旅行车,配有加热座椅。我们慢慢开过雪地。

但是那一天,天气只是很冷,并没有下雪。黑暗中,荷兰屋的灯已经亮了。数年以后,这已是新传统的一部分。我和塞莱斯特约会,分手,复合。我们结了婚,生下了梅和凯文。我成了医生,然后又不再是医生。多年来,我们一直想要好好一起过感恩节,然后又放弃。每年,感恩节前的星期三,我、塞莱斯特和孩子们从城里开车去吕达尔。我把他们三个留在塞莱斯特的父母家,然后去和姐姐用晚餐。感恩节那天,梅芙会和教堂的一群人去给无家可归的人提供午餐;我则回去与塞莱斯特庞大并不断扩大的家庭一起用餐。晚些时候,到了傍晚,我和孩子们就回珍金镇看梅芙。我们用保鲜盒装满剩菜和馅饼,全都是塞莱斯特的母亲做的。我们坐在餐桌旁,吃冷餐,小赌几把扑克牌。我的女儿从很小的时候开始,就表现出明显的戏剧性人格。她喜欢说,这样跑来跑去,比父母离婚还要糟糕。我告诉她,她根本就不知道自己在说什么。

"谁知道呢,诺尔玛和布莱特是不是还回家过感恩节,"梅芙说道,"她们是否嫁给了安德烈娅很讨厌的人?"

"哦,那是肯定的,"我说道,就一眨眼的工夫,我仿佛能看到结尾一样。对于那些我绝对不会见到的男人,我深表同情,"那些被带到荷兰屋的可怜杂种。"

梅芙摇了摇脑袋:"很难想象,哪里去找配得上那两个女孩的好男人呢?"

我意味深长地看了我姐姐一眼,以为她会懂我的意思,但她没有。

"什么?"

"塞莱斯特一直都这么说你。"我说道。

"塞莱斯特一直说我什么?"

"她说,你觉得没人配得上我。"

"我从来没说过,没人配得上你。我说的是,你本可以找到一个比她好的人。"

"啊,"我举起一只手,"好了,打住。"我妻子贬低我姐姐,我姐姐贬低我妻子,我都得听,因为没法不听。这么些年来,我想过要改掉她们的这个习惯,想要在她们中的一个人面前捍卫另一个人的尊严,可我已经放弃了。好在她们也不会太过分,也都知道边界在哪儿。

梅芙回头望着窗外的房子。"塞莱斯特的孩子们都长得很美。"她说道。

"谢谢夸奖。"

"长得一点也不像她。"

哦,如果这世界上所有的男男女女,还有小孩子,都可以人手一台设备,既可以录音,又可以照相,还可以拍短视频,那就好了。我希望有比我自己的记忆更无可辩驳的证据。虽然我的姐姐和我的妻子都不肯承认,但我记得清清楚楚,是梅芙最先选中了塞莱斯特,塞莱斯特最先喜欢上的也是梅芙。1968年的那一天,我们开车行驶在雪地上,从30号街车站开往塞莱斯特在吕达尔的父母家,我也在车上。梅芙的热情温暖,足以融化路上的冰雪。塞莱斯特坐在后座,蜷缩膝盖,嵌在我们的行李之间,甲壳虫车子的后座实在是没多少空间。梅芙的眼睛不断地瞟向后视镜,问题一个接一个:在哪儿上学呢?

塞莱斯特是托马斯·莫尔学院二年级的学生。"我告诉自己,这就是福特汉姆大学[1]。"

"我本想去那个大学的,我想和耶稣会[2]教徒成为校友。"

"你上的是哪个大学呢?"塞莱斯特问道。

梅芙叹了一口气:"巴纳德学院。他们给了我奖学金,就这么一回事。"

据我所知,这都是假的。梅芙当然不是奖学金学生。

"你学的是什么?"梅芙问塞莱斯特。

"英语专业,"塞莱斯特说道,"这学期选的是二十世纪美国诗歌。"

"大学我最爱的就是诗歌课!"梅芙吃惊地扬起了眉毛,"现在读得不多了。毕业后,这点真是不好。没人要求你读书时,就找不到多少时间去阅读了。"

"你什么时候选过诗歌这门课?"我问我姐姐。

"家如此凄楚可怜,"梅芙说道,"维持原貌,为最后离开之人

---

1 福特汉姆大学:也译为福坦莫大学,前身是1841年成立的圣约翰学院,1907年更名为现在的名字。

2 耶稣会:天主教的主要修会之一。

保持舒适,仿佛期待他再度归来。然而,失去可取悦之人,它如此凋零枯萎,却没有勇气丢弃偷偷学来的体面。"

塞莱斯特确定梅芙不再往下说,立刻就用更为柔和的嗓音继续说道:"回到最初,快乐地展现它原本应有的模样。看吧,那些照片,看吧,那些餐具。那些在琴凳上的乐谱。还有那花瓶。"

"拉金[1]!"两人异口同声地喊了出来。梅芙和塞莱斯特简直可以当场嫁给对方,那一刻,她们的爱情就是这样。

我惊讶地看着梅芙:"你怎么知道这个?"

"我没跟他说清楚我的课程。"梅芙脑袋朝我这边一偏,大笑道。塞莱斯特也笑了起来。

"你的专业是什么?"塞莱斯特问道。我转过头去望着她,对我而言,此刻的她高深莫测。她们两个都是如此。

"会计,"梅芙摊开手掌,使劲一推,车子换到低速挡位,我们从一个积雪覆盖的小山坡慢慢滑下,然后过了那条河,穿梭在树林中,"非常枯燥,非常实际。我得谋生呀。"

"哦,当然。"塞莱斯特点了点头。

但是,梅芙的专业不是会计。巴纳德学院没有会计这个专业,她的专业是数学,她是班上的第一名。她干的是会计,但她学的不是会计,会计是她闭着眼睛都能做的事。

"看那儿,圣公会小教堂,挺可爱的,"梅芙慢慢行驶在家园路上,"我去那儿参加过一次婚礼。在我小时候,如果修女听说我们踏进了新教徒的教堂,她们就要发脾气教训人。"

塞莱斯特点了点头,完全没意识到梅芙是提了一个问题。托马

---

[1] 菲利普·拉金(Philip Larkin, 1922—1985),英国诗人。

斯·莫尔学院是耶稣会的学院,但坐在后座的女孩不一定是天主教徒。"我们去的是圣奚拉里教堂。"

她是天主教徒。

我们到了她家门口,她家的房子远没有荷兰屋气派,但相较于梅芙的三层非电梯公寓,那就气派多了。这是一栋殖民期风格房子,整体刷成了黄色,边缘是白色,外墙是楔形护墙板。前院里,两株没有叶子的枫树在风中发抖,一棵树上挂着一架秋千。看到这样的房子,很容易联想到幸福的童年,对塞莱斯特而言,的确如此。

"你们太好了。"塞莱斯特张口说道,但梅芙打断了她的话。

"我们送你进去。"

"其实不——"

"既然已经到这里了,"梅芙一边说话,一边停好了车,"至少得送你到家门口呀。"

我反正也得下车。我把座位折起来,弯下腰,扶塞莱斯特下车,再拿上她的背包。她的父亲是牙医,还在加班给人补牙齿,感恩节那天和之后的一天诊所要关门歇业。节假日,人们也只好不看牙医,忍着牙痛回家过节。她的两个弟弟和朋友们在看电视,看到塞莱斯特就叫起来,但也没挪位置,继续看着节目。跑来了一只名叫"笨笨"的拉布拉多犬,它的迎接要热情洋溢得多。"它还是小狗的时候叫'拉里',后来变得有些笨了。"塞莱斯特说道。

塞莱斯特的母亲,看上去友好而疲惫,她在准备大餐,明天午餐的时候,会有22位亲戚驾到。难怪她会忘了去车站接自己的第三个孩子。(诺克罗斯家里一共有五个孩子。)介绍结束后,梅芙让塞莱斯特在一张纸片上写下电话号码。梅芙说,她时不时地就要开车进城,可以捎上她,甚至还承诺下一次让她坐在前排。塞莱斯特很是感激,她的母亲站在炉子边,搅着一锅蔓越莓酱,也很是感激。

"你们两个应该留下来吃晚餐。理应如此!"塞莱斯特的母亲对我们说道,接着她立刻意识到自己犯了错,"我这是在说什么呢?你也是刚回家。哥伦比亚大学!你父母肯定正望眼欲穿地盼你回家呢。"

梅芙感谢了她的邀请,接受了塞莱斯特的小小拥抱。塞莱斯特跟我握了手。我和姐姐从积雪覆盖的前院通道走出。整个街区,上上下下,街道两边,每栋房子的灯都亮了,吕达尔的所有人都回家过感恩节了。

"你什么时候选过诗歌课?"等我们钻进车子,我立刻问道。

"我看到她把一本诗集塞回背包的时候,"汽车的加热器没啥用,梅芙还是给打开了,"怎么了?"

梅芙从来不刻意给别人留下好印象,即便对古奇律师也是如此,而我觉得古奇律师是她的暗恋对象。"如果吕达尔的塞莱斯特认为你不读诗,又能怎样呢?"

"因为你迟早都要找个人,我宁愿你从吕达尔找个天主教徒,也胜过找个佛教徒,说不定来自摩洛哥呢。"

"不会吧?你这是在给我找女朋友?"

"我只是在保护我自己的利益。不要想太多。"

我没有想太多。

第 九 章

1968年的时候,如果你住在珍金镇,或是去乔特中学读书,那么你这辈子打交道的人很可能就不会变,也许最后只是点头之交,但大都是那些人。纽约城却是未知的,时时刻刻充满了变数,选择走这条街而不是那条街,一切都有可能发生改变:你遇到了谁,你看到了谁,或者是避免看到谁。在我们最开始交往的时候,塞莱斯特最喜欢讲我们第一次见面的故事,讲给朋友们听,讲给陌生人听,有时我们单独在一起的时候,她还讲给我听。那天,她本来打算在宾州站乘坐1:30的火车,但她的室友想要和她一起坐地铁到中央车站。室友磨磨蹭蹭地收拾行李,收拾了好久,结果她们错过了那趟车。

"我也有可能上了另一列火车,"她脑袋靠在我的胸前,"我也有可能乘坐4:05那趟车,但可能在另一节车厢。或者我就在那节车厢,但坐在另外的位置上,我们就有可能错过彼此。"

"那天也许会错过,"我的指尖抚摸着她可爱的卷发,"但我最终还是会找到你的。"我这样说,因为我知道塞莱斯特想要听这话。她暖暖的身体躺在我的怀里,散发着象牙牌香皂的味道,何况我确实也是这样认为的。也许我的角度并不浪漫,但至少符合统计学概率:两个分别来自珍金镇和吕达尔的孩子,都在纽约上大学,那么他们很有可能在某个地方相遇。

"我之所以选择了那个位置只是因为那本化学书。你当时甚至没在座位上。"

"是的。"我说道。

塞莱斯特微笑道:"我一直都很喜欢化学。"

在那些日子里,塞莱斯特是个非常幸福的人儿,但回首往事,她就成了事不凑巧的终极受害者,当时她觉得她擅长化学,就应该找个医生丈夫,而不是自己成为医生。如果再过上几年,她就不会掉进那个坑里。

那本化学书也是在机缘巧合下才出现的。如果那学期一开始我就认真学习,埃布尔博士就没有理由让我惧怕挂科,我就不会走到哪儿都带着《有机化学》那本书。化学书还能成为钓到漂亮女孩的诱饵,谁能想得到呢?

如果不是眼看就要挂科了,我就不会在火车上看化学书;如果没在火车上看化学书,就不会遇到塞莱斯特,就不会踏上我现在的这条人生路。

但我不能只讲火车、动力学和女孩子,我还得说一说为什么我的化学差点挂科。

我想要参加哥伦比亚大学篮球队的选拔,梅芙力挫了我所有的念头。她说,去了只会分心,会影响学习,成绩就会完蛋,那么我们就再没机会掏空教育基金了,只能把钱全留给诺尔玛和布莱特。

再说了，哥伦比亚大学的篮球队也就那么一回事。结果呢，凡是有人招呼打篮球比赛，我都去。第三年学期刚开始，一个阳光明媚的星期六早上，我手里拿着篮球，偶然碰见了哥伦比亚大学的五个家伙，他们正要去莫里斯山公园。他们一行人都瘦瘦的，留着长头发，蓄着胡须，戴着眼镜，还有一个人光着脚。光脚的是艾瑞，他从宿舍房间出来的时候没穿鞋子，对我们说，他听说莫里斯山那儿总有人在找人打比赛。我们敬佩他的权威消息，但回想起来，我非常确定他不知道自己在说什么。哈莱姆区[1]乱得一塌糊涂，虽然林赛市长[2]愿意走街串巷，但哥伦比亚的学生还是更愿意待在学校这一边。1959 年，梅芙在巴纳德上大学的时候，情况不一样。前往阿波罗剧场观看业余选手之夜，女孩们和她们的约会对象依然会盛装打扮。但到了 1968 年，可以这样说，这个国家所有的希望都被推到墙边，枪决了。哥伦比亚大学的小伙子们去上课，哈莱姆区的小伙子们上战场；这是现实，不会因为星期六的一场友谊赛而暂停。

　　我们六个人朝公园走去，开始意识到这个现实。我们睁大了眼睛，所经之处的其他人也睁大了眼睛——孩子们横七竖八地躺在台阶上，男人一群群地聚在街角，女人从开着的窗户探出头来，每个人都在打量我们。经过我们身边的女人和女孩建议我们滚回去，该干吗干吗。路边的垃圾袋一个地裂开，满街都是垃圾。一个男人身穿无袖贴身内衣，留着爆炸头，脑后插了一个乐器的拨子，有正餐盘子那么大；他从开着的车窗钻进车里，打开了收音机。这儿有一座褐沙石建筑，木板遮挡着窗户，没有前门，墙上贴着一张通知：

1　哈莱姆区：也译作哈林区。
2　林赛市长：当时的纽约市长约翰·林赛（John Lindsay）。

税务法拍。公开拍卖出售。若是父亲看到了，一定会拿出胸前口袋里一直装着的小活页笔记本，记下拍卖的日期和具体时间。

"看到这样的通知，"在我小时候，有一次我们站在费城北部的一栋公寓楼前，他对我说，"就相当于说，来吧，拿走吧。"

我对他说，我不明白。

"业主放弃了，银行也放弃了，唯一没有放弃的是美国联邦税务所，他们从不放弃。想要拿到这栋楼，只需要付清税款就行了。"

"康罗伊！"同行的一个家伙叫华莱士，我们一起上化学课，他转头叫我，"赶快跟上。"他们已经到了街区的尽头，现在我是一个落单的白人，手里拿着一个篮球。

"康罗伊！你快滚呀！"旁边一座楼的台阶上坐着三个男生，其中一个如此说道。接着，另一个嚷起来："康罗伊！给我做个三明治！"

就在那一刻，在120号大街，我的灵魂觉醒了。

我指了指那栋贴着拍卖通知的大楼问："谁住在那儿？"我问那个叫我做三明治的男生。

"我怎么会知道？"他说话就像是不懂语法的10岁孩子。

"他是警察。"另一个男生说道。

"警察没球。"第三个男生说道。这话一出口，三个人歇斯底里地狂笑起来。

另外五个人本来是在等我，现在加快了步伐，往回走过来。"伙计，该走了。"艾瑞说道。

"他是警察，"那个男生再次说道，举起一只手，比作手枪的样子，"你们都是警察。"

我在胸前传球，把篮球扔给穿红色T恤的男生，他直接把球扔了回来——一下，两下。

"扔到这儿来。"另一个说道。

"你们先去公园，"我对他们说道，"我马上就来。"他们都觉得这想法不怎么样，我的同伴和台阶上的男生都不认为这是个好主意。但我已经转身，朝角落的烟酒店走去，我想去借一支笔，我可以把需要的信息写在手掌上。

那天在去莫里斯山找人打篮球的路上，我成了父亲唯一的遗产受益人，这份遗产的价值胜过了他的公司或是他的房子。我的整个人生顿时清晰得像是一张彩色照片：想要成为我应该成为的那个人，我需要一栋大楼，具体而言，就是雷诺克斯附近120号大街上的那栋楼。我会亲自给大楼安上窗户、装上大门；我要补好墙壁、打磨地板，有那么一天我会在星期六到那里收租。梅芙认为医学院是我的宿命，塞莱斯特认为她是我的宿命，她们都错了。到了星期天，我给古奇律师打电话，解释我的处境：父亲给我的教育提供了保证，是的，但如果把这笔钱用于购买大楼，开启他本打算让我从事的事业，不是更遵从了他的愿望吗？忽略暴力和肮脏，忽略那些深不可测的财富角落，曼哈顿毕竟是个小岛，而小岛的这一部分就在不断扩张的大学旁边。他就不能代表我申请一下基金吗？古奇律师耐心地听完我的话，然后解释说，愿望和逻辑都不适用于信托基金。我父亲安排的基金只服务于我的教育，而不是我在不动产方面的事业。两周后，那栋旨在改变我人生的大楼公开拍卖，我去了。大楼以1800美元的价格成交，我无力回天。

但与往常一样，事实证明我错了。我如今经常出没的地段有很多栋楼，另找一栋差不多的大楼——被火烧过的、非法住满了人的、已经被安排上了拍卖日程的建筑，也不是没有可能。我花了很多时间在哈莱姆区转悠，连我都觉得自己形迹可疑。白人出现在这里，要么就是买东西，要么就是卖东西，要么就是蓄意破坏别人的营生。我属于买东西的范畴，但我想要买的东西要大得多，可不是一袋大麻，而且我想要留下来。哥伦比亚的学生大都从未到过哈莱姆区，但我却熟门熟路到可以当导游。我在图书馆和档案馆做了大量细致的调查，以十个街区的范围为半径，查询财产税并比较价格。我做计划，去看即将出售的大楼，在报纸上搜索法院拍卖房屋的消息。我唯一疏忽的就是化学，后来又加上了拉丁语、生理学和欧洲历史。

父亲教过我如何检查门廊下面的托梁以判断建筑的腐烂情况，如何安抚愤怒的租客，如何安装电源插座，但我只见过他买三明治之类的小东西。我知道他人生的两件事：一是他曾住在布鲁克林，没钱；二是他拥有大型建筑和房地产公司，有钱。但我缺少连接这两者的桥梁。我不知道他是如何从第一件事走到第二件事的。

"不动产。"梅芙说道。

一个星期六，我给在家的梅芙打电话，用的是宿舍的公用电话。我把一袋子硬币放在电话前的金属搁板上，我本应把这些钱存起来的。"我知道是不动产，但交易的是什么？他买了什么？他总说当年很穷，如果真有那么穷，是谁给了他贷款呢？"

电话那头安静了一分钟："你在干什么？"

"我想要搞清楚我们的过去，我想做你一直在做的事情，我在解读过去。"

"在星期六上午，"她问道，"还是长途电话？"

梅芙是谈论这件事的不二人选，她是我姐姐，她对钱有天生的嗅觉。如果还有人能帮我解决这一问题，那就是她，但她梦想着我进医学院，凡是与之相左的事情，她都不肯听。即便我可以告诉她，又该说什么呢？我在哈莱姆区找到了另一栋即将拍卖的大楼？这个出租公寓的每层楼只有一个浴室？"我只是想要搞清楚过去发生的事情。"我说道，这倒也是实话。我在父亲公司待过不知道多少个小时，却从未想过问他一个问题。这时接线员上线，说我需要再放进75美分，然后通话三分钟，我婉言谢绝，电话中断了。

只有埃布尔博士一个人知道我掉队了，也是埃布尔博士把我叫到他的办公室，让我回到化学的正轨上。他打发我去系里找秘书，安排时间，每周在办公时间见他一次。他说，我缺课的次数已到了上限，从今以后，就是生病也得坚持上课。每章节之后的问题，其他学生的作业只有四五道，而我要全部作答，还要到办公室来核对答案。我一直不确定，受到如此的单独对待，到底是惩罚还是优待？若是惩罚，我觉得不至于如此；若是优待，我觉得自己不配。

"带你父母过来吧，"还有几天就是父母开放周末，他对我说，"我会告诉他们，你现在做得不错，让他们不用担心。"

我站在埃布尔博士办公室的门口，顿了顿，考虑到底是告诉他实话，还是说声"谢谢"，暂时不提这事。我喜欢这位在后面追着我打的博士，但我的故事曲折复杂，别人听了，往往会动恻隐之心，我受不了。

"怎么了？"他在等我的答案，"没有父母？"

他是开玩笑的意思，于是我笑了笑。"没有父母。"我说道。

"嗯，作为庆祝活动的安排，我星期六在办公室，你和你的监护人可以来一趟。"

"也许吧。"我说道，接着表示感谢，离开了办公室。

我很容易就猜到了，数年后莫里斯·埃布尔博士（大家都叫他

"莫里")也证实了我的猜想:他去注册处看了我的档案。他再也没有问过我父母的事情,但建议我们把每周的见面地点改到匈牙利点心店,边吃午餐边谈。他和他的妻子为化学研究生举办的晚餐会,也邀请我参加。他查看我其他科的情况,提醒我其他老师注意我的处境。莫里·埃布尔同情我,成了我的指导老师。他认为正是因为我没有父母,学习上才陷入了困境,事实上,让我陷入困境的就是我父亲。大学读了一半,我认清了:我非常像我的父亲。

根据阿基米德原理,任何全部或部分浸入静止液体中的物体都会受到向上的浮力,浮力等于它排开液体所受到的重力大小。换言之,你可以把一个充气沙滩球强摁到水里,可一旦松开手,球立刻就会浮上来。在我漫长的学习生涯里,我压抑了自己的本性。凡是要求的,我都照着做了,却同时偷偷摸摸地记录下了遇到的待售大楼:询问价格、售卖的价格、待售的周数。我参加法院的抵押拍卖会,悄悄地坐在外围,这已成了很难改掉的习惯。我和塞莱斯特一样,有机化学得了A。第二学期,我选了生物化学;之后,到了大学第四年,我选了实验物理。我在快要淹死的时候,遇见了埃布尔博士,从此一直处在他关注的目光下。除了那半学期,我一直都是优等生,但即便之后我已上岸,他还是认为我可以做得更好。他教我怎么学习,怎么反复学习,一直学到所有的答案都铭记在心。我跟他说过,我想成为医生,他相信了我。等到申请医学院的时候,他不仅为我写了推荐信,还走了二十个街区,亲自把它交到哥伦比亚大学医学院录取办公室主任的手中。

我从未想过要当医生,这一事实就像是谁也不会有兴趣去读的故事脚注。学医这么艰苦的事情,如果不是真正想做,谁又能做得成呢?但很多人也就这样长期坚韧不拔地熬了出来,而我也是这一传统的一部分。我猜我班上至少有一半的学生不想学医，我们都是在满足别人的期待：医生的儿子应该成为医生，以传递家风；移民的儿子应该成为医生，这样才能让家人过上更好的生活；在督促之下，学习最努力、最聪明的孩子应该成为医生，当年的医学仍然是聪明孩子的最佳选择。距哥伦比亚大学本科开始招收女生还有些时日，但医学院里却有那么几个女生。谁知道呢，也许她们才是真正想要学医的人。1970年，没人指望自己的女儿成为医生，女孩们还得争取这一权利。医学院有个很热闹的剧团，里面的演员都是医学生，他们很快就会成为沉闷枯燥的放射科医生和泌尿科医生。去看医学院剧团的表演，看到他们在台上画着一厘米宽的眼线，快乐地放声高歌。如果他们的人生完全属于他们自己，他们会做什么也是不难想象的。

入学介绍的第一天，我们到了一个环形演讲厅，里面是露天体育馆一样的座位。各路教职员工轮番登台展示疑难杂症，并告诉我们，到年末时，我们即便不能解决这些问题，至少也要能够像模像样地讨论一番。心脏外科的主任登台颂扬心脏外科的奇迹，向母亲说过要做心脏外科医生的小伙子们就吹口哨、大声叫喊、拍手，每个人都觉得自己有一天会成为心脏外科主任：主宰一切。接着上台的是神经学医生，听众席中另一群人欢呼起来。一个接一个的，每一个人体器官都有了高光时刻：肾脏！肺！哦，它们一个个金光闪闪！我们是一群最聪明的傻瓜。

在我读医学院的时候，公寓里有了电话，我们都有。即便是在医学院的第一年，他们也想让我们明白，我们随时都可以被叫到医院。我成为医学生的第二周，刚进门，电话就响了。

"超级好消息。"梅芙说道。六点钟之后，长途电话费下调，十点后再次下调。此时时钟显示十点零五分。

"洗耳恭听。"

"今天我跟古奇律师吃午餐,绝对的社交午餐,他觉得他应该担起我们父亲的角色。吃到一半,他提起一件事,说安德烈娅跟他联系过。"

换成别的时候,听到这个消息,我应该是为之一振,但我现在太疲惫了,一点也不放心上。如果我立刻开始做功课,也许凌晨两点可以上床睡觉。"然后呢?"

"她给古奇律师打电话,说觉得送你去医学院太过分了。她说,她认为基金只是上大学本科用的。"

"谁跟她说的?"

"没人,她胡乱编的。她说,当年你上乔特中学的事情,她没计较,因为你毕竟刚刚失去父亲,但到了这点上,她觉得我们是在骗取基金。"

"我们就是在骗取基金。"我坐在了厨房里唯一的椅子上,靠在小桌子边。电话在厨房里,安放在我称之为橱柜的地方。一只蟑螂从黄色的金属橱柜门前大摇大摆地走过,从门缝溜了出去,我一直看着。

"古奇律师告诉我,安德烈娅查了哥伦比亚大学的费用,说这是全国最昂贵的医学院,你可能都不知道吧?头号。她说这就是证据,我们就是想要对付她。只需哥伦比亚大学一半的费用,你就能去宾州大学,基金里就有钱留给她的女儿们。她对古奇律师说,哥伦比亚大学,她是不会再付钱了。"

"但付钱的不是她,是基金。"

"她认为她本人就是基金。"

我揉了揉眼睛,对着空无一人的厨房点了点头。"嗯,古奇律师怎么说?她起诉立案了?"

"没有的事!"我听到梅芙的声音很大,很快活,"古奇律师说,你这一辈子都可以待在学校。"

"那是不可能的。"

"你怎么知道呢?学无止境,奇妙无穷,你可以过一辈子学术的生活。"

我想到了哥伦比亚长老教会医学中心,无尽的迷宫建筑,教授们穿着白色大褂,就像天上的诸神,在走廊里翩然而来。"我不想当医生。你知道的,对吧?"

梅芙顿都没顿一下:"你不必当医生,你只需要学医。一旦学完了,你甚至可以到电视剧里演医生,我不管。你想做什么都可以,凡是需要在学校里学很久的东西,都行。"

"去帮助穷人吧,"我说道。梅芙在天主教慈善会的夜校上课,教人怎么做预算,星期四晚上她熬到很晚,批改他们的笔记,订正他们的数字,"我要做功课了。"

"我告诉你,是想让你高兴,"她说道,"但事实怎样,没关系。我为我们两个人高兴。"

我在可预见的未来里,都没有高兴可言。我选了人类组织学、胚胎学和系统解剖学。化学课上埃布尔博士对我的训练深入骨髓:每章节之后的问题,我全都做了回答,次日早上醒来后,再次作答。我们四人一组,拿到一具尸体、一把锯子、一把解剖刀,开工。在这之前,我只见过我父亲的尸体。我发现这很容易使人联想到一群白大褂像秃鹫一样蹲在他的床边,等着把他开膛破肚,分解开,再组装上。我们组的这具尸体,年龄比我父亲大,个子比他小些，皮肤是棕色的，他的嘴巴以同样可怕的方式张着，仿佛全世界的人都是如此挣扎着想要吸入最后一口气，却又办不到。我本以为要把一个人切开，贴上标签，至少还是需要那么一丁点的好奇心，但事实并非如此。我做了，因为这是任务。第一天，我的一些同学在解剖室当场呕吐，有人忍着冲到了走廊，甚至是到了洗手间。但是，这样又锯又切的，我挺了过来，一直到了大楼外才有了反应。福尔马林恶心的气味还留在我的鼻腔里，我和瘾君子还有醉鬼一起，站在华盛顿高地社区的人行道上，吐了。

大学本科三年级和四年级的时候，我和塞莱斯特时不时地见面。我也和其他女人见面，约会是一项需要深思熟虑的计划和时间的活动，到了医学院，这些都是奢侈品，而我并不拥有。与塞莱斯特出去，感觉最不像约会，她几乎对我没有要求，大多数都是她在付出。她随和阳光，长得漂亮，却不勾魂。她和我一起坐火车去费城。我和梅芙开车送她到吕达尔，但塞莱斯特从不要求我与她家人共处。在那些日子里，梅芙和塞莱斯特两人依然很亲密。梅芙很开心，因为哥伦比亚医学院收费昂贵，排名榜首，而且无须给我提供助学金；塞莱斯特很开心，因为哥伦比亚医学院比哥伦比亚大学的主校区更靠北，她从她的学院过来更容易，当时她还是英语专业的学生。我的小公寓距离医学院有两个街区，塞莱斯特每周五下午最后一节课结束后，就从布朗克斯到我这儿来，一直跟我在一起，等到星期一上午轮到她在系主任办公室前台值班的时候才回去。在我读本科的时候，我们根据我室友的日程表周旋，但等我到了医学院之后，就坠入了一周三天的"婚姻状态"，现在回想起来，那种状态已是我们力所能及的顶配。我们的生活原则在火车上第一次碰面的时候就已确定：我得学习，她得由着我。但我们也生活在1969

年的美国：战争在无情地进行中，街上挤满了抗议者，学生依然占领着行政办公室；而我们只要有时间，就无忧无虑地享受着性爱。想到人体解剖学，我想起的并不是我的那具尸体，而是年轻的塞莱斯特，裸身躺在我的床上，她让我的双手拂过她的每一块肌肉、每一块骨骼，一边摸，一边说出它们的名称。我看不见的，就摸索感受，在这一过程中，我知道了如何将她紧紧贴在我身上。那些日子里，我仅有的一点快乐是和塞莱斯特一起度过的——很晚了，我们在医院的楼顶上捧着白色纸盒，"哧溜哧溜"地吃四川面条；那次她从法文教授那儿搞到了免费票去看《午夜牛郎》[1]，而那是教授本想带她去看的。一切都挺好的，但后来她开始关注她即将毕业这件事，想要为未来做准备，就是在那个时候，她告诉我，我们必须得结婚了。

"医学院才读一年，我不可能结婚的，"我没有提及我不想结婚的事实，"之后的学习只会更难。"

"但我父母不会让我们同居的，也不会付钱让我在外面住，等着你毕业。他们拿不出那么多钱。"

"那就该找份工作，对吧？大学毕业，就该找份工作。"

话一出口，我就醒过神来，塞莱斯特想要的工作就是我。学一学诗歌，高年级的时候写一写特罗洛普[2]的论文，挺好的，但她一直研究的是我。她打算把这间小小的公寓收拾干净，做晚饭，最后再要个孩子。女人在书中读到了妇女解放，但现实中的妇女解放是什么样，她们并不知道。什么是完全属于自己的生活？对此，塞莱

---

[1] 《午夜牛郎》：第42届奥斯卡金像奖最佳影片，并获最佳导演、最佳改编剧本奖。
[2] 特罗洛普（Anthony Trollope，1815-1882），英国作家。

斯特一无所知。

"你是要跟我分手。"她说道。

"我不是要跟你分手。"我想要的就是我已经得到的东西:一周的三个晚上。说实话,如果一周有两个晚上待在一起,我会更开心。我真是不明白,为什么星期天晚上她非要在这里过夜?第二天还得一大早起来赶火车回学校。

塞莱斯特坐在床边,出神地望着窗外,盯着脏兮兮的通风井,盯着外面的砖墙。她弯腰驼背,漂亮的金色卷发垂在奢拉的肩膀上。我想要让她坐直了。她坐直了,一切都要好得多。

"不往前走,就是要分手。"

"我不是要跟你分手。"我又说了一遍,但我没坐到她身边,也没握住她的手。

她圆圆的蓝色眼睛里噙满了泪水。"你为什么不帮我?"她问道,声音很小,我几乎听不到。

"帮她?"梅芙说道,"她说的可不是换公寓,她想要你娶她。"

我坐火车回家过周末,我想和姐姐谈一谈。塞莱斯特虽然一口咬定我要跟她分手,但从星期五到星期天还是睡在我床上,我需要摆脱这个环境好好想想。我回家是为了整理我的生活。

梅芙说,她在手套箱里放了一盒香烟,以备紧急之时用。我们都觉得这时完全可以放纵一下。早春时分,叶茂花繁,挡住了我们的视线,遮住了荷兰屋。鹟鹩在人行道上走来走去,寻找小细枝。"医学院才读一年,你不可能娶她的。简直是疯了,她无权要求你

143

这个。医学院读完了，一旦进入住院医生实习期，只会更忙。实习期结束之前，你都不会有时间的。"

就当时看来，进入医学院让我的本科学习就像是一场漫长的羽毛球比赛。学习一旦变得更难，我都不知道如何才能坚持下来，而学习总是变得越来越艰难。"等实习期结束了，我也不会有时间的，"我说道，"我就得行医，就要工作了。或者我不会行医，因为我根本就不想当医生，到时候我就得去找个工作，那也不会是结婚的好时机。我这一辈子都可以这样说，是不是？'现在不是时候'。"但根据埃布尔博士的说法，事情并不是这样的。他说第一年是最难的，第二年次之，第三年再次之。他说，不过是学习一套新的学习方法，越是往前走，越是轻松。我没跟博士说过塞莱斯特的事情。

梅芙撕掉了香烟盒外面的玻璃纸。她一点烟，我就看出来了，她没有真正戒过烟。她的动作太自然，太放松。"那就不是时间的问题了，"她说道，"你应该结婚的，但时间永远都不会合适的。"

"糖尿病患者不应该吸烟。"我在医学院这么久，这一点当然知道。事实上，这是常识，没进医学院也知道。

"糖尿病患者什么都不应该做。"

"你测血糖了吗？"

"我的天，你要过问我的血糖了？不要跑题。你准备拿塞莱斯特怎么办？"

"我可以在夏天娶她。"我本想不客气地说上一句，因为她先对我不客气。但这话说出来，我就惊讶地发现其中还有一丝可行性。为什么不呢？干净的公寓，可口的食物，满足的性生活，开心的塞莱斯特，还有我从未想象过的成年状态。我又把这话说了一遍，就是想感受一下说这话的感觉。听起来真还可以呢，我可以在夏天娶她。在这之前，我脑子里出现的都是塞莱斯特失望的脸——她会受到伤害，我会觉得内疚，等一切都结束了，我就会想念这个裸身躺在我床上的女孩。但我从未考虑过结婚的可能性，我只是认为在未来一长串的时间里都不合适。也许，现在结婚也不是坏事，也许还是好事。

梅芙点了点头，仿佛料到了我要说这话："你还记得爸爸和安德烈娅什么时候结婚的吗？"

"当然。"她没有听我说话。

"很奇怪，在我脑海里，他们的婚礼和爸爸的葬礼总是搅在一起。"

"不奇怪，我也是这样，应该是鲜花的缘故。"

"你觉得爸爸爱她吗？"

"安德烈娅？"我问道，其实我们还能在谈论谁呢，"一点都不爱。"

梅芙又点了点头，长长地对着车窗外吐出一口烟："我觉得爸爸是厌倦了一个人的生活，我就是这么想的。我觉得爸爸的生活中有一个大洞，安德烈娅总在爸爸身边，对爸爸说，她就是那个能够填补大洞的人，最后爸爸决定相信她。"

"或者她不停地说，爸爸听得厌烦了。"

"你觉得爸爸娶了她，是为了让她闭嘴？"

我耸了耸肩："爸爸娶了她，以此了结他们是否应该结婚的谈话。"这话刚一出口，我就明白了我们在谈论什么。

"所以你是爱塞莱斯特的，想要跟她一起生活。"梅芙不是在问我，只是想确认一下，把事情做个了结。

145

我不会在那个夏天结婚的。想法突如其来，也去得彻底，什么新的感觉也没有留下，我还是以前的感受：难过，得意，最后是失落。"不，不是那样的。"

最后的决定说出来后，我们坐在那里，沉默了一会儿。"你确定？"

我点了点头，点燃了第二根香烟："我们怎么从未谈过你的感情生活？你找一个人照顾你，我会很欣慰的。"

"我也会很欣慰的，"梅芙说道，"但我就是没有。"

我直视她的眼睛："我不信。"

就算是与猫头鹰对视，赢的人也会是我的姐姐。但这一次她转开头："嗯，你应该相信我。"

✈

我从珍金镇回来后，塞莱斯特认定一切都是梅芙的错："距离期末考试还有三个星期，她让你跟我分手？谁会做出这样的事情来？"

我们在我的公寓里。我跟她说了，不要过来，我坐火车去找她，在她那边谈。但她说不行，太荒唐了。"我可不要当着我室友说这些。"她说道。

"梅芙没让我跟你分手。她什么都没有说，她只是听我说话而已。"

"她让你不要娶我。"

"她没有。"

"谁会跟姐姐说这些事情呢？如果我的弟弟要决定是否要学牙医，你觉得他会到布朗克斯找我，一起把这件事情说个清楚吗？没人这样做。这不正常。"

"也许他不会跟你谈。"我立刻感到有些烦躁,顺势恼怒起来,与其内疚,还不如愤怒,"也许他知道你不肯听他说话,也许他会找你们父母谈。因为你们有父母,我只有梅芙,行了吧?就是这么一回事。"

塞莱斯特感到风向变得对她不利,她就像是池塘里的小帆船,立刻在风中改变了方向。"哦,丹尼。"她的一只手放在了我的胳膊上。

"别再说了。"我说道,仿佛受伤害的人是我,"没用的。没必要争出个谁是谁非。时机不对,仅此而已。"

因为这句凭空而来的小小安抚之语,她又跟我上了一次床。之后,她说想要在这里过夜,第二天一起床就走,但我说不行。我们没有再多说什么,收拾好了她的东西,一起坐上火车回布朗克斯,每人将一个包放在膝盖上。

第十章

轮到我去外科病房实习的时候，我做得特别好。我跟其他人一样认真勤勉，速度却是他们的两倍，我的篮球的确没有白练。速度快，医院才能赚钱。医院当然非常看重准确，可有了速度才能出众。实习期就要结束了，有位主治医生力劝我再攻读三年胸外科。刚刚过去的两个小时，他做了一场右肺下叶切除手术，我是他的助手，他很是赏识我打结的灵巧。手术后，我们坐在一个很小的房间里，里面摆放着一张双层床和一张桌子。这里就是供我们在看病的间隙睡上二十分钟的地方。那位主治医生"嗡嗡"说个不停，说我天赋可观，而我一直觉得还能闻到血腥味，于是我第二次站起来到角落的小水池洗了把脸。我没那个心情，一边用纸巾擦着脸，一边对他说，我可能是有天赋，但我不打算用。

"那你在这里干什么？"他认定我是在铺垫笑话，于是面带微笑地等着。

我摇了摇头："轮换科室，这个不是我的菜。"没必要解释，他的父母很有可能来自孟加拉国，就为了儿子能在纽约成为外科医生，他家里肯定背负了沉重的债务，被压得喘不过气来，哪里会想听别人读书是为了用光教育基金这种话。

"听着，"他把外科手术服拉下来，扔到了桶里，"外科医生是王者。能够当老大，就不要做老二，对吧？"

我看得清楚他胸腔的每根肋骨。"我就是老二。"我说道。

我没能说出笑话，他还是大笑起来："从这地方走出去的只有两种人：一种是外科医生，另一种是没能当成外科医生的人，就这两种。你会成为外科医生的。"

为了让他闭嘴，我对他说，我会考虑的。二十分钟只剩下十四分钟，每分钟都至关重要。我疲倦得不行，从来没这么疲倦过。就因为这个，我想告诉他，我可不想做什么住院实习生，也不想做什么实习医生。我不想学医，我想钻研房地产，我想头也不回地大步离开这地方。

但我并没这样做。我试过，失败了，再试，又失败了。一栋栋的大楼在市场上滞留数年，最终成交的价格只是它们价值的零头。我看到有些抵押的大楼售价只有1200美元，即便这些楼烧得只剩空壳，外墙上全是涂鸦，每块玻璃都被砖头砸过，但我仍觉得自己是它们的救星。请注意，这里说的不是人，不是那些可能会住在大楼里的人。男男女女在急诊室大厅里排队，等我拿出一分钟的时间看看他们。面对他们，我没有什么伟大的想法，我不觉得自己能救人一命。我想要大楼。但买下了大楼，就得补缴税款，就得买门、修理窗户、支付保险费，就必须赶走占住空楼的那些人，还得赶走老鼠。这些事情，我都不知道该怎么做。

虽然我信誓旦旦地说了那么多，最终还是到布朗克斯的爱因斯坦医学院做了实习医生。成了实习医生，不仅不用交学费（"好的，"梅芙说道，"我之前还不知道这个。"），他们还要给我钱。到了这个阶段，教育基金就只需要支付我的房租，再给我一小笔其他开支的钱，我都把它们存进了银行里。我不再以一种有意义的方式从安德烈娅那儿敲诈金钱，事实上我也不曾这么做过。我也不再是为姐姐复仇了。事实上，我就是在接受医学培训。我与同事相处得很好，给老师留下了好印象；我帮助病人，每天都在巩固化学课的经验教训：即使不喜欢自己的工作，也要干得很好。我在爱因斯坦医学院度过了实习期，这期间我还忙里偷闲，零星地去哥伦比亚大学的法学院，站在讲课大厅后面学了不动产法律的课程。我关注不动产市场，其方式就好比其他人关注棒球一样：数据都记在脑子里，却从未下场打过比赛。

埃布尔博士继续关注我，或者在他眼里，我们已成了朋友。每三四个月，他就会请我喝咖啡，一直约我，直到我们敲定日期为止。他谈他的学生，我抱怨工作量太大。我们谈论学院政治，心情好的时候，就谈论科学。我没和他说过不动产，我也没问过他，化学是不是他这辈子想要做的事情？我就没想过要问。女服务生给我们端来咖啡。

"这个夏天，我们要去伦敦，"他说道，"我已经在骑士桥[1]租了一套公寓。整整两个星期，我们的女儿内尔在那儿工作。你认识内尔的。"

"我认识的。"

埃布尔博士极少提到他的家人，有可能是顾忌到我的情况，也

---

[1] 骑士桥：伦敦的街道。

有可能这就不属于在我们的关系下谈话的范畴。但在那个春天的下午，他太开心，憋不住，想要说一说："她做的是艺术品修复的工作。三年前她去读博士后，后来就成了全职工作。我觉得她不会再回来了。"

数年前的新年前夕，在埃布尔博士的公寓，我和内尔·埃布尔喝多了香槟，亲吻过一次。我这也就是随便一提，那时，她来到她父母的卧室，而我正在床上一堆黑色外套里翻找属于塞莱斯特的那一件。房间光线很暗，在走廊的尽头，音乐声和喧闹的笑声听起来好远好远。内尔·埃布尔，我和她栽进了那堆外套中，过了一两分钟，才恢复常态。

"自从她走后，我们就没去伦敦见过她，一次都没有，"她父亲继续说道，"我们总是让她回家来。爱丽丝终于拿下了那笔建新医学大楼的大额捐款，她追这笔钱五年了。爱丽丝对他们说，如果不给她放假，她就不干了。"

爱丽丝·埃布尔在哥伦比亚医学院的发展办公室工作，这些年来她一直和蔼可亲，总是邀请我到她家里用餐。关于她的工作，我好像只知道这一点。也许数年来，埃布尔博士一直都在跟我说他的妻子在给新医学大楼筹款，也许爱丽丝本人也告诉过我，而我只是没记在脑子里。之前在校园里，我时不时地会碰到她，她询问我上课的情况。我有没有遵循礼貌交谈的原则也抛出一个问题呢？或者我只是回答，然后就等着她再次发问？

"他们现在用 X 光检查画作，"埃布尔博士说道，"看下面有没有另一幅画。完全不需要任何猜测，原画再现。"

"哪儿？"我问道。这一刻，虽然我还没完全领悟，但已感觉到了，感到我的未来正朝我走来。

"泰特美术馆,"埃布尔博士说道,"内尔在泰特美术馆。"

我啜了一口咖啡,数到十。"新医学大楼,要修在哪儿呢?"

他挥了一下手,仿佛是指了指北方。"我不知道。大家觉得选址是首要的事情,但在没有拿到大笔捐款前,他们是不会决定的。我猜肯定是在军械库附近。你知道军械库吗?真是灾难呀。"

我点了点头。女服务生拿账单过来,我一把拿到手里。埃布尔博士要抢着付账,我赢了,这是我认识他以来的第一次。

回布朗克斯之前,我顺路到哥伦比亚书店,买了几张医学中心和华盛顿高地的地图。路过的本科生,一个个看上去就像是14岁的男孩,头发乱蓬蓬的,光着脚丫子走在去沙滩的路上。我坐在南广场前面巴特勒图书馆的台阶上,打开刚买的地图。我和埃布尔博士的看法一样:即便还没有最终确定,医学院的选址在田径军械库附近似乎是必然之举。军械库要被改造成有1800个床位的流浪汉收容所,肯定会拉低周边停车场的地价。停车场不难找,经过六个月的尽职调查,那个周末,我与两个停车场顺利签约。这么多年来,我一直"砰砰砰"地敲着一扇紧锁的大门,现在我发现门大敞开着,卖家早就认定自己别无选择。他解雇了经纪人,穿着衬衣打着领带,亲自赴约,旨在亲力亲为。他已疲惫不堪,于是接受了我的提议。我告诉他,我是医生,医生找不到安全的地方停车。我说,这就是我们都没车的缘故,他听了大笑起来。他挺喜欢我的,这两个停车场已经待售三年,现在丢给了我,他还觉得有些过意不去。听我说要在合同上加一条具体执行条款:他放弃改变心意的权利,我也放弃改变心意的权利。他觉得我在自寻死路,我们就是拴在一条绳子上的蚂蚱。卖家承诺六个月的期限,拿钱走人。买家承诺支付这笔钱,拿走停车场。回头看,一切都是那么明朗,但在当时我就好比背对赌桌，越过肩膀，往身后的桌子上扔骰子。我要在大型收容所旁边买两块停车场，赌的是我没有的钱，理由是我觉得有一栋大楼会在这里拔地而起，所以我要买下这里的地皮。我指望在付款之前大楼的选址就能确定下来，否则我就只能贷款付钱，而我没资格贷款。

五个月后，我把停车场卖给了医学院，拿到了很可观的一笔钱，付了停车场的钱，又从住房基金得到了一笔贷款，支付了押金，拿到了我在西116号大街的第一栋大楼。这栋楼有十八套公寓房，大多数都有人住。一楼的店面一分为二，一家是洗衣房，另一家是中国菜外卖店，生意都不错。根据赔偿金估算，这座大楼的价格被低估了百分之十二。终于，我抓住了超出我能力范围的机会。我不是医生，终于，我成了我自己。签订第三方托管协议的那一天，我就想放弃实习，但梅芙说不行。

"你还是能拿个化学博士学位的，"她在电话里说，"你喜欢化学的。"

我不喜欢化学，只是最后学得还不错。我们之前也谈过。

"那就考虑一下商学院。迟早会有用的，或者法学院。拿到法学学位，你所向无敌。"

我说不，我已经有了事业，至少是有了事业的开端。这是我有生以来最叛逆的一次。

"嗯，"她说道，"现在没必要放弃。既然已经开始了，就做完吧。"

梅芙同意帮我记账报税，我则回到爱因斯坦医学院，完成还剩不到六个月的实习期。我不后悔，知道自己即将走出这道大门，这最后几个月是我整个学医生涯中唯一开心的一段日子。我在法院抵押拍卖场买了两栋褐沙石大楼，一栋1900美元，另一栋2300美元。两栋楼都惨不忍睹，它们都是我的。

三个星期后，我去珍金镇的圣灵感孕教堂，参加高中篮球教练马丁先生的葬礼。他才50岁，死于非小细胞肺癌，他这辈子就没有抽过一根香烟。我父亲去世后，在那些风雨飘零的日子里，马丁先生对我很好。我还记得他的妻子，凡是有比赛，她都坐在看台上为我们加油，对我们就像是母亲一样。葬礼过后，教堂地下室有个招待会，我看到一个穿黑色裙子的金发女孩，头发整整齐齐地用发夹夹住。我走过去，碰了碰她的肩膀。塞莱斯特刚转身，我就想起了她让我喜欢的点点滴滴。这次重逢没有指责，没有距离，我弯下腰，吻了吻她的脸颊，她捏了捏我的手，就像我们约好了葬礼之后见面一样。马丁先生有个女儿是塞莱斯特的朋友，这一细节我要么是忘了，要么就是不知道。

塞莱斯特不在我身边的这些年，我更加了解她了：她愿意安安静静，不干扰我，那是用心之举。我当时甚至不知道感激，后来跟别的女人在一起后才明白。早上我在学习，有的女人要么想读报纸给我听，要么想让我听她们的星座预测或是我的星座预测，要么向我诉说衷肠，还要哭诉我从不向她们诉衷肠。而塞莱斯特不一样，她只是在一旁待着，如痴如醉地读着她厚厚的英国小说。她也不会摔盘子、摔碗来吸引我的注意力，也不会踮着脚尖走路来表明自己体贴入微地不发出声响。她就像桑迪和乔斯林一样，削好桃子，切开装盘，或是给我做个三明治放在桌子上，不加任何评论。我就是塞莱斯特的工作，她干得那么娴熟，我甚至没看见她做，事情就做好了。我们分手后，我才知道她星期天晚上留下过夜的原因，原来她一直在隔天洗床单和其他衣物，铺好床，再回去。

我们无缝衔接,再续前缘,甚至忽略了最后闹分手的两个月,就像从没分开过一样继续往前走。她住在吕达尔她父母的家中,在公立小学教阅读。没过多久,她就在每星期五晚上搭火车到我的公寓,星期天再回去,我一直都希望她这样的。我在医院查房,她在公寓备课。她的父母可能会觉得这样有伤风化,但还是保持了沉默。塞莱斯特要办成这桩事,他们就让她用自己的方式来做。

从我们第一次同坐火车,从那本化学书开始,我认识塞莱斯特很多年了,但从未跟她说过我的打算。她知道我没有父母,但这意味着什么呢?我从未告诉过她细节。她不知道有安德烈娅这个人,不知道教育基金,也不知道我们曾住在荷兰屋。她不知道我买了两个停车场,又把它们卖了,然后又买了一栋楼,也不知道我绝不会行医。我不是存心要瞒她,只是没有谈论自己人生的习惯。实习期就快结束,我班上的其他同学参加面试,确定工作,安排搬家公司。塞莱斯特向来以自己不问太多问题而自豪,就只能暗自琢磨我要去哪儿,她是否要跟着我一起去。我看得出来,她在压抑自己,她没有忘记上一次被我下最后通牒的结果。我知道她害怕这种不确定性,我跟她上床,吃她准备的晚餐,但就是尽量往后拖,不跟她谈这件事,因为这样更轻松。

当然,到了最后,我把一切都告诉了她。不可能一蹴而就,每当我解释一件事情,又会扯出其他的事,一件接一件的,很快就讲到了以前:我母亲、我父亲、我姐姐、荷兰屋、安德烈娅、她的两个女儿,还有教育基金。她用心听了,随着我的过去一点点地在她面前展开,她对我只有同情。塞莱斯特没有去琢磨这么久我闭口不谈过去的原因,她看到的是事实:现在我把一切告诉她了,这就证明了我对她的爱。我的一只手放在她的大腿上,她的另一条腿压在我的手上,我是她的。整个长篇故事中,她唯一不理解的是其中最没意思的细节:我不想当医生。

"如果你不想当医生,干吗要学医呢?"我们坐在一张长椅上,放眼看过去就是哈德逊河。四月下旬,我们穿着T恤,"学了那么久,花了那么多钱。"

"目的就是这个。"我说道。

"你不想学医,可以,但你还是学了。既然你现在已经是医生了,至少得试一试吧?"

我摇了摇头。距离我们不远的地方有一艘拖船,拖着好大一艘驳船。看到这样的场景,一时间,我陶醉在物理学中。"我不打算当医生。"

"你还没有当过医生。还没开始,就没有退出这一说。"

我依然看着河面:"实习就是当医生,实习当医生。"

"那你这辈子准备干什么?"

我满心想把这个问题扔给她,但我没有那样做。"房地产开发。我有三栋大楼。"

"你是医生,现在你要去卖房地产?"

我的未来,没有塞莱斯特投票的余地。"不仅仅是卖房地产。"我听到了自己平静又傲慢的语气。我说了这么多,她却拒绝理解其中最简单的部分。

"简直是浪费,"她说道,愤怒点亮了她的眼睛,"你怎么可以心安理得?你有没有想过,你抢占了别人的机会?其他想要当医生的人。"

"相信我吧,无论那个人是谁,他也不想当医生,我帮了他大忙。"

毕竟问题不在我身上,在她身上,塞莱斯特是铁了心想嫁给医生。

在我读高中时,有一次我和梅芙正在校园里打网球,只是一道闪电划过,她就叫停了比赛。我用的是铝制球拍,她说不想看到我在发球的时候被闪电击中,于是我们上了车,开车来到荷兰屋外,只是想在天黑之前看看它。夏天已经结束,很快我就要回乔特中学,马上迎来第二个学年。对此,我们两人都有着各自的悲伤。

"我还记得第一次见到这房子的时候。"梅芙没头没脑地来了这么一句。黑沉沉的天空悬挂在我们头顶,就等着开裂的那一刻。

"你不记得,那时你才多大呢?"

她把大众车的窗户摇下来。"我差不多6岁。6岁,已经开始记事了。我告诉你,如果换作你,你也会记得。"

她当然是对的。自从菲菲毛用勺子敲破我的脑袋开始,我的人生就历历在目了。"所以那天发生什么了?"

"爸爸借了别人的车,从费城开车来的。那天肯定是星期六,要不就是他请了一天假,"讲到这里,梅芙停下来,想要透过欧椴树叶往荷兰屋里瞅,找到置身其中的感觉。夏天,枝繁叶茂,真的是什么都看不见,"从车道开上去,看到房子,我吓了一跳。真的,就是吓了一跳。你不一样,你是在这里出生的,房子就像是你的一部分。你在这里长大,也许觉得人人都住这样的房子。"

我摇了摇头:"我认为,去乔特中学读书的人,都住这样的房子。"

梅芙大笑起来。虽然是她强迫我去的寄宿学校,但每次我诋毁学校,她都挺开心的。"爸爸已经买了这地方,妈妈还蒙在鼓里,什么都不知道。"

"什么?"

"真的,没说笑。他买了这地方,想要给妈妈一个惊喜。"

"他哪儿来的钱呢?"即便我当时还在读高中,但我的第一反应就是这个问题。

梅芙摇了摇头:"我只知道我们当时住在基地,他说我们要开他朋友的车去兜兜风。'带上午餐!大家上车!'我是说,开车出去就挺疯狂的,之前我们好像从未借过别人的车。"

当时只有他们一家三口,画面里没有我。

梅芙伸出一条晒黑的胳膊放在我座位的椅背上。那年夏天,她在奥特森公司给我找了份兼职——清点包装好的袋装玉米,装进箱子,再用胶带封好。到了周末,我们到高中去打网球。有时梅芙会在午餐的时候过来,一阵风似的把我带去打比赛。工作日大中午的就跑了,没人说一个字,仿佛她是老板一样。"一路上,爸爸真是乐呵呵的,他动不动就把车停靠在路边,指给我看——那是奶牛,那是羊。我问他,牛羊晚上在哪儿睡觉?他说有牲口棚,山的那边就是牲口棚,很大很大,每头奶牛都有自己的房间。妈妈看着他,两人哈哈大笑起来,很开心。"

我想起这么多年来,我和父亲一起坐在车里,开了无数的路。他可不是会在路边停车看奶牛的男人。"很难想象。"

"我说了,那是很久以前的事情。"

"好吧,然后你们就到这儿了。"

她一边点头,一边在手提包里掏东西。"爸爸一直把车开到房子前面,我们三个下了车,张着嘴巴,站在那儿。妈妈问他:'这是博物馆?'他摇了摇头。妈妈又问:'这是图书馆?'我说:'这是房子。'"

"当时就这样?"

"差不多。院子只有一个轮廓,我记得草很高。爸爸问妈妈:'这房子怎么样?'妈妈说:'挺不错的,还可以。'接着,爸爸咧嘴一笑,看着妈妈,说:'这是你的房子,我给你买的。'"

"你说真的?"

车里又湿又热,即便车窗开着,大腿贴在座椅上也感觉黏糊糊的。"千、真、万、确。"

那是什么呢?浪漫?一个男人为妻子买下一幢豪宅,想要给她一个惊喜——我当时十多岁,在我的想象中,最大张旗鼓的爱情也不过如此。但我了解我的姐姐,我知道她不是要给我讲什么爱情故事。"然后呢?"

梅芙用火柴点燃了香烟,车里的点烟器从没好使过。"她没明白,但说真的,怎么明白得过来呢?战争刚刚结束,我们还住在海军基地,饼干盒一样的小房子里,只有两个房间。他还不如干脆带她去泰姬陵,然后说,从今往后,我们三个就住这儿。如果有人直愣愣地看着你,对你说这话,你当然明白不过来。"

"你们进去了吗?"

"肯定的,他口袋里揣着钥匙,他是房子的主人。他牵上妈妈的手,我们走上了前台阶。想想吧,这真的只是房子的入口,"她摊开手掌对着周围,"这条街、这些树、车道,这些都是为了把人们隔在外面。但等你走上台阶,走到玻璃门前面,一切都展现在你的眼前。我们从未见过那样的房子,不仅如此,我们从未见过房子里有那样的东西。可怜的妈妈。"想起往事,梅芙摇了摇头。"她吓坏了,就像爸爸要把她推进满是老虎的房间一样。她一直说,'西里尔,这是别人的房子,我们不能进去。'"

康罗伊一家人的命运就是这样:上一代人被推进门槛,下一代人被扫地出门。

"那你呢?"

她想了想:"我那时还小,所以挺有兴致的。我为妈妈发愁,她显然被吓坏了,但我明白,这是我们的房子,我们要住在这里。5岁的孩子不懂什么房产,只知道童话,童话里的就是城堡。说起来呢,我真替爸爸难过,无论他想做什么都不对。我替他感到难过,甚至胜过了妈妈。"她把淡淡的灰色烟雾吸进肺里,又吐出来,吹向灰色的天空,"走进去之后,我也是吓了一跳。外面不怎么热,到了下午,房子前厅却热得很。你还记得吧?"

"当然记得。"

"就是那样热。我们开始四处走走,一开始并没走多远,妈妈不想离门口太远。我记得落地钟的那艘船停在波浪里,因为没人给它上发条。我记得大理石地面和枝形吊灯。爸爸不停地指点,'看,那面镜子!看,那个楼梯',好像妈妈看不到镜子和楼梯一样。丈夫买下了宾州最美的房子,而妻子看丈夫的表情,仿佛是丈夫拿枪对着她。我们把每个房间都走了一遍。你能想象吗?妈妈一直在说:'这些人是谁?为什么把东西都留在这儿了?'我们走到后厅,看到小架子上的瓷器小鸟。上帝呀,我真是好喜欢那些小鸟,我想揣一个在兜里。爸爸说,这房子是范赫贝克家在20世纪20年代早期修建的,他们全都死了。接着,我们走进了会客厅,他们的巨幅画像就挂在那里,他们睁大眼睛盯着我们,仿佛我们是小偷。"

"他们全都死了，"我替父亲说道，"我从银行手里买下了他们的房子，所有的东西都归我们。"所有的东西都在？衣服还挂在衣橱里？我甚至不知道母亲是什么样的人，但这样一想，我都替母亲感到了恶心。

"爸爸花了些时间，才爬上了楼，我们把卧室走了个遍。所有的东西都在：他们的床、他们的枕头、他们浴室的毛巾。我还记得主卧室梳妆台上有一把银梳子，上面还有头发。我们走进了我的房间，爸爸说道：'梅芙，我觉得你会喜欢这个房间。'什么样的孩子会不喜欢那个房间呢？你还记得我们带诺尔玛和布莱特去我房间参观的那个晚上吗？"

"我的确记得。"

"嗯，我告诉你吧，我当时就像她们那样。我径直跑到窗座前，爸爸拉开窗帘——世外桃源。我疯了，妈妈也疯了，她依然认为事情还有回旋的余地，而我没了公主套房就会伤心欲绝。于是，妈妈说道：'梅芙，出来。这不属于你。'但它是属于我的，我知道的。"

"你当时就知道？"我从来搞不清楚自己拥有什么，我只明白自己失去了什么。

她疲惫地冲我微微一笑，又伸手摸了我后脑勺一下。我的头发短短的，颈窝的头发都剃掉了。这时已是60年代中期，乔特中学还是这种做派。"我知道一些吧。但说实在的，整件事情是怎么回事，我并不真正明白，后来诺尔玛和布莱特重现了我的童年时代，我才明白过来。我觉得这就是我同情她们的缘故，似乎是在同情我自己。"

"那就是个同情的夜晚，我肯定是在同情我自己。"

梅芙没理会我这句话。就这么一次，这是她的故事，不是我的。"在卧室惨败后,我们到了三楼,爸爸想把一切都给我们看看。他也明白,这一趟看下来,情况会变得越来越糟,但他停不下来。爬上第三层楼几乎要了他的命,他膝盖的支架很不合身,只能直挺着腿上楼。他上楼就像是下地狱,爬一层楼还行,再爬一层就不行了。他买下这地方的时候,没上三楼看;等我们上去一看,发现舞厅的天花板有一部分塌了,就像是有颗炸弹从天而降,大块的石膏砸下来,满地都是。浣熊入侵了房子,带着跳蚤来的,它们撕开小卧室的床垫,在上面做窝;撕开枕头和床罩,到处都是绒毛和羽毛。房间臭不可闻,就像有一头野兽,加上它的粪便,再加上这头野兽死去的堂兄。"想到这里,梅芙做了个鬼脸,"如果父亲想要给我们留下美好的第一印象,就不应该带我们上三楼。"

我当时还觉得那幢房子是所有故事的主角,是我们深爱却失去了的故土。房子边上有一处黄杨木篱笆,特地被修剪得很高,挡住了邮箱。我想要下车,穿过街道,用手摸一摸篱笆,就像是以前桑迪叫我去取信的时候那样,就像是这幢房子还是我的一样。"拜托告诉我,在那之后,你们就离开了吧?"

"哦,宝贝,没有,才刚刚开始呢,"她背对着荷兰屋,转身看着我。梅芙上身穿着我在乔特中学给她买的T恤,下面穿着一条旧短裤,两条晒黑的长腿盘在座椅上,"爸爸的腿疼得要死,但又走出去,从车里拿出袋装的午餐。接着,他从厨房拿出盘子,用杯子从水龙头接水,在餐厅摆上午餐;而妈妈坐在前厅可怕的法式椅子上,瑟瑟发抖。爸爸把三明治放在盘子上,叫我们进去——去餐厅!我的意思是说,但凡他看了妈妈一眼,看清楚妈妈的状态,就会让我们在厨房、在车里或在其他任何地方吃东西,怎么也不会坐到蓝色和金色的天花板下面!即便是在心情最好的时候,餐厅也令人无法忍受。爸爸领着妈妈坐到餐桌旁,好像妈妈是个盲人一样。妈妈拿起三明治,放下,拿起,又放下;爸爸则叽叽喳喳说个不停:房子占地多少英亩,什么时候修的,'一战'的时候,范赫贝克家是怎么卖香烟赚钱的,"梅芙拿着手里的香烟,最后猛吸了一口,把烟屁股掐灭在车载烟灰缸里,"谢谢你们,范赫贝克。"

一声雷响,顷刻之间,雨落了下来,偌大的雨点噼里啪啦地把挡风玻璃冲刷得干干净净。我们都没动弹,任凭车窗开着。"但你们没在那儿睡觉。"我说得仿佛自己知道一样,其实是害怕听到梅芙说他们在那儿过了夜。

她摇了摇头。雨落在车顶上,声音好大,她只能提高嗓门说话。我们的背都湿透了。"没有。他带我们出去逛了逛,但外面也是一团糟。池子里全是叶子,但我还是想脱掉鞋袜,把脚泡到水里,但妈妈说'不行'。当时我觉得,她是因为害怕我跑开才牵着我的手。但你知道吧?她其实是需要抓着点东西。后来,爸爸拍了拍手,说我们应该往回赶了。他是从银行借来的车,只借了一天,必须还回去。你能想象吗?他买下了这幢房子,却连辆车都没有。我们回到房子里,他把三明治收拾起来,包好,放回袋子。我们谁都没吃两口,三明治当然要带回去当晚餐,他不会浪费三明治的。妈妈动手收拾盘子,而爸爸,这一点我记得最清楚,爸爸碰了碰妈妈的手腕,说:'放在那儿吧,那个女孩会来收拾的。'"

"天哪。"

"妈妈说:'什么女孩?'仿佛事事不顺心后,她又成了奴隶主。"

"菲菲毛。"

"千真万确,"梅芙说道,"我们的父亲呀,从来不知道他妻子是什么样的人。"

第十一章

桑迪做决定给我打电话,告诉我梅芙住进了医院。"她打算入院出院都不让你知道,这算什么事嘛。他们说,梅芙可能得住上两个晚上。"

我问桑迪怎么回事,我听到了自己医生的语气:那种刻意的平静,旨在安抚一切担忧。我说的是"告诉我,情况如何",而我想做的是冲出房门,一口气跑到宾州站。

"她胳膊上出现了红色的条痕,很吓人。我看到了,就问她怎么回事,她让我别管闲事。于是我就给乔斯林打电话,乔斯林摆平了她。乔斯林立刻过来,带梅芙去看医生。她说,如果梅芙不上车,她就叫救护车。乔斯林收拾人,一直都比我拿手,我拿你姐姐没办法,她总有办法。我叫梅芙梳个头,她都不肯听。"

"医生说什么?"

"医生说,她必须马上进医院,甚至都来不及回家收拾东西。她只好给我打电话,让我去帮她拿东西。她让我发誓,说绝对不告诉你,但我不在乎。她怎么想的呢?她住院了,我肯定要告诉你的。"

"出现红条痕有多久了,她有没有说?"

桑迪叹了一口气:"她说一直穿着长袖衣服,所以不清楚。"

这是周中,塞莱斯特在吕达尔她的父母家里。我到了宾州站,用公用电话给她打电话,告诉她火车几点到。她开车到费城接我,送我到医院。到了医院门口的环形车道,我下了车。塞莱斯特一直在生梅芙的气,觉得梅芙没有力劝我做内科医生,她好像觉得要是梅芙叫我做,我就会做一样。她依然认为,多年前我跟她分手,毁了她的毕业典礼,都是梅芙的错。凡是她不敢怪在我头上的,都怪在了梅芙头上。在我读医学院的第一年,塞莱斯特就要我娶她这件事,梅芙也是不肯原谅的。梅芙还认为,塞莱斯特出现在马丁先生的葬礼上是精心策划的,她知道肯定会遇上我。我并不这样认为,但我怎么想,并不重要。重要的是塞莱斯特不想见梅芙,梅芙也不想见塞莱斯特。而我只想下车,找到我姐姐。

"如果需要我开车送你回家,就给我打电话。"塞莱斯特说道。她吻了吻我,开车走了。

那是 6 月 21 日,一年之中白昼最长的一天。晚上八点,太阳还斜斜地从医院西边的窗户照进来。咨询处的那个女人把梅芙的病房号给了我,让我自求多福地去找房间。过去七年,我一直待在纽约各个不同的医院里,但这并不意味着我有能力在宾州的一家医院里找到我姐姐的病房。医院的布局,就像是癌细胞的生长,没有逻辑可言——新的侧翼建筑就像是癌细胞转移,毫无由头地接在长长的通道后面。我花了一些时间才找到普通医疗楼,然后在毫无区别的房间中找到了我姐姐的病房。她病房的门虚掩着,我敲了两次,才进去。她住的是双人病房,但中间的帘子没有拉上,另一张床就在眼前,铺得整整齐齐的,没人住。梅芙床边的椅子上坐着一个穿着正装的金发男子。

"天哪,"梅芙一看见我,就说道,"她拿她妹妹的人头发誓,不会告诉你的。"

"她撒谎了。"我说道。

穿正装的男人站了起来。只花了一秒钟的时间,我就认出了他是谁。

"丹尼。"奥特森先生伸出一只手。

我跟他握手,然后俯下身,亲吻梅芙的额头。她的脸很红,微微有点潮湿,皮肤滚烫。"我很好,"她说道,"再好不过了。"

"他们在给她输液,抗生素,"奥特森先生指了指银色的输液支架,上面挂着一个越来越瘪的液体袋子,接着他看着梅芙,"她需要休息。"

"我在休息呢。都已经躺着了,还不是休息?"

她躺在床上,很是别扭的样子,仿佛是在试镜扮演病人的角色,毯子下面还穿着衣服和鞋子。

"我该走了。"奥特森先生说道。

我以为梅芙要挽留他,但并非如此。"我星期五就回来上班。"

"下星期一再来。少了你,我们还是可以撑过这个星期的。"

"你们撑不下去。"梅芙说道。作为回应,他对梅芙露出了非常温柔的微笑。

奥特森先生拍了拍梅芙没有输液的那只手,对我点了点头,然后离开了。这些年来,我们见过很多次。我念乔特中学的时候,暑假回家,还在他的工厂工作过,但除了觉得他很害羞,我再没别的感觉。我始终想不通，这样一个男人怎么能挣下这样一份产业？奥特森公司的冷冻蔬菜现在销往密西西比河以东的所有州。梅芙跟我说过，很是自豪的样子。

"如果你先打电话给我，我就会叫你别来了。"梅芙说道。

"如果你先打电话给我，我就能告诉你我什么时候到，"我摘下她床脚挂钩上的金属板，上面写着"血压 90/60，每 6 小时一次头孢唑啉"，"说说吧，怎么回事？"

"如果你不打算当医生，那么你私下也不应该当医生。"

我从床脚绕过去，抬起她输液的那只手。红色条纹状的蜂窝组织炎，起于手背上的一条伤口，弯曲而上，绕到手臂内侧，消失在腋窝处。手臂上有黑色马克笔勾勒出的轮廓，标记炎症的进程。她的手臂很烫，有些肿胀。"从什么时候开始的？"

"把这倒霉的胳膊放下，我有事告诉你。本来是想等周末再告诉你，但你现在来了。"

我追问她从什么时候开始的。也许，学医还是对我有些好处的，我肯定是学会了怎么追问别人觉得没必要回答的问题。"你手上的伤怎么来的？"

"我不知道。"

我把手指移到她的手腕上。

"你别给我把脉。"她说道。

"有人跟你讲明过后果吗？如果得了败血症，你会感染化脓，最后器官衰竭。"捐赠衣服、捐赠食物、周末为穷人发放食品，都看得到梅芙的身影。要么是劣质的订书针，要么是钉子，她总是不小心划破皮肤。她把一箱箱的东西装进别人的汽车后备厢，免不了被碰伤擦伤。

"你这么负面消极,有完没完?我现在躺在医院里了,是不是?浑身被灌满了抗生素,这还不行吗?我还应该干什么?"

"应该在手部感染蔓延到心脏之前看医生。这就像是有人拿画笔抹了你一胳膊的颜料,你没有注意到吗?"

"你到底要不要听我的消息?"

她躺在那里,我却还在愤怒,这似乎不太合适。她在发烧,她可能还觉得疼痛,尽管她绝不会对我承认的。我对自己说,适可而止吧,否则她什么都不会跟我说了。我走到床的另一侧,坐在椅子上,上面还留有奥特森先生的体温。我又开口了:"你病了,我很难过。"

她看了看我,估量其中的诚意:"谢谢。"

我双手合拢放在膝盖上,免得忍不住去戳她:"说吧,什么消息?"

"我看见菲菲毛了。"她说道。

当时,我29岁,梅芙36岁。我们最后一次见到菲菲毛的时候,我才4岁。"在哪儿见到的?"

"你觉得是在哪儿?"

"你肯定是在拿我开涮。"

"本来我都想好了,要在车里告诉你这个消息。那样效果好得多。"

我们最重要的谈话都是在车里进行的,但现在考虑到各种情况,我们只能勉为其难,将就在病房里谈——地面是绿色的瓷砖,头顶上是低矮的隔音天花板,广播里,有人正断断续续地发出含糊不清的声音。"什么时候?"

"星期天,"梅芙的床头微微升起。她仰躺着,转头对着我,

"我刚刚从教堂出来，想的是在回家路上顺便在荷兰屋外停上一两分钟。"

"你住的地方距离教堂只有两个街区。"

"别打岔。还不到五分钟，另一辆车停在我车后面，一个女人下了车，穿过街道。那个人就是菲菲毛。"

"我的天，你怎么知道那是菲菲毛？"

"我就是知道。她现在准有五十多岁了，她把头发剪短了，但依然是红色的，或者是染的吧，还是乱蓬蓬的。我记得她，记得很清楚。"

我也记得很清楚。"你下了车——"

"一开始，我只是看着她。她站在车道的尽头，我看得出来，她是在考虑，像是在犹豫要不要上去敲门。你知道的，她和我们一样，也是在那里长大的。"

"她和我们完全不一样。"

梅芙躺在枕头上，点了点头。"我穿过街道。自从那天离开后，我还一步都没踏上过街道的那一边。实话告诉你，走过去让我觉得有些恶心。我一直想着安德烈娅会手拿平底锅，从车道的那一头冲过来。"

"你说了什么？"

"不过是叫了她的名字。我说，菲奥纳，她转过身来。哦，丹尼，可惜你看不到她脸上的表情。"

"她知道你是谁？"

梅芙眼神兴奋，又点了点头："她说我看上去就像是妈妈年轻时的样子。她说，无论是在哪儿，都能认出我来。"

一个头戴白色护士帽的年轻护士走进来，看到我们两个人，停下了脚步。我弯腰埋头,下巴都快挨着梅芙的肩膀了。

"或许我来得不是时候?"护士问道。

"很不是时候。"梅芙说道。护士说了点别的,但我们都没注意听。她走出去,关上了门,梅芙又说开了:"菲菲毛说,她正好经过,不知道我们是否还住在那儿。"

"然后你说,'没有,我只是在监视这地方'。"

"我告诉她,父亲1963年去世后,我们就离开了。我不应该那样说的,但当时说话没过脑子。话刚一出口,可怜的菲菲毛就红了脸,眼睛里满是泪水。我想,她是希望在那儿找到爸爸。我觉得她是来看爸爸的。"

"然后呢?"

"嗯,然后她哭了起来。我可不想一直站在街的那一边,于是叫上她,坐到我车里,我们好说说话。"

我摇了摇头:"你和菲菲毛坐在车里,停在荷兰屋前。"

"可以那样说吧。丹尼,真是让人惊掉下巴呀。她到了车里,我和她挨得好近,就像我们现在这样。我当时感觉,嗯,感觉极其开心,就像心脏要裂开一样。她穿着那件蓝色的旧羊毛衫,几乎和我记忆中的样子一模一样。我真想凑过去,亲吻她一下。我一直以为我恨菲菲毛,恨她打了你,还跟爸爸上过床,但结果我一点也不恨她。凡是在安德烈娅之前出现的人或事,好像我都恨不起来,那是"菲菲毛时期"。即便到了现在,她的脸蛋儿还是原来漂亮的样子。我不知道你还记不记得她的脸,很柔和,很有爱尔兰人的特点。她的雀斑都没了,但那对绿色的大眼睛没有变。"

我说我记得她的眼睛。

"一开始,主要是我在说话。我告诉她爸爸结了婚,然后爸爸去世了,然后安德烈娅把你赶了出来。你知道她说什么?"

"什么?"

"她说:'真是个淫妇。'"

"菲菲毛!"

梅芙大笑起来,笑得脸色发黑,咳嗽起来。"我告诉你呀,她真是一针见血,"她说道,我递给她一张纸巾,"她想知道你的一切。听说你成了医生,她很是惊讶。她不停地说你有多野,她觉得你拿上书看不了几页的,更不要说学医。"

"她这是猫盖屎,我没那么野。"

"哦,你野得很。"

"她这些年去哪儿了?"

"她在曼哈顿住过。她说,那天爸爸让她走人,她真不知道该怎么办。她说,她站在车道尽头号啕大哭,最后桑迪走出来,说给自己丈夫打了电话,这就来接她。桑迪和她丈夫收留了菲菲毛。"

"桑迪真是好人呀。"

"她说,他们绞尽脑汁想了几天,最后决定去圣灵感孕教堂,找神父谈谈。克拉彻老神父帮菲菲毛找了一份工作,在曼哈顿有钱人那儿当保姆。"

"一个女人因为打了别人的孩子,被解雇了,天主教教堂却帮她找了个照顾孩子的工作。美妙。"

"严肃点,你不要再打断我,故事的节奏都被你打乱了。她找了一份很不错的保姆工作。在孩子们还小的时候,她嫁给了那座楼的门卫。她说,在怀孕之前,他们一直保密,免得丢了工作。她说他们的第一个孩子是个女儿,如今在罗格斯大学。她正要去看女儿,顺路来看看老房子。"

"现在没人学地理了。她从城里去罗格斯大学,荷兰屋可不顺路。"

"她如今住在布朗克斯,"梅芙没理我,继续说道,"她和她丈夫。他们一共有三个孩子:一个女儿,还有两个儿子。"

我非常克制地忍住了,没有指出从布朗克斯去罗格斯大学,荷兰屋也根本不顺路。

"菲菲毛说,她时不时地会去荷兰屋看看,就是忍不住。我们还没搬进去时,她就在那里工作。范赫贝克太太去世后,她负责照看那地方。她说,她一直都害怕去敲门,因为她不知道爸爸看到她会说什么,但她一直希望能够碰到我们中的谁。"

我摇了摇头。为什么这么多年了,我还在挂念范赫贝克一家呢?

"她问我,是不是还有糖尿病。我告诉她,那是当然,她又难过起来。我记得我们小时候,菲菲毛是凶巴巴的一个人,但谁知道呢?也许她不是的。"

"她就是凶巴巴的。"

"她想要见你。"

"我?"

"你住的地方离她没多远。"

"她为什么想要见我?"

梅芙看了我一眼,仿佛是说我脑子又不笨,应该想得出来呀,但我真不知道。"她想要道歉呀。"

"告诉她,没必要的。"

"你听我说。这很重要,你又不忙。"梅芙没把我的大楼当成工作。在这方面,她和塞莱斯特倒是如出一辙。

"4岁之后就没有见过的人,我不需要跟她再联系。"我要承认的是,听一听梅芙见菲菲毛的故事,有些八卦的趣味,但要我去见她,我没兴趣。

"嗯,我把你的电话号码给了她。我告诉她,你可以在匈牙利烘焙店跟她见面。对你来说也不是什么麻烦事。"

"不是麻烦不麻烦的问题,我只是不想而已。"

我姐姐夸张地打了一个哈欠,脸又朝枕头里靠了靠:"我累了。"

"别以为这样我就答应了。"

她抬眼看着我,蓝色眼珠周围都是红的。看到这个,我才想起我们这是在医院,以及我们为什么在医院。她突然就有了很浓的倦意,仿佛别无选择一般,闭上了眼睛。

我依然坐在椅子上,看着她。我在想,也许现在我可以住得离家近一些。住院实习期结束了,我没必要非住在纽约不可。我拥有三座大楼,但我确实也知道,完美的不动产帝国一直都是在纽约城外缔造的。

过了一会儿,医生来检查梅芙的情况,我站起来,与他握手。

"我是兰姆医生。"他说道。他比我大不了多少,甚至可能跟我一样大。

"我是康罗伊医生,"我说道,"是梅芙的弟弟。"

兰姆医生抬起梅芙的胳膊,那条红痕顺着胳膊而上,消失在病号服的袖口里。医生的手指顺着那条痕迹检查,梅芙都没动弹。一开始,我认为梅芙肯定是在装睡,她不想回答医生的问题,但接着就发现她真的睡着了。我不知道在我来之前,奥特森在这里待了多久。我一直让她醒着,说个不停。

"她两天前就该住院的。"兰姆医生看着我说道。

我摇了摇头:"我是最后知道的人。"

"嗯,别让她糊弄你,"听他的语气,好像梅芙不在房间里一样,"这很严重的。"他把梅芙的胳膊放下,把被单再次拉上,在板子上做了记号,走了出去。

第 十 二 章

我短暂的从医生涯结束了,这使我感到了意想不到的轻松。实习结束后的一段时期,无论什么,我都能看到其中美好的一面,为人诟病的曼哈顿北区更是如此。成年后,我第一次可以浪费一个小时,在五金店跟一个家伙谈论密封胶。我修理东西,比如抽水马桶,可以犯错,而不会波及生死。我在自己大楼的空公寓中找了一套,打磨地板,粉刷墙壁,完工后,我就搬了进去。我年少时阔绰,之后一直住在宿舍和单间公寓,按照那时的标准,这套公寓的空间绰绰有余,并且阳光充足、有烟火气,而且属于我自己。我住的地方属于我自己,或者说挂着我的名字属于银行,终于堵上了我心中多年以来嗖嗖漏风的空洞。塞莱斯特在吕达尔用她母亲的胜家牌缝纫机做了窗帘,坐火车带了过来。她在哥伦比亚大学附近的一所小学找了份工作,教阅读和他们称为语言艺术的东西;而我开始打造这栋楼的其他套间,然后再打造另外两座褐沙石楼。我没理由认为她认同了我的决定,但她懂得了不再多问,我们踏入了那条让人身不由己往前的河流。这栋楼、这套公寓、她的工作、我们的关系,全部汇合在一起,成为无可辩驳的逻辑。塞莱斯特喜欢给我们的过去打上一层柔光,说我们如何在她毕业后因时机和境遇而各走各路,如何偏偏又在一场葬礼上重新找到彼此。"一切自有安排。"她一边说,一边紧紧靠在我身上。

所以,我没把菲菲毛这件事放在心上。梅芙出院后,又过了几个月,我也没在意这件事,直到电话铃响了,另一头的声音传来:"是丹尼吗?"梅芙在范赫贝克街上看到菲菲毛,就认出了她;同样的,我听到声音,也认出了她。我知道她是在积攒勇气,所以等了这么久才打来电话。我知道,无论我愿不愿意,我们都得在匈牙利烘焙店见面、喝咖啡。想要抗争不去,那会是徒劳。

烘焙店一直都是人满为患。菲菲毛去得早,在窗边等到了位置。她看见我从人行道走过去,就敲了敲玻璃,挥手致意。我走到桌边,她站了起来。也许我是基于梅芙的描述认出了她。但我没想到她能根据我4岁时的样子认出我。

"可以抱抱你吗?"她问道,"可以吗?"

我伸出胳膊拥抱了她,真想不出该如何说不。在我的记忆中,菲菲毛是个不断长高的巨人,而事实上她是个小个子女人,线条柔和。她穿着宽松的长裤和梅芙提到过的蓝色羊毛衫,也许她不止有这一件蓝色羊毛衫。有那么一秒钟,她的脸贴在我胸口,然后就松开了。

"呼!"她用手扇着风,绿色的眼睛湿润起来。她坐回座位,桌子上摆着她的咖啡和丹麦酥。"一下子太突然。知道吧,以前你是我的小宝贝。凡是看到照顾过的孩子,我都有这种感觉,但你是我照顾的第一个小宝贝。那个时候,我还不懂,不是自己的孩子,不应该把整颗心都交出去,那是自杀行为。但我当时都还是个孩子,你母亲走了,你姐姐病了,你父亲,"说到父亲,她没有去描述,"有很多让我依恋的理由。"她停了停,喝了半杯冰水,用纸巾碰了碰嘴唇。"这里很热,对吧?或者是我自己。我觉得很紧张,"她解开衬衫的领口,提着衣领,上下扇动,"我觉得紧张,但我也到了那个年龄了。我可以和你说这些,对吗?你是个医生,但你看起来就像高中生的样子。你真的是医生吗?"

"是的。"没必要进入那个话题。

"嗯,那就好。我很高兴。你父母应该会很骄傲的。我能说点别的吗?我坐在这里看着你,你的脸,非常好。我不知道我在想些什么,但你脸上一点疤都没有。"

我想把眉毛边的小疤痕指给她看,但想了想,还是算了吧。一个女服务生走过来,黑色的卷发用橡皮筋绑在头顶上,我知道她的名字叫莉兹。她把一杯咖啡和一个有罂粟籽的小松饼放在我桌前。"刚出炉的。"她说道,然后走开了。

菲菲毛惊讶地看着她离开:"这儿的人,认识你?"

"我住在附近。"

"还有,你很帅,"她说道,"你这么帅气的男人,女人记得住的。但梅芙说你有女朋友了,她觉得人不怎么样,我想你应该也是知道的,这不是我该管的事情。我只是觉得高兴,没有毁了你的脸。我最后一次看到你,你满脸都是血,尖声叫着,乔斯林跑过来,带你去了医院。那么多的血,我还以为我要了你的命,但你现在没事,真好。"

"我没事。"

她抿起了嘴唇,近乎微笑的样子:"桑迪告诉我,说你挺好的,我还不相信她。她当然不能说你有事,对吧?这么多年了,我一直记挂在心里,我心里很不好受。知道吧,我没跟她们保持联系。我搬到纽约后,就没再联系——不回头望。有时候人就得这样,必须让过去成为过去。"

"没错。"

"这让我想到了你父亲。"她喝光了剩下的水,"梅芙告诉我,他去世了,我挺难过的。你知道你长得很像他,对吧?我的孩子,三个孩子,都是混血儿。他们既不像我,也不像我丈夫,都不像。鲍比是意大利人,叫鲍比·迪卡米洛,嫁给他,我就成了菲奥纳·迪卡米洛,哪里还有比这个更像混血儿的名字?我和你父亲的事情,鲍比一点也不知道,"说到这里,她停了下来,恐慌中,她的脖子和脸唰地红了。因为更年期,这个女人每一次的心境变化都暴露无遗,一波波的情绪摇旗呐喊,浩荡而来,全表现在她的脸上,"梅芙跟你说了的,对吧?你父亲和我的事。"

"她说过。"

菲菲毛摇了摇脑袋,呼出一口气:"我的上帝呀,我又说错话了吧?鲍比没必要知道这事。你其实也没必要知道的,但你已经知道了。我当时还年轻,很傻,我以为你父亲要娶我的。我的房间就在二楼,在你和你姐姐的房间旁边,我当时想着就是从过道这边搬到那边的事情。"

匈牙利烘焙店的女服务生必须侧着身体,高举咖啡壶,在桌子之间行走。人们挤来挤去,灯光倾泻而下,照在胶木桌子上,照在镀银餐具上,照在厚实的白色瓷器上,但我什么都没有看见。我回到了荷兰屋的厨房里,菲菲毛也是。

"那天早上,"她对我点了点头,好让我明白她指的是哪个早上,"你父亲和我吵了一架,我脑子不清醒。我不是说我没错,但我想说,那天我不是我本来的样子。"

"为了什么吵架?"我的眼睛瞟了瞟点心柜台,馅饼和蛋糕堆放得好高,至少应该减一半的高度。

"结婚的事情。他从来没明确说过要娶我,那是哪年呢?1950年,还是1951年?我从未想过我们会不结婚。我躺在他床上,对不起,我说得太直接,他起身穿衣服,我挺高兴的,就说我觉得我们应该计划一下。他说:'计划什么?'"

"哦。"这样熟悉的对话让我感到不安。

菲菲毛扬起眉毛,绿色的眼睛显得更大了:"如果只是他不肯娶我,嗯,当然也很糟糕,但原因——"她停下来,用叉子送了一口丹麦酥到嘴里。接着,一口又一口,她把整个点心都送到肚子里。自从我走进烘焙店,菲菲毛就说个不停,而此时就像是等着人投币的摇摇马。我等她继续讲,等了很久,即便是谨慎起见,也不需要这么久。

"还要讲给我听吗?"

她点了点头,没了澎湃的精神头。"我有很多事情要告诉你。"她说道。

"洗耳恭听。"

她严厉地看了我一眼,就像女家庭教师盯着耍嘴皮的孩子:"你父亲说,他不能娶我,因为他和你母亲仍然是夫妻。"

这是我始料未及的。"他们仍然是夫妻?"

"我做了不道德的事情,我承认,没错。我没跟他结婚,就跟他睡了——好的,我的错我认了。但我以为你父亲是离了婚的,我是绝对不会跟有妇之夫上床的。这一点,你是相信的,对吧?"

我对她说，我绝对相信。我没告诉她，漂亮的年轻保姆就住在过道对面，男人想睡她，又不打算娶她，当然会说自己没离婚，哪里还有比这个更好的借口？父亲和我一样，算不上虔诚的天主教徒，但他依然是天主教徒，不可能犯下重婚罪。安德烈娅那么精明，怎么可能嫁给重婚者？古奇律师也是精细周密的人，不可能忽略了这样重要的细节。

"我绝对不会做有损你母亲的事情。我喜欢你父亲，没错，我是喜欢。他长得帅，一副忧郁的样子，反正就是让年轻女孩子五迷三道的样子。但埃尔纳才是我心的归属，我从未觉得自己可以取代她，没人可以做到的，但我想要按照她的方式来照顾你、你姐姐和你父亲。她离开前，非常担心你们。她非常爱你们三个人。"

我有太多的东西想问，但还没来得及想清楚怎么问，我感到一只强有力的手放在了我的肩膀上。"丹尼！你今天休息，"埃布尔博士笑容满面地说道，"现在你实习期结束了，我们应该多见面才对，却反倒见得少了。我听说了谣言。"

我和菲菲毛坐在一张四人桌子边。旁边有两个空位，桌子上还摆着餐具和纸巾，凭借埃布尔博士的眼力见儿，他应该不会坐下来。"埃布尔博士，"我说道，"这是我的朋友，菲奥纳。"

"莫里。"埃布尔博士站在桌子的另一边，身体前倾，与她握手。

"菲菲毛。"

莫里·埃布尔露出微笑，点了点头："嗯，我看得出来，你们挺忙的。丹尼，不要让我来找你，你联系我好吗？"

"好的。替我向埃布尔太太问好。"

"埃布尔太太知道停车场的主人是谁，"他大笑起来，"今年感恩节，你怕是得不到邀请了。"

"好呀，"菲菲毛对他说道，"那丹尼就可以过来跟我们过感恩节了。"

埃布尔博士走开了，菲菲毛似乎明白时间有限，我们不可能一直待在这家烘焙店。她决定直奔要点："你知道吧，你母亲在这里，"她说道，"我见过她。"

莉兹翩然而至，朝我的方向倾斜了一下咖啡壶。我摇了摇头，但菲菲毛举起杯子，续杯。"什么？"门口吹来一股冷风。她死了，我想说，她现在肯定是死了。

"我没法告诉你姐姐，我不能让她的糖尿病恶化。"

"知道自己的母亲在哪儿不会让糖尿病恶化的。"我说道。我想要在毫无逻辑可言的谈话中加上一点逻辑。

菲菲毛摇了摇头："肯定会的。你不记得她病得有多厉害，你当时还太小，你母亲回来又离开，离开又回来，最后一次离开后就再没回来，梅芙差点死了。事实就是如此。在那之后，你父亲告诉梅芙，说她再也不会回来了。梅芙在医院的时候，他给你母亲写了一封信，我知道这个。他对你母亲说，她差点要了你们两个的命。"

"我们两个？"

"嗯，"菲菲毛说道，"没有你。他只是把你加上，好让你母亲更难受。要我说，他是想要你母亲回来的，但他做错了。"

这次见面之前，如果有人要问我对母亲有什么感觉，我会发誓说没感觉，但这就很难解释我此刻为何如此愤怒。我抬起手，想要菲菲毛暂停一秒钟，好让我缓口气；她也抬起手，跟我手心对手心，仿佛我们在比较手指长短一样。也许是因为埃布尔博士带着一个学生坐在两张桌子之外，那个学生看起来跟我第一次与埃布尔博士见面时差不多大,我看见自己站在莫里·埃布尔的办公室门口。

"没有父母?"他问道。

"她现在在哪儿?"我脑子里突然冒出一个想法,觉得母亲有可能会从店门口走进来,拉出椅子坐下,这次见面就是要给我某种可怕的惊喜。

"现在她在哪儿,我不知道。我看到她是在一年前,或者两年前。我记时间不行,但我肯定,是在鲍厄里[1]。我坐巴士经过,从车窗往外看,就是她,埃尔纳·康罗伊,站在那里,就像是在等我一样。我心脏都快停跳了。"

我呼出一口气,心脏再次跳动起来:"你是说,你坐在巴士上,看到一个像我母亲的人?"坐在巴士上,透过窗户,看到了认识的人,这似乎牵强了些;但我从来不坐巴士,如果要坐,我也不会朝窗户外面看。

菲菲毛翻了个白眼:"天哪,丹尼,我又不是白痴。我下了巴士,走回去,找到了她。"

"是她吗?"是埃尔纳·康罗伊吗?那个人在深夜离开了她的丈夫,离开了两个熟睡的孩子,去了印度,现在她在鲍厄里?

"她还是老样子,我发誓。头发花白,编了辫子,就像梅芙以前的发型。她俩的头发都多得荒唐。"

"她还记得你?"

"我的变化没那么大。"菲菲毛说道。

我才是那个变化大的人。

菲菲毛把咖啡倒在冰水杯里,让冰块融化。"她问我的第一件

---

[1] 鲍厄里:纽约市的一个街区。

事就是你和梅芙，但我不知道，也就没什么可告诉她的。我甚至不知道你住在哪儿。那件事让我无地自容，就像是昨天发生的一样，我是过不了这道坎的。一想到我被解雇了，再想到我被解雇的原因，想到我答应过她，要留下来好好照顾你们。"她的悲伤弥漫开来。

"我们是她的孩子，她似乎才应该是那个留下来、好好照顾我们的人。"

"丹尼，她是个了不起的女人。她过得很煎熬。"

"煎熬的是什么，住在荷兰屋的日子？"

菲菲毛垂下眼帘，看着空盘子。那不是她的错，即便她打了我，即便她因此被赶了出去，那也不是她的错。我没多少宽恕之心，但都给了菲菲毛。

"你是没法理解的，"她说道，"她不能过那样的日子。她在那儿忏悔，给穷人端汤。她想要弥补。"

"她在弥补谁呢？我，还是梅芙？"

菲菲毛想了想："我猜是上帝。就是为了这个，她才会出现在鲍厄里。"

我是在哈莱姆和华盛顿高地购置不动产的人，即便如此，就是拿着棍子，我都不愿意靠近鲍厄里一下。"她什么时候离开的印度？"

菲菲毛撕开两个糖包，加到冰咖啡中，搅拌起来。我想告诉她，这样做不对，应该趁咖啡热的时候放糖。事实上，我想告诉她，如果聚在一起，只是讨论什么时候加糖，那就更好了。"很早以前，她说已经很多年、很多年了。她说，那儿的人们对她非常好。你能想象吗？她待在那儿很幸福的，但她必须走，必须去需要她的地方。"

"但不是埃斯蒂斯帕克。"

"她放弃了一切,你必须要明白这一点。她放弃了你、你姐姐、你父亲,还有那栋房子,就是为了帮助穷人。她去过印度,还有其他可怕的地方,至于有多少地方,只有上帝才知道。她去了鲍厄里,你知道的,那个地方有多恶臭,脏得不行,到处是垃圾,人也是脏的,你母亲在慈善点帮忙,给瘾君子和醉汉端汤。如果这还不算道歉,我不知道什么才是道歉。"

我摇了摇头:"那是妄想,不是道歉。"

"我没能跟她多聊聊,"菲菲毛说道,显然是感情受到了伤害,"当时我上班要迟到了。我现在是婴儿保姆,我不会照顾一个孩子太久,免得心里放不下。跟你说实话吧,当时满街都是流浪汉,站在那儿说话,我觉得不太舒服。我脑子里刚冒出那个想法,你母亲就说,她要陪我走到巴士站。她挽上我的胳膊,就像我们是老朋友一样。她告诉我,她还要在那儿干上一阵子,如果我愿意,还可以过去帮忙,或者过去看看。我想等哪天休息再去看她,可鲍比不同意。他说,我就不该去给一群瘾君子做午饭。"

我背靠在椅子上,听得很累,有些不消化。梅芙不到纽约来,真是太好了。我可不想她坐在巴士上,抬眼一看,透过车窗,看到母亲站在街上。"你知道她现在在哪儿吗?"

她摇了摇头:"我应该早些找到你,早点告诉你的。应该不会太难找的。我很抱歉。"

我招呼莉兹,准备买单。"如果我的母亲想要见我们,她应该自己来找我们。就像你说的,应该不会太难找。"

菲菲毛的手指捻着纸巾:"相信我,我知道难熬的日子是什么样，我经历过的。你母亲的使命感比我们都高，就这么简单。"

我把钱放在桌上："那我希望她享受其中。"

我看了一眼表，发现自己已经迟到了。为了限定我与菲菲毛见面的时间，我约了承包商见面。她陪我走了两个街区，才发现走错了方向。她握住我的手，"我们还会再见面的，对吗？"她说，"梅芙有我的电话，好想同时见到你们两个。我想你们见见我的孩子，他们都是好孩子，就像你和你姐姐一样。"

梅芙是对的。再次见到菲菲毛，这感觉真的很好，不仅如此，而且我对她完全没有了愤怒。她根本没法应对当时的处境，发生了那些事情，谁又能说是她的错呢？"你会离开他们吗？"

"谁？"

"你的好孩子们，"我说道，"你会一走了之，离开他们，还不让他们知道你仍然活着吗？他们还太小，根本记不住你，你会离开他们吗？离开他们，让鲍比一个人把他们带大？"

我看得出来，她吓了一跳，从头到脚一个哆嗦，往后退了一步。"不会。"她说道。

"那你是个好人，"我说道，"不像我的母亲。"

"哦，丹尼。"她的声音哽在喉咙里，然后跟我拥抱道别。她走在人行道上，不停地回头望我，望了好多次，轨迹就像是一个个的同心圆。

事实是，我也见过我的母亲，但当时我并不知道。离开菲菲毛后，我朝116号大街走去，边走边想，没错，我就是见过她。也许是两年前，也许是三年前，大概是半夜，在阿尔伯特·爱因斯坦医院的急诊室里。候诊室里坐满了人，父母们抱着半大的孩子坐着，还有父母抱着孩子来回踱步。有人靠在墙上，流着血，呻吟着，吐在自己身上,这是刀枪俱乐部的标准星期六之夜。当时,我才用内窥镜检查了一个气管破裂的年轻女子(是方向盘挤压造成的,或者是男朋友干的)。我刚把内窥镜放进她的鼻腔,她的双侧声带就发生了收缩,血液和唾液泛着泡沫涌了上来,涌得到处都是,我花了好长时间才把气管内导管放置好。做完后,我到候诊室去找带她来就诊的人。我叫了声登记表上的名字,我身后的一个女人拍了拍我的肩膀,说道,医生。人人都这样做,病人,还有那些替病人叫喊的人,他们此起彼伏地叫唤,发出请求:医生,护士,医生,护士……人类的需求在阿尔伯特·爱因斯坦医院的急诊室里汇成了一股旋风;在这里工作的诀窍就是把注意力集中在你要做的事情上,忽略其他。但当我转过头来,那个女人看着我的表情是……什么呢?惊讶?恐惧?我记得我抬起手来摸了摸脸,看上面有没有血迹,以前有过血喷在脸上的情况。她个子高高的,瘦得吓人,当时我把她归在了肺癌晚期或是肺结核的死亡阵营中。但仅此一点,她在那群人中也没有半点不同之处。她之所以还留在我的脑海里,唯一的原因是她叫我西里尔。

我本应该问一问,她怎么会认识我的父亲?但当时有一个男人走出来,说那个年轻女子是他女朋友。我带他走进过道,心想,也许勒那女人脖子的人就是他。我在候诊室里待了不到一分钟,等我回头想起那个梳着灰色辫子的女人、那个用我父亲的名字叫我的女人,她已经不在了,我也就没了兴趣。她有可能租过康罗伊公寓的房子,或者她是父亲在布鲁克林认识的人,这没什么惊奇的,我从没想过她就是我的母亲。就像所有在急诊室工作的人一样,我埋头忙着眼前的事情,熬过了那个晚上。

孩子还没长大,母亲就跑去了印度,之后再没听说过她的消息，也就认了，就当她是死了一样；但结果发现，沿着通往坚尼街的1号地铁，她就在十五站之外的地方，却从不和我们联系，这就太可恶了。无论在我心里有过多少浪漫的想法，无论在我心里找了什么理由为她开脱，都像火柴一样熄灭了。

等我回到家，承包商正在大厅里等我，我们说起大楼前剥落的窗框。一个小时后，塞莱斯特从学校回家，承包商还在测量中。塞莱斯特如此轻快、如此明朗，外面起了风，吹乱了她的头发。她给我讲她班上的孩子怎么用彩色美术纸剪出叶子，再把名字用大写字母画在叶子上，然后她就能用这些叶子在教室门口贴出一棵树。我听着她说话，其实并没怎么听她说了什么，而是听她动人的声音，我知道塞莱斯特一直都会在。她一次次地证明了她对我的不离不弃。如果男人注定要娶像他们母亲的女人，嗯，我逆势而行的机会来了。

"啊！"她一边说话，一边把书包放在地板上，凑过来亲了我一下，"我说得太多了！我就像孩子们一样，整个人好兴奋。跟我说一说成人的世界吧。你今天过得怎么样？"

但我什么都没有告诉她，没提烘焙店，也没提菲菲毛，也没提我的母亲。我告诉她，我一直在想，我们该结婚了。

第十三章

我并不希望如此，但本该由我来做的事情还是落在了梅芙头上。梅芙开车到吕达尔与塞莱斯特和她的母亲共进午餐，讨论婚礼餐巾的颜色，讨论在招待会上提供烈性酒的好处，而不只是提供啤酒、葡萄酒和香槟。

"冷冻蔬菜，"之后梅芙对我说，"我想对她说，我可以赞助冷冻蔬菜。我可以在他们的后院铺满绿色的小豌豆，这样就不用再跟她们坐在一起，讨论到了七月草坪够不够绿的问题。"

"抱歉，"我说道，"本不应该由你来做这个的。"

梅芙翻了个白眼："但你好像也不会去做。要么我参与，要么婚礼就没有我们的参与。"

"我计划代表我们参加婚礼。"

"你不明白。我都没结婚，但也明白这个。"

塞莱斯特说，我结婚在梅芙之前，梅芙会感到难受。塞莱斯特说，梅芙已经37岁了，基本上没机会找到合适的人嫁出去了，所以婚礼策划让她满心不痛快。但并不是这样的。首先,能让我幸福的事情,梅芙绝对不会吝啬;其次,她对结婚没兴趣,甚至连一时兴起都没有过,我压根儿就没听她说过。梅芙并不在意婚礼的事情,她不满意的是新娘。

我努力给姐姐解释,说我约会过很多女人,塞莱斯特真的是最好的选择。我也没有仓促行事,自从上大学,我们已经断断续续地在一起好久了。

"你从一群不喜欢的女人中选了一个最好的,"梅芙说道,"你的对照组本质上就有问题。"

但我选的女人心甘情愿为我铺平道路,支持我的人生。可问题是,梅芙觉得做这些事情的人是她。

至于梅芙的感情生活,或者说她空缺的感情生活,我一无所知。但我要说的是:我一直都看着她检测血糖,看着她给自己注射胰岛素,而她不肯在别人面前这样做,除非是十万火急的情况。我在医学院,后来又去医院实习,这么长的时间里,我一直想跟她谈一谈她的治疗方案,可她不肯听。她说:"我有内分泌医生。"

"我没兴趣当你的内分泌医生。我是以你弟弟的身份来说这事,我在意你的健康。"

"你人真好,但是到此为止。"

我和梅芙有无数的理由怀疑婚姻——凡是有过我们小时候的经历的人,大概都会这样。但如果我真不结婚,我也不会去怪罪安德烈娅或是我父母中的任何一方。如果说到梅芙不结婚的原因,要我来说,那就是她往自己肚皮戳针的时候,不会让其他任何人进房间。

"你再给我说说呢,我不结婚和你娶塞莱斯特有什么关系?"

"没关系。我只是想确定你没事。"

"相信我,"她说道,"我可不想娶塞莱斯特。她是你的,全都归你。"

如果不是梅芙,婚礼的方方面面,所有的费用和决定都会归诺克罗斯家来负责。梅芙认为,我们康罗伊家与其他家的联姻不该以如此不平等的方式开始。毕竟,算上叔叔和婶婶、舅舅和舅妈,再加上姨妈和姨父,还有远远近近的表亲和堂亲,诺克罗斯家的人比天上的星星还多,而康罗伊家只有我们两个人。我明白,我们这边应该有人出面,而我们这边就只有我和梅芙,所以事情就落到了梅芙头上。那些日子里,我与电工见面,学习如何修理干板墙这种难于登天的技能。我太忙了,没工夫参与婚礼的细节,所以就派出姐姐做使者,她住的地方距离塞莱斯特父母家只有不到十五分钟的车程。

秉着如此分工的精神,梅芙主动给我们写了登报的婚礼通告。7月23日,星期六,玛丽·塞莱斯特·诺克罗斯与丹尼尔·詹姆斯·康罗伊喜结连理。玛丽·塞莱斯特·诺克罗斯是威廉·诺克罗斯和朱莉·诺克罗斯的女儿;丹尼尔·詹姆斯·康罗伊是埃尔纳·康罗伊和已故的西里尔·康罗伊的儿子。

但塞莱斯特不喜欢"已故"这个词。她觉得幸福当前,这词不喜庆。

"你的母亲?"梅芙在电话里出奇地模仿了塞莱斯特的声音,"你真的想要在结婚通告上写上你母亲的名字?"

"啊。"我说道。

"我告诉她,事实上,你的确是有母亲的。失踪的母亲和已故的父亲,我们就是这个情况。接着她就问,既然他们都不在,我们何不画掉他们两人的名字?这样好像并不会伤害到他们的感情。"

"嗯?"听到这样的请求,我并不觉得这是个离谱的提议。

"我们会伤害我的感情,"梅芙说道,"你又不是雨后冒出来的蘑菇,你有父母。"

朱莉·诺克罗斯,我未来的岳母一向理性,她站在梅芙这边,打破了僵局。"婚礼通告就是这样写的。"她对女儿说道。作为妥协,我们父母的名字不再出现在婚礼请帖上,梅芙抱怨了很久,最终还是屈服了。

整个过程,我从未跟姐姐说母亲就在离我们不远的地方,在那儿盘旋打转。我压着这事没说,不仅是我认为这不利于梅芙的健康,而且我认为没有母亲,我们过得还要更好些。菲菲毛让我看清了现状。经历了这么多年的混乱和无家可归,我们的生活终于安顿了下来。现在,我不用再消耗教育基金,我们基本上不再提起安德烈娅,我有了三栋大楼,我要结婚了。梅芙她本人不管是出于什么原因,继续待在了奥特森公司,没有怨言。即便梅芙不想我娶塞莱斯特,可从我认识她算起,现在似乎是她最开心的时候。这么多年我们都在应对过去,如今终于奇迹般地得到解脱,就像其他人一样,终于往前走了。我活到现在,终于把火踩灭;告诉梅芙我们的母亲就在不远处,告诉她也许我们的父母没有离婚,就意味着要重新点燃这场火。我们为什么要去找她呢?她从没来找过我们。

我并不是说梅芙不应该知道这件事,我也不是要永远瞒着她。我只是觉得还不是时候。

在七月下旬一个闷热的日子里,我和塞莱斯特在吕达尔的圣奚拉里教堂结婚了。如果能在秋季举办婚礼会舒服得多,但塞莱斯特说,她想在九月开学前安顿好一切。梅芙说,塞莱斯特不想给我时间变卦。诺克罗斯家租了一个大帐篷来举行招待会。塞莱斯特和梅芙之间虽然分歧很大，但为了这一场合，也暂时摒弃前嫌。莫里·埃布尔是我的伴郎。我背叛科学，弃医从商，他觉得很可笑。"我一半的职业生涯都浪费在了你身上。"他一只胳膊搂着我的肩膀，就像是个骄傲的父亲。数年后，我在河滨大道买了一栋楼，一栋"二战"前的建筑明珠，有着装饰派艺术风格的大厅，电梯门镶嵌着绿色玻璃。我把顶楼的一半给埃布尔家使用，还有一把通往屋顶的钥匙，我只收他们单间小公寓的钱。他们在那里度过了以后的日子。

在我们度蜜月的时候，塞莱斯特把子宫帽[1]扔进了大西洋。一大早，我们看着子宫帽随着微波，起起伏伏地从缅因州的海岸漂走。

"有点恶心。"我说道。

"别人会把它当作是水母的。"她啪的一声关上了粉红色的空盒子，顺手放回手提袋里。就在前一天，我们想要到水里玩，但即便是七月下旬，水淹到膝盖就使人冷得受不了，于是我们回到酒店，塞莱斯特穿上游泳衣，让我可以再次脱下它。她觉得我们已经等得太久了，29岁的年龄，她可不要错过大自然的规律。九个月后，我们的女儿出生了。声声抗议中，我给孩子取了我姐姐的名字，折中之后，我们叫她"梅"。

关于梅的一切都很顺利。我告诉塞莱斯特，如果她想在家里生，我们可以在床上铺上防水布，我给她接生，但她不想。于是，半夜三更，我们坐上计程车，到了哥伦比亚长老教会医学中心，六

---

[1] 子宫帽：一种避孕工具。

个小时后,我们的女儿出生了,给她接生的是我的一位同班同学。塞莱斯特的母亲来待了一个星期,梅芙来待了一天。在婚礼的准备过程中,梅芙和朱莉·诺克罗斯都喜欢上了对方。梅芙发现,有塞莱斯特的母亲在,她和塞莱斯特之间要融洽得多。于是,趁着塞莱斯特母亲在的时候,梅芙短暂来访。塞莱斯特辞掉了在哥伦比亚小学的工作,五个月后,她又怀孕了。她说她擅长怀孕,她要发挥她的强项。

但生孩子这件事,很大程度上是靠运气。一次怀孕生产顺利,并不能保证第二次也这样容易。怀上第二个孩子的第25周,塞莱斯特就开始宫缩,只能躺在床上。医生说她的宫颈松弛,无法抗拒不知疲倦的地心引力,无法将孩子托在一个合适的位置。她觉得这是针对她本人的指责。

"去年可没人说我宫颈松弛。"她说道。

他们本来要让她住院,但考虑到我好歹也是医生,可以给她用药并监测她的血压。我又要工作,又要照顾塞莱斯特,就照顾不到梅。

"我们得雇一个人。"塞莱斯特明确表示她不想让母亲搬到纽约来,而让梅芙来帮忙,那就是根本不用讨论。

"好希望能找一个我们认识的人,"塞莱斯特说道。不能像以前那样料理事情,她又郁闷,又害怕,还生自己的气,"我不想让陌生人来照顾梅。"

"菲菲毛也许可以。"我建议道,但其实只是漫不经心地说了一句。给菲菲毛打电话,就像是某些事情又往后退了一大步。我的手托着梅的半边屁股,她扭来扭去,伸出胖乎乎的小手要妈妈抱。

"菲菲毛是什么?"

"菲菲毛是个人。"

"你说什么呢？"

"我没跟你说过菲菲毛？"

塞莱斯特叹了一口气，理了理她的毯子。"没有吧。如果有人叫菲菲毛，我怎么可能忘得掉？"

我们最开始交往的时候，塞莱斯特问过我眼睛边的伤疤。我告诉她，那是在乔特中学网球双打时，挨了一下反手拍。漂亮女孩躺在我床上，我当然不会说那是爱尔兰保姆用勺子给我敲出来的。如果我从没提过菲菲毛，那塞莱斯特也就不知道我父亲的情事。推荐一个跟雇主上过床，还打过孩子的保姆作为候选人，本应是件难事，但我真的已经原谅了她的这些行为。就像梅芙说的，凡是出现在我们人生那个阶段的人，都没有什么可怨恨的。"她以前是我们的保姆，如今住在布朗克斯。"我说道。

"我以为桑迪和乔斯林是你们的保姆。"

"桑迪是管家，乔斯林是厨娘，菲菲毛是保姆。"

塞莱斯特闭上眼睛，平和地点了点头："我不太记得清家政人员。"

"那我给她打个电话？"梅有神奇的能力，到了我怀里，就像是一袋五十磅重的土豆。我把她放在她妈妈身边。

"那就试一试吧，你们成长得也挺好的，"塞莱斯特伸手抱着我们的女儿，她可以躺在女儿身边，但不可以抱起来，"至少是个开始。"

事情就这样定了，三十年前菲菲毛和我们住在一个屋檐下，如今她来到116号大街照顾我们的女儿。对于这样的安排，塞莱斯特再满意不过了。

"到处都是跳蚤！"就在雇下她的第二天，我听到她对我妻子如此说道。我刚进门，站在小小的门厅里听她说话。我并不是在偷听墙角，公寓太小了，没什么墙角可听。她们非常清楚我回来了。"我第一次去见康罗伊家的人，他们就站在那儿挠痒。你知道的，我非常想给他们留个好印象。之前，房子空着的时候，我负责照看房子，我希望他们能把我留下，于是我穿上最好的裙子，走过去自我介绍。他们到了，带着一堆堆的盒子、箱子。梅芙小小的腿上全是跳蚤，我都看得见。它们追着梅芙咬，就像是蚂蚁紧追着棒棒糖。"

"等等，"塞莱斯特说道，"你没住在房子里？"

"我住在车库。车库上有间公寓，在我父母为范赫贝克夫妇工作的时候，就住那儿。当然，我照顾老夫人的时候，是住在房子里的，我从不让她独自一人待着。但她去世后，嗯，我太难受了，我就回到车库去住了，我是在车库长大的。一开始，我是女仆中的一个，然后整个地方就剩下我一个仆人，然后我是护工，然后是看房子的，然后是康罗伊家的保姆，一开始照顾梅芙，后来就是丹尼。"

然后你是情妇。我心里想着，放下了手里的邮件。

"我所有的工作都干得很好，只是看房子不行，做得很糟糕。"

"看房子完全是另一种类的工作，"塞莱斯特说道，"照顾人和照看空房子，不是一回事。"

"我当时害怕那房子，我总觉得范赫贝克一家人还在，他们变成了鬼魂。即便他们都死了，我还是无法想象没有他们的房子。我勉强一个星期去房子一次，趁着大中午的时候，进去晃一下就走人，所以不知道浣熊带着跳蚤占领了舞厅。它们肯定也是刚安家不久，银行来人的时候，那里还没有跳蚤；康罗伊一家来看房子的时候,也没有跳蚤。但他们搬进来的时候,发现到处就都是跳蚤,看到它们在地毯和墙上跳来跳去的,如果他们当场就要赶我出门,我也不会怪他们的。"

"跳蚤又不是你的错。"塞莱斯特说道。

"仔细想一想呢,还真是我的错,我没守好岗。你觉得呢?我放下孩子,给你做点午餐?"

"丹尼?"塞莱斯特大声说道,"你要吃午餐吗?"

我走进卧室。塞莱斯特全身舒展地躺在床上,菲菲毛坐在椅子上,梅在她怀里睡着。

塞莱斯特抬头看着我,露出微笑:"菲菲毛正在告诉我跳蚤的事情。"

"他母亲留下了我,"菲菲毛微笑的样子,仿佛是我本人留下了她一样,"她比我大不了多少,但我把她当成母亲。我当时好孤独!她人真好。虽然埃尔纳心里难过,但总要让我觉得,有我在,她很开心。"

"她因为跳蚤难过?"

"因为房子。可怜的埃尔纳很讨厌那房子。"

"我可以用点午餐呢。"我说道。

"为什么是'可怜的埃尔纳'?"塞莱斯特问道。自从我把身世告诉她后,我妻子对我母亲的评价一直很低。她认为,无论有什么理由,她都不能抛下两个孩子。

菲菲毛低下头,看着我熟睡的女儿躺在她胸前:"她人太好了,不能住在那样的房子里。"

塞莱斯特一脸不解地抬头看着我:"我记得你说那地方很好的。"

"我去做三明治。"我说着话,转身走开了。我想让菲菲毛别说了，可为什么要让她停下来呢？菲菲毛给塞莱斯特讲荷兰屋的故事，就像是谢赫拉莎德[1]要为自己赢得第二晚的生命。这世上也就只有塞莱斯特想听这些故事，她不再成天想着自己的烦心事了，说什么都要留菲菲毛在身边。

凯文是早产儿，生下来的头六周一直待在保温箱里，瞪着青蛙般的眼睛，看着透明塑料箱外的我们。菲菲毛待在家里照顾梅。"一切都好，"菲菲毛一边说，一边吻我女儿的脑袋，是那种连续的快速轻吻，"我们都各就各位呢。"塞莱斯特在医院期间，梅芙坐火车来了，既是与菲菲毛相处，也是与和她同名的侄女相处。梅芙和菲菲毛在一起的时候，两人没完没了地回忆过去。她们一间间地回忆荷兰屋的房间，"你记得那个炉子吗？"其中一个问道。"非得用火柴点煤气的那个？点火的时候，我总担心会把我们所有人炸上天，好长时间都点不着。""你记得三楼卧室的粉红色丝绸床单吗？我再也没见过那样的东西。我打赌，那些东西都还好好的。那张床，就没人睡过。""你还记得我们两个在池子里游泳吗？乔斯林说，当保姆的，工作日大白天的，像海豹一样在水里扑腾，像什么话？"接着，她们就笑呀，笑呀，笑到后来，梅也跟着她们笑起来。

梅出生后，我给塞莱斯特买了一栋褐色砂石的房子，就在自然历史博物馆的北边。我在周末的时候拾掇这房子——四层楼的大房子，超出了我们的购买能力，却是我们可以住一辈子的地方。周围的环境并不完美，但比我们现在待的地方好。住宅中产化的风就要吹到上西区了，我想要赶在它们之前。我们要开始新生活，而新生活在二十五个街区之外。我准备等到周末，付钱请桑迪和乔斯林过

---

1 谢赫拉莎德：也译作山鲁佐德，《一千零一夜》故事的讲述者。

来，再加上菲菲毛，大家一起把东西打包装箱，搬过来，再从箱子里整理出来。

"我们现在就要搬？"塞莱斯特说道。当时，我们坐在新生儿重症监护室的等候厅里，探视时间从9点开始。

"哪儿有什么搬家的好时候，就现在吧，"我说道，"这样，凯文回家，就是到新房子了。"

新房子有四个卧室，但孩子们小的时候，我们让他们待在一个卧室里。"免得跑上跑下的，"菲菲毛说道，"这地方，该死的楼梯太多了。"塞莱斯特同意她的看法，还让我往拥挤的婴儿室里又塞了一张单人床。这次她是紧急剖宫产，她说，如果孩子哭了，她就在身边，不用跑来跑去。

一天晚上，菲菲毛先到顶楼我们的房间给塞莱斯特拿一件毛衣，接着搬一筐脏衣服到底楼，然后又在三楼给梅换尿布，给她换一身干净的衣服，再把脏衣服拿到下面去洗，上来之后就挨着塞莱斯特，一屁股坐在沙发上，两颊绯红，胸脯上下起伏。

"你没事吧？"塞莱斯特问道，怀里抱着凯文。我刚在壁炉里生了火，梅朝着壁炉摇摇晃晃地走了几步。

"梅。"我说道。

菲菲毛深吸一口气，伸出双手，此刻，梅就转过身，朝着菲菲毛摇摇晃晃地走过去。

"该死的楼梯太多了。"塞莱斯特说道。

菲菲毛点点头，不到一分钟，她呼吸平静下来："这让我想起了可怜的范赫贝克老太太快要死的时候。我讨厌那些楼梯。"

"她摔倒了？"我问道。我只知道范赫贝克家是生产香烟的，全都死了，除此之外，我一无所知。

"嗯，她不是从楼梯上摔下来的。你是想问这个吧？她在花园里剪牡丹时，摔了一跤，倒在了柔软的草地上，摔坏了髋关节。"

"什么时候？"

"什么时候？"菲菲毛重复道，一时间不知道如何回答，"战争打了很久，我只知道这个。家里所有的小伙子都死了，范赫贝克先生也死了，房子里只剩下我和太太两个人。"

菲菲毛刚来我们家工作的时候，想称呼塞莱斯特为太太，可塞莱斯特说什么都不肯。

"小伙子们是怎么死的？"塞莱斯特拉了拉毯子，盖住凯文的脖子。即便是生了火，房间里还是很冷，我得修理一下窗户。

"所有的？莱纳斯得了白血病，他死的时候还小，可能不到12岁。他的两个哥哥，皮耶特和马尔滕，都死在法国。他们说过，如果美国不要他们，他们就到荷兰去参战。我们得到消息，他们中的一个走了，过了不到一个月，另一个也走了。他们都是英俊的男人，就像是绘本里的王子，我真不知道自己更爱哪一个呢。"

"范赫贝克先生呢？"我在壁炉边的大椅子上坐了下来。已经是深夜，钟表声滴答作响，时间一分一秒地过去。我本不想留下来陪她们，但我还是留下来了。坐在起居室里，周围包裹我们的是忽明忽暗的亮光。一个街区之外就是百老汇街，我听得到来来往往的汽车奔驰而过，还有雨声。

"肺气肿，这就是我从不抽烟的原因。范赫贝克老先生，家里人没抽的烟，都让他一个人抽了，死得很可怕。"菲菲毛一边说，一边看着我。

塞莱斯特抬起腿，盘坐在沙发上，"那范赫贝克太太呢？"她喜欢听故事。梅趴在菲菲毛的膝盖上，叽里呱啦地说了一分钟，然后安静下来，仿佛也在听。

"我打电话叫了救护车。他们来了，把她抬出花园，塞进车里，送走了。我开上我们剩下的最后一辆车，跟在后面。你知道的，我父亲以前是专职司机，所以我知道怎么开车。我问医院的人，我是否可以睡在老夫人的病房里照看她，但护士说不行"。她说，他们要在她的髋关节上装上钉子，还说她需要休息。我父母在弗吉尼亚州找了一份工作，在大萧条时期，所有的仆人都被打发走了，我是唯一留下来的。我二十多岁了，但还从来没有在晚上一个人待过，"想到这里，菲菲毛摇了摇头，"我害怕得要死，一直觉得听得到人说话的声音。天黑后，我意识到我才是照顾太太安全的那个人，而不是反过来。我难道真以为那个小个子老妇人一直在保护我吗？"

梅打了个哈欠，一头栽在菲菲毛的胸前，抬头看了她一眼，确保菲菲毛真的在，然后慢慢闭上了眼睛。

"她死在医院了？"我问道。在40年代，髋关节手术用了钉子，我想结果不会太好。

"哦，不。还好，她熬了过来。我每天都去看她，两周后，救护车带她回了家。这就是我一开始说的，为什么我讨厌那些楼梯。他们用担架把她抬上楼，把她放到床上，我给她垫好枕头。回到家里，她好高兴。她感谢那些人，说自己太重了，真是抱歉，可事实上她也就只有一只母鸡的重量吧。她睡在朝向前院的大卧室里，就是你父母之前住的那间。那些人走后，我问她要不要喝茶，她说要，于是我跑下楼泡茶。从那以后，就没完没了。这件事情，那件事情，接着又是另外的事情。每隔五分钟，我就要上下楼一趟。没关系，我那会儿年轻，但一个星期后，我发现自己犯了个错误。我应该把她安置在楼下，安置在前厅，那样，她就可以看风景了。在楼下,她可以看到草地、树木和鸟儿,所有的东西都还是她的。但她在楼上,只有壁炉可看。她躺在那里,透过窗户,除了天空什么都看不到。她从没抱怨过,但我好同情她,我知道她不会好起来了,她就没有要好起来的理由。她是个可爱的老太太,每次我去商店,或是给她取药,我都得多给她一片药,让她昏睡过去,要不她就会犯迷糊;再遇上我不在的情况,她总是想要起床,可问题是,她记不住自己摔伤了髋关节这回事。她试图自己下床。我告诉她'躺好了,不要动',然后再飞奔下楼,拿上她需要的东西,飞奔回来一看,有一半的时候她正往床下爬,一只脚都碰到了地面,于是我又得把她挪回床中间,像照顾婴儿一样,用枕头拦在她周围,再拿出两倍的速度跑下楼。当时我可以跑下马拉松,可那时还没有马拉松吧,"她低头看着梅,用手抚摸孩子漂亮的黑发,"当时的我没有软肋。"

一开始,塞莱斯特有时还想说梅芙几句,但菲菲毛不肯听。"我的孩子们,我都爱,"她说,"梅芙是我的第一个孩子。你知道的,我还救了她的命。她得糖尿病倒下的时候,是我把她送到了医院。想想吧,小梅长大了,有人想说她的坏话,还想让我听?"她拍了梅的屁股几下,梅笑出声来。"那、就、不可能。"她对孩子说道。

塞莱斯特很快就遵守了这一规矩,如今她人际关系中的主要成年人就是菲菲毛,她害怕孩子们大了,别人觉得她一个人就能搞定一切的那一天。两个孩子,年龄如此接近,多一个人帮忙是必要的,而且菲菲毛还知道怎么对付耳朵痛、皮疹和无聊。什么时候该给儿科医生打电话,她比我还清楚。涉及照顾孩子的事情,菲菲毛真是个天才,此外,她还能敏锐地察觉到母亲的需求。就像照顾梅和凯文一样,菲菲毛也照顾塞莱斯特,赞美她明智的决定,提醒她什么时候休息，教她如何做炖菜。遇到下雨，或者天色太暗，或者只是太冷不能出去的时候，又有无数的范赫贝克故事可以讲。塞莱斯特也爱上了这些。

"车库在房子的一侧，但如果我站在马桶上，打开窗户，就能看到前来参加派对的客人。当年他们的派对呀，是那么无与伦比，这世上就没有能与之相比的。所有的玻璃门都打开了，客人们从平台穿过玻璃门进入房子。天气冷的时候，他们在楼上的舞厅跳舞；天气好的时候，白天就有工人来，用抛光的木头，"啪啪啪"地拼在一起，在草地上搭舞池。有个小乐队奏乐，人人都在笑呀，笑呀。我母亲说过，这世上最柔滑的声音就是有钱女人的笑声。有客人来时，母亲整天都在厨房准备吃的，然后上菜上酒，到了凌晨两三点钟，她就开始收拾厨房。有很多人来帮忙，但厨房是属于我母亲的。我父亲负责把所有的车开走，等到客人准备离开的时候，他再把车开回来。我不想睡觉，但无论怎么努力，等到他们回来的时候，我都已经躺在沙发上呼呼大睡了，我那时只是个小不点呢。我母亲就会叫醒我，给我一杯没了气的香槟，也就是瓶子里剩下的那一丁点儿东西。她叫醒我，说：'菲奥纳，看我给你带回来了什么！'我就一口气喝了，倒头再睡。当时呀，我最多5岁的样子，香槟就是这世界上最美妙的东西。"

"我父亲哪儿来的钱买房子，你知道吗？"我问菲菲毛。那天晚上有些晚了，真是难得的安宁时刻，两个孩子在小床上睡着了，塞莱斯特在婴儿室的床上，刚躺下一分钟，就进入了梦乡。我和菲菲毛肩并肩站着，她洗盘子，我擦干盘子。

"你父亲在法国时候，医院里有个小伙子，就是他。"

我双手拿着一个餐盘，转身看着她。"你知道这个？"我一开始问她，甚至都不知道自己为什么要问，但真没想过她可能知道答案。

菲菲毛点了点头："他从飞机上掉下来，摔伤了肩膀。我猜他在医院待了很久，好多人来了又走。有那么几天，他旁边的病床上来了个小伙子，胸口中弹。我尽量不去想那个场景。那个小伙子清醒的时候不多，但醒了就跟你父亲说话。他说，如果他有钱的话，就会买下霍舍姆的地皮，绝对要买。于是你父亲就问他为什么。我想呢，有人说说话的感觉肯定很好。那个小伙子说，因为战争和其他缘故，他不能说明原因，但西里尔记住了这个地方：宾州的霍舍姆。你父亲记住了。"

我从她满是泡沫的手里接过一个盘子，然后又是一个杯子。厨房在房子的后面，水池前有个窗户。菲菲毛说，对于女人而言，水池前有窗户，就是最大的奢侈。"我父亲告诉你的？"

"你父亲？天呀，不是的。我就是问他现在几点了，他都不肯跟我说。是你母亲告诉我的。我和你母亲好得能穿一条裤子。你不要忘了，他们第一次出现在荷兰屋的时候，你母亲觉得他们是穷人。你母亲非要你父亲告诉她，钱是从哪儿来，她非要知道不可。她觉得你父亲肯定是干了什么非法的事，不然那时候，谁会有那么多钱呢？"

我想起自己本科的时候，第一次发现了抵押拍卖的大楼。那我父亲又是怎么暴富起来的呢？"然后呢？"

"嗯，当然是那个可怜的小伙子死了，你父亲有很多时间琢磨他说的话。他在病床上又待了三个月，然后运输船上有了位置，他就回了家。之后，他在费城的造船厂得到了一份坐办公室的工作。在那之前他从未到过费城。等他和你母亲安顿好之后，他买了一份地图,只为了找到霍舍姆,那地方在一个小时的路程之外。他决定去看看,我猜是出于对那个小伙子的敬意。我不知道你父亲怎么去的,但那地方什么都没有,只是农田。他打听一番,看有没有人卖地;他找到了一个人,有十英亩的地要卖,贱卖。真的哦,贱卖,贱就是极便宜,价钱低得很。"

"但他哪儿有钱买地皮呢?"价钱可能是很便宜,但如果没有钱,再便宜也没有用。这是我的亲身经历。

"他在田纳西流域管理局时攒的钱。战争前,他在水坝上工作了三年。他们给的钱很少,但你父亲是那种一分钱也要省着花的人。我跟你说呀,你母亲之前都不知道,当时他们都结婚了。你母亲不知道你父亲的存款,不知道那个小伙子,也不知道霍舍姆,什么都不知道。六个月后,海军给他打来电话,说他们打算在那儿修建基地。"

"见了鬼了。"

菲菲毛点了点头,脸颊绯红,手在水里也泡得红红的。"如果就这么着,也算是个好故事。但还没有完,他拿了卖地的钱,在河边买了一栋很大的工业楼。他又把楼卖了,然后就开始买地,买了一块又一块。这期间,你母亲泡花斑豆子做晚餐,他还在为海军工作,订购物资,他们两个人带着你姐姐住在海军基地。然后,有一天,他说:'嗨,埃尔纳,我借了一辆车。我有个大惊喜给你。'确实惊到了你母亲是真的,她差点没杀了你父亲。"

我们肩并肩站在一起,餐具洗完了,我人生中最不解的谜团真相大白了。我想起小时候,这个女人打了我,还跟我父亲上了床,想要嫁给他。我想了想,如果当年菲菲毛得逞了,人生或许会美好得多吧。

第十四章

我们刚结婚时住过的那栋大楼，我给卖了个好价钱，然后又把最初的两栋褐砂石房子卖了，用赚来的钱在百老汇大道买了一栋多功能建筑，距离我们现在的房子六个街区。楼上有三十套出租公寓，楼下有一间意大利餐馆。我即便是一年三百六十五天醒来就耗在那栋楼里，也干不完修理的活儿：不受控制的暖气，垃圾没有分类，有个租户的女儿把一个橘子冲下马桶，就想看看能不能冲下去；还有个租户随时开着门，好让自己的猫咪在过道上拉屎；隔了两个门的租户家里有一条小猎犬，总来找猫屎吃，一口吞到肚里，然后就呕吐在过道上。每经历一次危机，我就学会了如何处理其他的事情——他们的问题不该由我来解决的，我学会了如何安抚他们。

我赚钱了。我雇了一位大楼管理员，创建了一个管理公司。要想知道一栋楼是否值得买，最保险的方式就是先管理这栋楼，或者是管理与待售大楼位于同一个街区的楼。那个时期，只要找对了人，在纽约基本上什么东西都可以买得到。我认识市议员，认识警察。我在地下室进进出出，梅芙为我管账，负责公司的报税，还负责我们的个人税。塞莱斯特因此心烦意乱。

"你姐姐没有权利插手我们生活中的每一件事。"她说道。

"如果我请她插手，她当然就有权利。"

现在塞莱斯特一个人在家带孩子，凡事都想得过多。菲菲毛又去做育婴保姆了，那家人是我们的朋友，住在南边，距离我们十个街区之外，他们领养了一对双胞胎。最初我们说是让菲菲毛来帮帮忙，实际上菲菲毛跟我们待了好几年的时间。如今她依然一个星期来看我们一次，给我们做汤，抱着凯文在厨房里跳华尔兹。现在塞莱斯特一个人洗衣服，与其他家长约好，一起带孩子到公园玩。《胡萝卜种子》这本书，她给孩子读了有一百万遍，每次都很投入，声音活灵活现："有一个小男孩，他种下一颗胡萝卜种子。他妈妈说：'我担心种子不会发芽。'"所有事情，她都尽心尽力，但她想东想西的大脑袋还是太闲了，于是就跟我姐姐过不去。

"你不能找你家里的人做账，你得找个专业人士。"

"梅芙就是专业人士。你觉得她在奥特森公司是干什么的？"两个孩子都睡着了，即便消防车顺着百老汇大道呼啸而下，他们也不会醒；但如果是父母吵起来，他们就是在昏迷中也会蹦起来。

"天哪，丹尼，她在那里运输蔬菜。我们是真正在做生意，动辄是钱呀。"

塞莱斯特不知道我公司面对的风险是什么，我们有多少财产，我们有多少债务，她都一无所知，她从不过问。我冒了天大的财务风险，如果她知道了，从此就会彻夜无眠。她能确定的，就是不想要梅芙插手，但其实梅芙懂税法和抵押，在很多方面她才是掌舵的那个人。"好的，首先，奥特森公司是真正在做生意。"虽然梅芙可能不应该说的，但她跟我说过他们公司的利润。"

塞莱斯特举起双手："不过是卖青豆，请不要教训我。"

"其次——看着我，我是认真的。其次，梅芙绝对是个尽职尽责的人，比其他处理纽约地产的会计要强得多。她一心一意想的都是实现我们最大的利益。"

"你最大的利益，"她低声说道，语气平淡，"她一点也不在乎我的利益。"

"我们的生意成功了，就符合你最大的利益。"

"你干脆邀请她过来一起住吧，为什么不呢？她难道不喜欢吗？她可以睡在我们的卧室里，我们没有秘密。"

"你父亲还给我们洁牙呢。"

塞莱斯特摇了摇头："不一样。"

"你的牙，我的牙，孩子们的牙。你知道吗？我挺高兴这样的。我感激你的父亲，他手艺精湛，所以我到吕达尔去补牙，我信任他。"

"好了，这就证明了我们一直都在怀疑的事情。"

"什么事情？"

"你人比我好呗。"说完，塞莱斯特就离开了卧室，去孩子房间看一看，确保他们没有听到我们刚才那番话。

凡是我让塞莱斯特不高兴的，都是梅芙的错。是呀，反正都是一肚子火，冲丈夫的姐姐发火，总比针对丈夫轻松得多。塞莱斯特一开始失望过，她本应把失望打包放下，可她却随身携带。她永远不会彻底忘记，在她大学毕业的时候，我没有娶她，因此她作为失败者回到了吕达尔。她也注意到了，我做房地产生意，越做越成功，她误判了我。她计划的是，给我自由，等我认识到了错误，自

207

然会回心转意。但是，医学这件事压根儿就不会进入我的脑海，除了我和莫里·埃布尔一起吃午餐时，除了遇到曾经的老同学时，为了谋生，他们在急诊室施压堵枪伤。梅到了讨要"大富翁"作为圣诞礼物的年龄，我坐在圣诞树边，跟她一起玩。我无法想象我父亲玩桌面游戏的样子，但"大富翁"这个游戏真是充满奇思妙想：有房子和酒店，有契约和租金，还有意外之财和税金。"大富翁"就是这个世界。梅总是选择苏格兰犬，凯文还小，不能坚持多久，但他会沿着棋盘的边缘跑跑车，用小小的绿色房子搭起金字塔。每次掷下骰子，往前移动的时候，我就觉得自己好幸运：城市、工作、家庭、房子，我没有日复一日地待在盒子一样的房间里，告诉某人的父亲，他得了胰腺癌；告诉某人的母亲，我在她的胸部触摸到了一个肿块；告诉做父母的，能做的，我们都做了。

但我也有做医生的时候。在孩子长大的过程中，很多次，过去那些年所学的东西都派上了用场。比如，那一次我们和吉尔伯特一家人开着旅行车去布莱顿海滩，他们是我们通过孩子认识的朋友，人生到了某个阶段就是这样认识朋友的。吉尔伯特家的儿子安迪，踩上了一根钉子。钉子是钉在木板上的，而木板半掩在沙子里，我没看见他是怎么踩上去的。男孩子们从水里钻出来，互相追逐。我和恰克在沙滩上，恰克是安迪的父亲，长得精瘦结实，是一名公设辩护律师。我的女儿和他的女儿也在沙滩上，她们提着水桶，站在浅滩处找海玻璃[1]。海浪声，风声，其他孩子跑来跑去、又吼又叫，一片嘈杂中，我们听到安迪·吉尔伯特的尖叫声。塞莱斯特和男孩的母亲躺在大毛巾上，一边说话，一边盯着游泳的男孩们，距离他

---

[1] 海玻璃：经过海水打磨之后，如同鹅卵石一般的人工玻璃。

们还要近一些。两个父亲、两个母亲、两个女孩子，我们所有的人都朝安迪跑过去。他当时肯定只有9岁，他是凯文的朋友，凯文那年夏天9岁。安迪的母亲，一位棕色长直发的美丽女子，穿着红色的分体泳衣（还真是抱歉，我记得她的泳衣，却忘了她的名字），完全不知道自己要干什么，弯腰就要去碰孩子的脚。这时，塞莱斯特把一只手放在她的肩头，说道："别动，让丹尼来。"

孩子的母亲看看我妻子，又看看我，肯定是觉得莫名其妙——我怎么会知道如何处理扎进脚里的钉子呢？我们前脚刚到，我儿子凯文就对着他正在尖叫的钉子受害者朋友说道："没事的，我爸爸也算是医生。"

那一秒，吉尔伯特夫妇又迷糊又害怕，还愣在那里，而我则两脚分别踏在安迪脚的两边，踩稳了木板，双手捏住他的脚板，把钉子一下拔了出来。他发出一声尖叫，当然要尖叫，但没流多少血，至少没有划破动脉。下午太阳照得人睁不开眼睛，热浪中，我抱起一边哭一边颤抖、浑身滑溜溜的孩子，朝车子走去；其他人则手忙脚乱地收拾东西，离开海滩。恰克·吉尔伯特捡起木板免得扎着别的孩子，跟在我后面；或者这只是律师收集证据的本能，就像我拔出钉子的本能一样。

那天晚上，梅说个不停，讲着白天发生的故事。当时，我觉得应该开车回城，到城里的医院，但吉尔伯特夫妇担心堵在路上，于是就到了布鲁克林一家医院的急诊室，我们满身沙子，疲惫地坐在那儿。急诊室的医生给安迪打了破伤风疫苗，清理干净他的脚，拍了X光片，包扎好伤口。我们从布莱顿海滩撤退得太匆忙，吉尔伯特太太把罩袍落下了，只能在腰间系上一条毛巾，上身还穿着红色的泳衣，就那么坐在候诊室，就那么跟医生说话。梅把这些都讲了一遍，仿佛她是从异国他乡带回的消息一样。在这之前，我们开车把吉尔伯特一家送回了他们位于东区的公寓，他们可能不会喜欢梅如此无情地情景再现。她的叙述是从中间开始的（海玻璃、尖叫声），讲到了结尾，她又折回去讲开头。她开始说我们怎么开车到的海滩，我们每个人午餐吃的是什么，男孩子们刚吃完东西本不应该下海游泳，但还是一头扎了进去。她跟我们说，她和皮普怎么跟着我和吉尔伯特先生；皮普是安迪的姐姐，梅的朋友。"皮普刚刚发现了一个贝壳，"梅神秘兮兮地说道，"我们就听到了第一声尖叫。"

"够了，"她母亲终于忍不住了，"我们也都在场。"塞莱斯特递给大家一盘冷鸡肉。她晒伤了，肩膀、胸口和脸上苍白的皮肤变成了深红色，我几乎可以感受到她的皮肤在散热。我们都累了。

"你在碰安迪脚之前，没有询问过他，"梅没有被吓住，对我说道，"你甚至没有问他父母。你不用先问问吗？"

看着我美丽的黑发女儿，我露出了微笑："不用。"

"你在医学院学习过吗？"凯文问道。两个孩子都没晒伤。塞莱斯特对他们很小心，对自己却大意。

"当然，"我这时才意识到自己挺开心的，毕竟钉子没钉在自己儿子脚上，"有一学期，一门课就是教在沙滩上怎么给男孩子拔脚上的钉子。下一学期，就学怎么救助被鱼骨头卡着喉咙的人。"

医学院教给我的是如何果断：认清问题、斟酌选择、采取行动——全部同时进行。但房地产也教会了我同样的东西，即便一天解剖也没学过，我也可以拔下安迪·吉尔伯特脚上的钉子。

"你不应该这样轻描淡写地说话，"我妻子说道，"你知道该怎么做。"

梅和凯文停下来。凯文一只手拿着玉米棒，梅放下了叉子，我们都在等塞莱斯特说下面的话。我们看着她，等着。塞莱斯特摇了摇头，晒了一下午的太阳，她头上卷发的颜色更浅了。"嗯，就是那么一回事。"

"你是医生，"梅身体前倾，眼睛直直地看着我，"你应该成为医生的。"梅能模仿我们所有人，但她模仿塞莱斯特，那是炉火纯青。

我们现在过着非常优越的生活，我医学院的朋友们要开爆处方单才能过上这样的生活，但塞莱斯特觉得这没什么，她想要向别人介绍我是医生。我丈夫，康罗伊医生。她还真就这么干过，我屡次要求她别这样，但她就这样。大多数时候我们吵架，如果吵的不是我姐姐，那就是对我的称呼。

但那天晚上在床上，塞莱斯特趴在我身上，头靠着我的肩膀，白天耗尽了她所有吵架的劲头。"摸摸我的脊柱。"她说道。

她还没有冲澡，身上依然是大海的气味，就像从布莱顿海滩吹来的海风。我的手指伸到她头发下面，摸到她头骨的下端。"寰椎、枢椎、第三颈椎，"我像弹钢琴一样，一个个地摸，一个个地摁，然后松开，数完了七节颈椎，"胸椎。你应该抹点防晒霜的。"

"嘘，别破坏气氛。"

"胸椎。"我数完十二节胸椎，接着数腰椎。我在她腰背上用力揉，最后她发出了温柔的喘息声。

"你还记得？"她问道。

"当然记得。"我喜欢她趴在我身上的分量，喜欢她皮肤散发出来的可怕热度。

"我帮你学习的那些年。"

211

"你妨碍我学习的那些年。"我吻了吻她的头顶。

"以前,你是很好的医生。"她轻声说道。

"我不是。"我说道,但她依然抬起脸蛋,凑了上来。

离开医学院的多年之后,我把买的一些大楼又卖掉,赚了好些钱,付清了房子的钱,还巩固了我们的存款,我就开始执念于不可能办到的公平。在我的教育上浪费了这么多时间和钱,而梅芙什么都没有。我已经给梅和凯文建了教育基金,那梅芙为什么不能去法学院、去商学院呢?现在还不算太晚。毕竟,我们俩当中,她才是脑子好使的那个,而且无论她决定学什么,都会是我的得力臂膀。

"我已经是你的得力臂膀了,"她说道,"我不需要法学学位,也能做到。"

"那就拿个数学学位。我绝对不会让你去学不感兴趣的东西,我只是不想看你一辈子都耗在奥特森公司。"

她沉默了一会儿,她是在想要不要与我争辩。"你为什么这么不满意我的这份工作?"

"因为这份工作配不上你,"她也是知道的,但我怎么也按捺不住,就是要说出来,"因为这是一份你在大学毕业的暑假找的工作,你现在48岁了,还在做这份工作。你总是督促我,要我做更好的自己,为什么不让我回报你呢?"

梅芙越是生气,就越是慎重,她这样让我想起了我们的父亲,她说的每个字都严密周到:"我的确是打发你去了医学院,如果这是惩罚,好吧,我接受。但我没逼你,没要求你做更好的自己。我觉得你是知道这一点的。如果你关心的是我的谋生方式,那我就告诉你:我喜欢我的工作,我喜欢与我一起工作的人,我喜欢这个公司。我帮助这个公司发展到今天，我的工作时间很灵活，我有眼科和牙科的医疗保险，还有足够周游世界的带薪假期，但我不想周游世界，因为我喜欢我的工作。"

我不知道自己为什么不肯罢休："你可能也会喜欢其他事情的，你还没有试过。"

"奥特森需要我，你明白吗？他很懂运输和冷冻，也懂一点蔬菜，但他完全不懂钱。在那里的每一天，我都觉得自己是不可或缺的人，所以，别管我的事情。"

梅芙在奥特森公司是全职工作，但她半天就干完了。到了这个阶段，奥特森不在乎梅芙在哪儿工作、花多少时间工作，反正她都做完了。奥特森给了梅芙"财务总监"的头衔，可我真是无法想象，这样的公司哪里需要什么财务总监。梅芙兼职给我做账，绝对是全身心地投入，她不放过任何细节：凡是我的大楼，门厅的灯泡烧坏了，她都要更换灯泡的记录。我每周给她寄去一个文件夹，里面是收据、账单和租金的支票。她把每一件事都一一记录在账本里，与我们父亲的账本很像。我们把钱存在珍金镇，所有的账户上都有梅芙的名字。她开支票，关注纽约的税法、城市税、退税和奖励措施。租户逾期未缴租金，她发去的信函语气坚定，不偏不倚。每个月我都给她寄去薪水支票，每个月她都没去兑现。

"我要么付钱给你，要么付钱给别人，"我说道，"对其他人而言，这真的就是一份工作。"

"能把这个变成一份工作的人，你还真得花心思找一找，"她在厨房的餐桌上，一边吃晚餐，一边帮我做这事，"星期四的晚上。"她说道。

梅芙在距离圣灵感孕教堂两个街区的地方租了一座红砖平房，

住很久了。平房有两个卧室和一个很深的前院，是老式的厨房，采光很好，从窗户望出去就是矩形的大院子，她在院子后栅栏一溜儿种了大丽花和锦葵。这房子没什么不好，只是太小了。衣橱很小，只有一个浴室。

"我不管你多有钱，你一次也只能用一个浴室。"梅芙说道。

"嗯，有时我也在这儿住呀。"但事实上我极少在她家里过夜。这么明显的漏洞，梅芙并没有给我指出来。

"我们共用浴室，有多少年了？"

我说给她买一栋房子，算作薪水，但她也拒绝了。她说，她住在哪儿、不住在哪儿，谁都管不着，我也不例外。"我花了五年的时间，树莓才有了像样的收成。"她说道。

于是，我找到她的房东，买下她住的房子。在我所有买卖房地产的交易中，这一单买卖最亏。东西的主人并没有想卖东西，但却有了铁了心要买的买家，卖家就可以漫天要价——房东就这样干了。不过没关系，我把房契放在每周一次的收据账单文件夹里，寄给梅芙。梅芙极少兴奋，从不惊讶，这一次她是又兴奋又惊讶。

"整个下午，我都在家里走来走去，"她打电话找到了我，"房子属于自己后，看起来都不一样了，我之前从来不知道，它看起来更好了。现在，这个地方我待定了。我准备像范赫贝克老太太那样，除非死后被人抬出去。"

那天我准备回纽约，临时起意，我们在荷兰屋旁停了停。这样我们就可以在去火车站的路上避开下午最拥堵的时候。欧椴树的后面,两个男人各自开着一辆大型割草机,在草坪上来来回回地直线行驶。我们摇下车窗,让青草的味道灌进来。

当时我们四十多岁,我四十出头,梅芙快要50岁了。每个月的第一个星期五,我坐火车去珍金镇早已成了惯例,我利用路上的时间整理好带给梅芙的文件。公司规模的确是越来越大,可若要做到每个星期与姐姐整理一次账单和合同,也还是很容易的。我怎么也该一个月去两次,但每次出发都意味着要与塞莱斯特争斗。她说,应该用这时间陪我们的孩子。"现在凯文和梅还喜欢我们,"塞莱斯特总是这样说,"但不可能永远都这样的。"她并没有说错,但我不可能不回家,而且我想回家。我做出的妥协对塞莱斯特十分有利,但她从来不这样认为。

我和梅芙在一起的时候,有太多的事情要做,以至于数个月的时间,都没想起过荷兰屋。那天我们停车在荷兰屋外,只是出于怀旧,但怀念的并不是当年住在房子里的我们,而是抽着烟,在范赫贝克街停车数小时的我们。

"这房子,你有没有想过再进去?"梅芙问道。

割草让我想到了耕地和骡子。"这房子放到市面上出售,我会不会进去?很有可能。要我走上去,摁下门铃?不可能。"

梅芙的头发开始花白,这让她显得比实际年龄老。"不,我说得更像是一场梦:如果有可能,你要不要一个人进去?只是进去转一转,看看这地方有什么变化?"

桑迪和乔斯林在厨房里大笑,我在旁边的蓝色桌子上写作业;早上,父亲喝着咖啡,抽着香烟,手里拿着一份折好的报纸;安德烈娅"哒哒哒"地走在前厅的大理石地板上;诺尔玛和布莱特大笑着跑上楼梯;梅芙还是个学生,黑色的头发就像是毯子般披在身后。我摇了摇脑袋:"不,没门儿。你呢?"

梅芙脑袋轻轻往后一仰,靠在头枕上:"绝对不想。实话告诉你吧,我觉得那样会要了我的命。"

"嗯,没人邀请你回去,那还挺好的。"阳光照在一片片的草叶上,草坪呈现出一道道割草机行驶过的痕迹——暗绿色,浅绿色,暗绿色。

梅芙转过头,看着眼前的景色:"我们从什么时候开始变的呢?"

老宅子变成了车,车又在变,从奥尔兹莫比尔到大众,再到两辆沃尔沃,某个时刻我们也变了。存储我们回忆的是范赫贝克街,而不再是荷兰屋。如果有人问我从哪儿来,具体的位置在哪儿,我就只能说,我来自布克斯鲍姆家前的那段沥青路。后来,布克斯鲍姆家搬走了,舒尔策一家搬了进来,但现在房子的主人是谁,我就不认识了。园艺工人的卡车开过来,长长的拖车侵犯了我们的车位,我有些恼怒。这条街的房子,我是一栋也不会买的;但如果整条街都要出售,那就会是我的——这些话,我只字未提。我回答了梅芙的问题,只是说"我不知道"。

"你真应该当精神科医生的,"梅芙说道,"那就太有用了。你知道吧,菲菲毛也是这样说的。她说,她也不会再进去。她说,多年来的梦里,她在荷兰屋从一个房间走到另一个房间,我们都在荷兰屋里,有她的父母、桑迪、乔斯林、范赫贝克一家人,大家玩儿得很开心,就像她小时候,他们经常开的那种盖茨比式的大型派对。她说,很长时间以来,她一心想回去。但现在,即便是大门敞开着,她也不会进去的。"

菲菲毛早就回归了大本营。桑迪、乔斯林、菲菲毛和我姐姐又在一起了：荷兰屋的家政人员和她们的女公爵每个季度进行一次午餐聚会，像用篦子[1]篦头发一样地梳理过去。她们四个人中，包括她自己，梅芙觉得菲菲毛的回忆最可靠，因为菲菲毛带着她记忆中的事实离开了。桑迪和乔斯林两人说个没完没了，与我姐姐一道啃噬着我们共同的经历。但菲菲毛不一样，我父亲让她拎包走人，她还能跟谁说这些呢？她的新雇主？男朋友？即便她在我家工作的时候，也只讲塞莱斯特喜欢听的、有范赫贝克家的故事，还有派对和衣服的事情。等荷兰屋到了康罗伊家手里，塞莱斯特就没了兴趣，很有可能因为梅芙是那些故事不可撼动的主角，不过这样更好。菲菲毛把故事埋在了她心里，她的故事是新鲜的。菲菲毛原本知道的事，仍然知道，从没有忘记。

"菲菲毛告诉我，妈妈想过做修女，"梅芙说道，"也许某个时候，那个想法又再次冒出来，你觉得呢？当时她已经是见习修女了，爸爸找到她，把她从修道院拉出来，娶回了家。菲菲毛说他们是在同一个街区长大的，妈妈的哥哥詹姆斯是爸爸的朋友。我告诉她，我们知道这个，我们还小的时候去过布鲁克林，找到了他们当年住过的大楼。菲菲毛说，妈妈还没发终身愿，爸爸去看她，就是这么一回事。在妈妈永远离开前，离家很多次，你知道的，她就是去那座修道院了，修女们很喜欢她。我的意思是说，大家都喜欢她，但修女们特别喜欢她。她们总是给爸爸打电话，跟他说，让妈妈在那儿多待一些日子。'她只是需要休息。'她们就是这么说的。"

"肯定很顺利哈。"

两辆割草机从车道开出来，开上街道。一个人挥手示意梅芙往

---

[1] 篦子：一种用来刮头皮屑和虱子的梳头工具。

后挪,他们要把割草机开进拖车里。"我现在肯定是不在乎了,"她说道,"如果小时候知道,我发誓,我就会去那座修道院,只是为了气他。"

脑子里突然浮现出一幅画:梅芙高高的个子,穿着海军蓝的法衣,一脸严肃,我不禁莞尔一笑。我不知道我们的母亲是否还在那儿,还在某个地方的慈善厨房工作,也不知道她这样做是不是因为多年前想成为修女。当年,我本应该把这事告诉梅芙的,但我没有。我等了太长的时间,问题就变复杂了。"那肯定会引起他注意的。"

"是呀,"梅芙启动引擎,往后倒车,"当时真应该那样干的。"

我把这件事告诉了塞莱斯特,她说道:"天哪。你们就像是汉塞尔和格蕾泰尔[1],无论多大年龄,也要手牵手在黑暗森林里走呀走。你们一直这样回忆过去,就没有厌烦的那一天吗?"

在我人生中很长的一段时间中,暗自发誓绝不把有关姐姐的事情告诉妻子,只和她谈珍金镇的天气,或是回家的火车怎么样,仅此而已。但这一策略让塞莱斯特很是愤怒,说我这是排斥她。于是我就改过自新,认为她是对的。已婚夫妇之间没有秘密,秘密没有好处。那段时间,她询问我去珍金镇的旅途,问我姐姐怎么样了,我都诚实相告。

---

1 汉塞尔和格蕾泰尔:源自格林童话故事《汉塞尔和格蕾泰尔》,也译为《糖果屋》《奇幻森林历险记》。

但无论我说什么，结果都一样。无论我回答得多么人畜无害，都会点燃她的愤怒。"她都快 50 岁了！还想着要把母亲找回来、把她的房子要回来？"

"不是这个意思。我说，她告诉我，我们母亲年轻时想过进修道院，我还以为这故事挺有意思的。结束。"

塞莱斯特没有听我说话，凡是与梅芙有关，她就不听我在说什么。"好吧，你想什么时候告诉她呢？童年的确很糟糕，从家境优渥到贫穷，这确实很可怕，但人都得长大呀。"

我忍住了，没有指出塞莱斯特很清楚的事实：她的父母健在，还住在吕达尔，还住在诺克罗斯家那块四四方方的地皮上，还在痛惜他们漫长婚姻里失去的若干只拉布拉多犬，其中一只在很多年前冲出前门，正值花样年华就被一辆车撞死了。塞莱斯特的家人是好人，他们遇到的也都是好事，我当然认为这是再好不过的事情。

但我不明白塞莱斯特为什么要指责梅芙不愿到纽约来，要知道，她最不想的事情莫过于梅芙到我们家里来。"冷冻蔬菜的工作太重要，她就这么抽不开身，一天也不能到这里来？她指望你放下一切——你的生意、你的家人，她一打电话，你就要直奔而去？"

"我又不是去给她割草坪。她做这么多事，都没收我们钱，我到她那儿去，这一点总是能够办得到的吧。"

"每一次都是你去？"

其中不言而喻的是，梅芙没有丈夫、没有孩子，所以她的时间不怎么有价值。"别胡思乱想了，"我说道，"如果梅芙一个月来一次，你觉得你会更开心吗？"

当我以为我们正在走向一场全方面的争论时，这句话让塞莱斯特彻底打住。她双手掩面，笑了起来。"上帝呀，上帝，"她说道，

"你是对的。你去珍金镇吧,我不知道自己在说什么。"

梅芙讨厌纽约,理由遍地都是:交通、垃圾、拥堵的人群、不断的噪声、随处可见的贫穷。在我琢磨了好多年之后,我终于问了梅芙,她难以置信地望着我,觉得我不可能不知道。

"什么?"

"塞莱斯特。"她说道。

"你放弃了整个纽约城,就为了避开塞莱斯特?"

"你觉得还有什么其他的原因?"

梅芙和塞莱斯特都有失公允,这么多年来,她们彼此之间的不待见,早就变成了抽象的东西;她们彼此不喜欢,已成了一种习惯。我忍不住地想,如果这两人是自己认识的,跟我都没有关系,她们会非常喜欢彼此的;一开始,她们的确也是如此。我的姐姐和我的妻子、她们聪明、有趣、非常忠诚,她们都说自己是世界上最爱我的人。看到她们要吃了对方的样子,我深感痛苦,她们却视而不见。我觉得她们两个人都有错。现在,她们本可以不这样。如果她们愿意选择,完全可以尽释前嫌,但她们不愿意。她们抓住怨恨不放,两个人都是这样。

一般情况下,梅芙不到纽约来,但她明白凡事都有例外。梅和凯文第一次领圣餐时,她是在场的。有时,她也会来参加生日派对。孩子们去诺克罗斯家的时候,她最开心,诺克罗斯一家总是邀请梅芙去做客。她会带凯文回去过夜,第二天早上再带凯文跟她一起去上班,凯文对餐盘里的蔬菜没半点兴趣,却觉得冷冻蔬菜的魅力不可抵挡,他在工厂里就待不够。他好喜欢那些庞大的机器有序而准确地处理小胡萝卜,好喜欢整个工厂里散发的冷气,工人在七月都穿着毛衣。他说,这是因为奥特森家是瑞典人。"生活在天寒地冻的地方。"他说。在他眼中,奥特森先生就是农产品界的威利·旺卡[1]。等他在工厂看了一天豌豆是如何装进塑料袋中的,心满意足了,梅芙就送他回外祖父家。一到外祖父家,凯文就给他母亲打电话,说他以后要做蔬菜行当。

同样是共度一天,梅的情况则与凯文完全不同。梅和她姑妈一页页地翻看相册,用手指指着每个人的下巴,一一提问。"梅芙姑妈,"她说,"你真的这么年轻过?"梅最喜欢和她姑妈把车停在荷兰屋前,仿佛喜欢回忆过去是一种遗传病。梅坚持说,她在荷兰屋住过,只是她太小,不记得了。菲菲毛讲了很多派对和跳舞的故事,梅把这些故事交织到了自己童年的记忆里。有时她说,她和菲菲毛一起住在车库上面,她们一起喝过没了气的香槟;而其他时候,她又说她是范赫贝克家的远房亲戚,睡在华丽的卧室里,睡在她听过无数次的窗座上。她发誓,她都记得。

一天晚上,我女儿在梅芙的客房睡着后,梅芙给我打来电话:"我告诉她,房子里有个游泳池,她愤愤不平。今天太热了,肯定有三十七八度,梅说:'我绝对有权利在那个池子里游泳。'"

"你怎么说?"

梅芙笑了起来:"我跟她说了实话,可怜的小家伙。我告诉她,她根本没有权利。"

---

[1] 威利·旺卡:《查理和巧克力工厂》中巧克力工厂的老板。

第十五章

那些日子里,梅对跳舞的事情很认真。她 8 岁时就在美国芭蕾舞学校获得了一席之地。学校的老师告诉我们,梅足弓高,外开[1]好。每天早上,梅站在厨房里,头发挽成高高的发髻,一只手扶在橱柜上,踮起脚尖,划出一系列优雅的半圆。几年后,她告诉我们,她认为芭蕾是她登上舞台最直接的通道,她说得没错。11 岁那年,纽约市芭蕾舞团上演《胡桃夹子》,她得以扮演老鼠军团中的一只老鼠。换成别的女孩子,可能会希望穿上薄纱裙,与雪花共舞,但梅对自己的装扮很是激动——她有超大的毛茸茸脑袋,还有鞭子一样的长尾巴。

"伊莉斯夫人说,小型剧团会让孩子们在同一场戏里扮演不同的角色,"梅的角色定下来了,她对我们说,"但纽约人才济济。如果你是老鼠,那你就是老鼠。你就只能扮演老鼠。"

---

[1] 外开:指古典芭蕾中舞蹈演员两脚外开、脚跟并拢,两脚呈直线的姿势。

"不是小角色，"她母亲说道，"只是小老鼠。"

排演持续了一个漫长的秋天，梅一直在体会角色，她在家小碎步奔跑，双手弯曲放在下巴下，用门牙一点点地啃胡萝卜，这让她弟弟烦不胜烦。她一定要让姑妈来看她在纽约的舞台（梅的原话）上表演，她的姑妈也认为这是可以打破常规的情况。

梅芙安排好了，要带上塞莱斯特的父母一起到城里来，看第一个星期天的午后场。她先开车去吕达尔接他们，再开车到火车站，然后一起坐火车来。塞莱斯特的一个兄弟住在新罗谢尔，她的姐姐住在纽约城，也会带着家人来。考虑到根本没法认出哪只老鼠是自家孩子，我们这么一群人出现在观众席，也算是声势浩大。剧院灯光变暗，观众们安静了下来，帷幕在柴可夫斯基的前奏曲中升起。漂亮的孩子们穿着平日里绝不会穿的衣服，朝着圣诞树奔去。舞台灯照出了一个很像荷兰屋的背景，这是灯光效果，是视觉上的幻觉，我知道这不是真的，但有那么一瞬间，看起来是那么真实。诺克罗斯家和康罗伊家坐了长长的一排，梅芙与我间隔了六个座位，我没法探身问她是否也看见了：精美的壁炉架之上，两幅并非范赫贝克夫妇的巨大肖像画挂在墙上，稍微向对方倾斜；一张长长的绿色沙发——我们的那个沙发也是绿色的吗？桌子，几把椅子，第二张沙发；巨大的书桌上看得到木头的疤节，配有玻璃门的书柜，摆满了精美的皮革书，全是荷兰语的书。我记得第一次从书桌里拿出钥匙，站在椅子上打开玻璃门，一本本地把书拿下来，惊讶地看到熟悉的字母组成了一个个毫无意义的词。这场芭蕾舞的布景就像那个房间，我知道那盏悬挂在舞台上的枝形吊灯，绝对不会有错。我醉心于童年的自我催眠，仰躺着，凝望着枝形吊灯，看着光线与水晶交融，有过多少个小时呢？数不清了。我在图书馆读到过的。当然,为了腾出舞台的空间,家具往后推,摆成一排,看起来并不自然。如果我能够站到舞台上,重新安排这些家具,就能重现我的过去。事实上,不仅仅是《胡桃夹子》,无论是何种奢华的场景,从远处望过去,都像是通往我少年时期的一道窗户,而少年时期已经远去。塞莱斯特坐在我左边,凯文坐在我右边,舞台的灯光映在他们的面孔上,很温暖的样子。舞台上,参加派对的客人们在跳舞,孩子们手牵手,在他们周围组成了一个圈儿。他们一路跳着,从侧面退下舞台,帷幕落下。邪恶的鼠王登台了,他的身后是一群老鼠,老鼠在舞台上翻滚,愤怒地朝空中蹬着小爪子。我的一只手盖在塞莱斯特的手上。这么多只老鼠!这么多孩子在跳舞!胡桃夹子士兵赶到,战争打响了,死老鼠被活老鼠拖走,腾出地方让更多的舞者登台。

第一幕还看得出故事线,第二幕就只是跳舞:西班牙舞者、阿拉伯舞者、中国舞者、俄罗斯舞者、无数朵翩翩起舞的花儿。看芭蕾表演,却抱怨舞蹈多,当然是没道理的。但没了期待的老鼠,没了可以琢磨的家具,我挖空心思地寻找看跳舞的意义。凯文戳了一下我的胳膊,我靠过去,闻到了他嘴里奶油糖果的气味。"怎么这么久?"他轻声问道。

我无助地看着他,做出口型,无声地说了一句:"不知道。"在孩子们还小的时候,我和塞莱斯特虽然不是很认真,但也努力过几次,想带孩子们去教堂做礼拜,后来就放弃了,放任他们躺在床上。在这个刺激不断的城市里,我们没能给他们机会培养强大的内心世界,到了《胡桃夹子》第二幕这样的场合,他们就只能干坐着等。

芭蕾舞终于结束了,甜梅仙子、胡桃夹子、克拉拉、杜塞梅尔叔叔和雪花都公平地得到了雷鸣般的掌声（老鼠不谢幕！），观众拿起外套，站起来朝过道走去，只有梅芙没有动弹。她坐在座位上，眼睛直视前方。我注意到我岳母把一只手放在梅芙肩膀上，弯下腰说了什么。周围的观众嘈杂而行色匆匆，而我们这一家子人，站着没动，挡住了他们的去路，坐在我们这一排的其他祖母和母亲们调转方向，从另一头涌了出去。

"丹尼？"我岳母大声叫道。

我们这一大群人，其中康罗伊家的人很少，诺克罗斯家的人很多——夫妻、孩子、父母、兄弟姐妹。我穿过去。梅芙的鼻子和下巴冒出汗珠，她的头发已经湿透了，仿佛我们其他人观看芭蕾的时候，她去游了个泳。梅芙的手提袋放在地上，我在里面找到了那个黄色的旧塑料盒子，盒子外面用橡皮筋绑着。我从里面拿出了两粒葡萄糖片。

"回家。"她安静地说道，眼睛依然望着前方，但眼皮往下耷拉。

我把一粒糖片塞进她的嘴里，然后又塞了一粒。我叫她咀嚼。

"我该做点什么？"我岳父问道。梅芙开车去接他们，带他们一起坐火车，因为大家一想到要比尔·诺克罗斯开车进城就头疼。"需要叫救护车吗？"

"不需要。"梅芙说道，脑袋依然没动。

"她会没事的。"我对比尔说道，就像这是我们的惯例一样。以前那种平静的感觉又降临到我身上。

"我要——"梅芙话还没说完，闭上了眼睛。

"什么？"

这时，塞莱斯特和凯文到了，他们拿着一杯橙汁，还有包满冰块的餐巾。我没有看到他们离开,但现在他们已经拿上需要的东西回来了。他们是知道的,塞莱斯特站在我们后面一排,掀开梅芙湿毯子一样的头发,把冰块放在她脖子上;凯文把橙汁递给我。

"你怎么这么快就拿到了?"过道上挤满了小女孩,还有她们的看护人,兴奋地讲述着每个小小的舞步。

"我跑的,"一场表演下来,我儿子精力充沛得要撑死了,"我说情况紧急。"

凯文知道如何绕过人群,这是在城里长大的一个好处。我拿出手帕垫在梅芙嘴巴下:"小口喝。"

"你知道的,你拿来了橙汁,这会让你姐姐嫉妒得发狂,"塞莱斯特对凯文说道,"她就是不当老鼠,也要当这个英雄。"

凯文露出了微笑,面对无聊时的平静忍耐得到了回报:"她会没事的,对吧?"

"是的。"梅芙安静地说道。

"爸爸,你带大家到大厅去,"塞莱斯特对她父亲说道。她父亲跟凯文一样,想要找点事情做,"我马上就过来。"

梅芙紧紧地闭上了眼睛,接着又睁开,这次睁得更大了。她想一边嚼糖片,一边喝果汁,失败了。一部分果汁从她的嘴角淌了出来。我把杯子交给塞莱斯特,从黄色盒子里掏出一张试纸。我在梅芙的指尖上扎了一下,她的双手又湿又冷。

"你觉得是怎么回事?"塞莱斯特问我。

梅芙点了点头,把嘴里的东西咽下,她的眼神不再涣散。"跳得太久了。"

人们总是着急离开剧院。他们想第一个冲到洗手间,跳上出租车,想在预定被取消之前赶到餐馆。十分钟之前,这里还有震耳欲聋的喝彩声,还有人在分发玫瑰,现在巨大的纽约州立剧院差不多已空空荡荡了。最后一批来的小女孩,也就是坐在最前排的小女孩,穿着带毛领子的外套,单脚旋转着走下过道,所有的天鹅绒椅子都自动折叠起来。一位女引座员,身着白衬衣,外面套着有纽扣的绿色背心,走到我们这一排,停下来询问:"需要帮助吗?"

"她没事,"我说道,"只是需要休息一下。"

"他是医生。"塞莱斯特说道。

梅芙露出微笑,不出声地做了个医生的口型。

引座员点了点头:"有什么需要,就告诉我们。"

"我们只需要在这里坐上一会儿。"

"请随意。"她说道。

"很抱歉。"梅芙说道。我给她擦了一把脸,试纸显示她的血糖是 38。健康的情况应该是 90,如果她能有 70,我就很高兴了。

"你不舒服,就该说出来的。"塞莱斯特把冰包放到梅芙的头顶上。

"啊,很好,"梅芙说道,"我不想站起来。我觉得——"她深吸一口气,闭上了眼睛。

我对梅芙说,再喝一小口橙汁。

她吞了一口,再次张嘴说话:"会打扰到别人。"梅芙身着女式衬衣,外面套着一件毛衣,下身穿着一条羊毛料子的长裤,全都被汗打湿了。

塞莱斯特一只手握着梅芙的头发,另一只手拿着冰包:"我去后台接梅,然后我们再去用晚餐,"她对我说道,"等她好些了,就带她回家。"

"丹尼应该去。"梅芙说道,她还没有正眼看过我们。

"丹尼不去，"塞莱斯特说道，"人很多，没人在意。这是缓和局势，好吧？你病了。梅肯定想要见你，所以安排一下，到家里来吧。"冰块已经成了碎片，餐巾湿漉漉的，她把这东西交到我手里。葡萄糖开始起作用了，我看着姐姐的脸上慢慢有了一些生气。

"告诉梅，她的老鼠演得很好。"梅芙说道。

"你自己来告诉她。"塞莱斯特说道。

"我得送你父母回家。"换作其他的场合，梅芙的声音总有滚滚而来之势，但现在很轻飘，塞莱斯特居然还听到了，我都不知道是怎么回事。声音往上飘，飘上了高高的天花板。

塞莱斯特摇了摇头："丹尼让你做什么，你就做什么，你们也换一下。我必须得走了。"

我探身过去，吻了塞莱斯特。面对突发情况，她真是应对自如。引座员沿过道走下来，捡起散落在地上的节目单，把糖纸扫进簸箕里。塞莱斯特从他们身后走过去。

我和梅芙一起坐在剧院里。她的头靠在我肩膀上。

"刚才，她很好。"梅芙说道。

"大多数时候，她很好的。"

"缓和局势。"梅芙说道。

"你感觉好些了？"

"好些了，坐着真好。"她拿起我的手帕，擦擦脸和脖子。我拿起她的手，又在她的指尖扎了个洞，再次测试血糖。

"多少？"

我看了一眼试纸："42。"

"我们再等一分钟。"她闭上了眼睛。

我的眼前是一大片空荡荡的座位，周围的空气中混杂着各种香水的气味。此刻,老鼠军团、雪花、圣诞树、会客厅,还有坐在黑暗中观看演出的观众,一切都不在了,所有人都走了,只剩下我们两个人。

这只是一个小小的计算失误。梅芙会没事的。

我想带上梅芙,开车去看我的楼。我可以带她去哈莱姆区,给她看我买下的第一栋褐砂石房子,然后再去华盛顿高地,让她看看那座医学大楼,下面的地皮是我拥有了五个月的停车场们。我可以带她走上一圈,全都看一看。梅芙可能在钱上对我的生意一清二楚,但她从未看过实物。等看完后,我们可以去卢森堡咖啡馆,吃完牛排薯条再回家。看到梅芙在家里过夜,凯文和梅不知会有多高兴,也许梅芙和塞莱斯特这一次能尽释前嫌呢。如果还有这么一天,那就是今天。今天我们先是迷失在了《胡桃夹子》中,然后就是梅芙的血糖断崖式下降。毕竟,塞莱斯特伸出了援手,梅芙也报以感激。什么样的深仇大恨不能化解呢?如果梅芙觉得还能喝上一杯葡萄酒,那就喝上一杯,上楼到梅的房间去,把第二张床上的毛绒玩具推开,她们就能一起躺在黑暗中。梅就会告诉梅芙,从老鼠头套的两个眼睛洞中看到的世界是什么样子的;梅芙就会告诉梅,坐在第十四排看到的舞台是什么样子的。楼上,我们躺在床上,塞莱斯特就会对我说,我姐姐来家里,没问题;或者岂止是没问题,她终于看到了我眼中的梅芙。

"不行,"梅芙说道,"开车送我回家。"

"来吧,"我说道,"今晚挺重要的。"

她拎起毛衣领口:"我没法穿着这套衣服度过这个晚上。就这样开车回去,我在路上可能都受不了。"

"我给你买。你上大学的时候,我过来跟你待了两天,你还记得吗？爸爸送我过来，牙刷也没带，什么都没带，是你带我去买的。"

"哦，丹尼，你在开玩笑吗？购物，我去不了的。整个晚上跟诺克罗斯一家人谈论芭蕾，我受不了的。坐在这里，我几乎都睁不开眼睛。我的车停在火车站。明天早上公司有个会，我想吃点东西，然后睡在我自己的床上。"她坐在座位上，转身对着我。我们在剧院坐了很久，再坐下去，就要变成不受欢迎的人了。

当然，她是对的。我应该考虑的是怎么带她走到大厅，而不是我们怎么在城里参观，然后大半夜的不睡觉。我不会给姐姐贴上"脆弱"的标签，但她此刻的表情无不在向我述说这个词。她握住我的手："我来告诉你怎么办——你开车送我回家，然后睡上一晚。你很久没有留下过夜了，有多少年了？明天早上，我们在鸟叫之前就起来，到时候我就好了。你开车送我到火车站取车，然后在早高峰之前开车回纽约，七点钟就可以到家。这样安排没什么不妥，对吧？塞莱斯特的家人都在这里。"

这样安排有诸多不妥，但我也不知道还能有什么别的选择。所有人都去了梅的庆功宴，塞莱斯特带去餐馆的老鼠形状的蛋糕还没端上桌，而我和梅芙坐上了出租车回到我家。我知道，梅会失望，塞莱斯特会发飙，但我也知道梅芙这次发病很厉害，她筋疲力尽。我知道，如果我们换了处境，这世上也只有她会为我这样做。梅芙坐在前门的小长凳上，凳子放在这里是为了冬天穿脱靴子方便。我跑上楼，收拾了一个包，留了一张便条。

回家的路上，大多数时候梅芙都在睡觉。那是十二月初，日头短，天气冷。黑暗中，我开车前往珍金镇，一直想着错过的晚宴，想着戴着老鼠头套跳舞的梅。刚到梅芙家，我就打去电话，但没人接听。"塞莱斯特，塞莱斯特，塞莱斯特。"我对着话筒说道。我脑子里出现了一幅画面，她站在厨房里，看着电话，然后转身走开。梅芙径直去洗澡。我炒了鸡蛋，烤了面包，我们坐在厨房的小桌子边吃了晚餐。我们去睡觉的时候，还不到八点。

"至少现在我们各自有卧室了，"我说道，"你不必睡在沙发上。"

"我从未介意过睡沙发。"她说道。

我们在过道里互道晚安。梅芙的第二个卧室兼做她的办公室。我看书架上的书都包有书皮，书脊上都有康罗伊几个字，本想抽一本打发时间，不再去想今天的灾难事件，但决定先闭一会儿眼睛，结果睡了过去。

第二天，梅芙敲我的门，把我从梦中敲醒。梦中，我正拼命朝凯文游去，每次挥臂，不是离他更近，而是把他推向了更远的地方，最后波浪打过来，我快看不见他的头顶了。我一直大声叫他往回游，但他离我太远，听不见我说什么。我笔直地坐起来，大口喘气，一时不知道自己身处何处。接着，我想起来了。醒过来这事，还从未让我如此开心过。

梅芙把门推开一条缝："太早了？"

清晨了，现在看起来，昨天的方案完全合乎情理，完全有必要。梅芙站在厨房里煮咖啡，又恢复了她原本的样子。她跟我说，她好得很，就像是一切都没有发生过。（"我只需要洗个澡，好好睡上一晚。"）我应该来得及早早赶回家，弥补过错。刚过4点钟，我们就出了门，外面黑魆魆的一片，梅芙锁上了她小房子的后门。我们比计划得还要早，一切都来得及。

"我们去房子那儿吧。"我们刚到车上，梅芙就来了这么一句。

"真的要去？"

"这个时间点，我们还从未去过那儿呢。"

"这个时间点，我们从来不干任何事情。"

"时间绰绰有余。"她的精力如此充沛。我都忘了，她早上就是这样，好像每一天都是她从波浪中奋力抓来的。荷兰屋距离梅芙的房子并不远，我们要去火车站，方向是一致的，既然这么早就出发了，我觉得去看看也没什么坏处。周围是黑乎乎的一团，路灯亮着。要等到七点过后，天才会亮。昨天，天黑了我才离开纽约；今天，天不亮就回到家，也不算太糟糕。

范赫贝克街的房子从来不会一团漆黑。门廊的灯整晚都亮着，就像一直在等人回家。车道末端的煤气灯一闪一闪的，有一间起居室前窗的台灯整晚都亮着，但即便有这些小小的亮光，周围的寂静还是清楚地表明这一带的住户还在床上睡觉，甚至狗都还没醒。我把车停在老地方，熄了火。西边的月亮还很明亮，月光淹没了星光，均匀地照在万物之上：没有叶子的树、那个车道、那宽阔的草坪、草坪上散落的叶子，还有那宽阔的石头台阶。月光照在房子上，照进我和梅芙坐着的车里。我还是个少年的时候，何曾想到在冰冷的冬夜，距离日出还有两三个小时，我就起床了？我本应像周围的邻居一样，在自己的床上熟睡。

"你跟梅和凯文说一声，我很抱歉。"梅芙说道。

我们一起坐在车里，各自陷入各自的沉思中。我愣了一下，才反应过来她说的是芭蕾和晚宴。"他们不会生气的。"

"我不想有搞砸了她事情的感觉。"

现在周围的一切都在霜降和月光中闪着微光，我无法集中精神想梅的事情，也许我还在半梦半醒中。"你之前有这么早来过这里吗？"

梅芙摇了摇头。我觉得她甚至都没有看房子，房子矗立在黑暗中的样子多美呀。已经很久了，大部分时间我眼前不会出现这栋房子，但时不时地发生了什么事情，它就会出现，只要我睁开眼睛，就能看到——看到巨大、荒诞而壮观的房子，胡桃夹子的军队随时会从黑乎乎的树篱中冲出来，遇上老鼠军团；草地上的凝霜就像是被洒了糖霜。林肯中心的舞台并没有如此搭建，荷兰屋才是上演荒诞童话芭蕾剧的舞台。我们的父亲第一次转弯进入车道，心中就怦然一动，觉得这正是他想要安家养孩子的地方，是这样吗？一个刚发了财的穷人，是不是就会有这种感觉呢？

"看。"梅芙耳语般地说道。

主卧室的灯亮了。主卧室在房子的正面，其实梅芙的房间更好，壁橱要小一些，朝着后花园。几分钟后，我们看到楼上走廊的灯亮了，接着楼梯的灯亮了。这就像我从乔特中学回来，梅芙第一次带我来的场景，只是顺序倒了过来。坐在车里，一片黑暗中，我们没有吱声。五分钟过去了，十分钟过去了。接着，一个女人身穿浅色外套，沿着车道走了下来。按理说，这个人可能是管家，或是两个女儿当中的一个。但即便从远处望过去，我们两人也都心知肚明，这个人就是安德烈娅。她金色的头发在脑后扎成一个马尾，在月光中看起来更为明亮。她抱着双臂，紧紧地裹着外套，脚下拖着粉色的东西，我们觉得那是拖鞋，也可能是靴子。怎么看都觉得她正在径直朝我们走来。

"她看到我们了。"梅芙的声音很低。我伸出手，握住她的手腕，以防万一她想要下车。

距离车道尽头还有十来英尺，安德烈娅停了下来，仰头看着月亮，抬起一只手，捏住外套的领子。她没戴围巾，她没想到凌晨的黑暗如此清冽，或是没想到月亮如此圆润，她站在那里，感受这一切。她比我大 20 岁，或者只是我觉得她大我这么多。我现在 42 岁，梅芙 49 岁，马上就要 50 岁了。安德烈娅朝我们走了几步，梅芙的手指插进我的指缝里。她靠得太近，我们的继母就像是站在街对面一样。我看得很清楚，她老了很多，但还是她本来的样子：那双眼睛，她的鼻子，她的下巴。她并没有什么非同寻常的地方，她是我童年认识的一个女人，有几年的时间，她是我们父亲的妻子，现在的她，我完全不了解。她弯下腰，从砾石地面上捡起卷成捆的报纸，夹在胳膊下面，转身走向了白霜覆盖下的前草坪。

"她要去哪儿？"梅芙耳语般地说道。怎么看，她都像是朝房子南边的树篱走去。月光照在她淡色的外套和淡色的头发上，最后她走到一排树后面，消失了。我们等着。安德烈娅再没出现在前门口。

"她从房子背后绕进去？不对头呀，天气这么冷。"这一刻我才意识到，之前我们到荷兰屋，开车的人都不是我。这一次，我坐在驾驶座，视线发生了微妙的变化。

"走吧。"梅芙说道。

我们没直接去火车站取梅芙的车，而是先找了一家快餐店，吃的是鸡蛋和烤面包，昨天的晚餐也是这个。我们逐帧分析安德烈娅取报纸的这一趟。她看到了什么我们看不到的东西？她穿的是拖鞋，还是靴子？安德烈娅从来不会自己取报纸的。她从不会穿睡衣下楼，或者她也会，只是趁大家都睡着的时候这样。当然了，她现在有可能是独自一人住在那房子里。诺尔玛和布莱特在我们的脑海里总是小孩子的模样，可现在也是三十好几的人了。安德烈娅一个人住在那里有多久了呢？

最后，我们穷尽了所有的事实和猜想，梅芙把手里的咖啡杯放在碟子上。"结束。"她说道。

女服务生从我们身边走过，我对她说，买单。

梅芙摇了摇头。她双手放在桌子上，目光坚定地看着我，其架势完全符合我们父亲的要求。"我说的是安德烈娅，结束了。我在这里对你郑重起誓，我和那栋房子，结束了。我再也不会去了。"

"好。"我说道。

"她朝车子走过来的时候，我还以为自己心脏病要发作了。再次看到她，真的感到胸口一阵疼痛。她把我们扔出来，多少年了？"

"二十七年。"

"够了，不是吗？我们不需要这样。我们可以去别的地方，可以停在植物园，看看树。"

习惯是一件奇怪的东西。你可能觉得你了解习惯，但按照习惯做事的时候，你并没有看清习惯的本来面目。我想到了塞莱斯特，这么多年来，她一直对我说，我和梅芙停车坐在童年生活过的房子边，太疯狂；而我一直认为问题出在她身上，因为她永远不明白我们的感受。

"你看起来一脸失望。"梅芙说道。

"是吗？"我往后靠在座背上，"不是失望。"我们迷恋自己的不幸，甚至爱上我们的不幸。我之所以感到厌恶至极，是因为我这时才发现，我们竟然让这件事持续了如此之久，而不是我们决定放手了。

但我什么都不必说，梅芙全都明白。"想想呢，如果她早一点出来拿报纸，"她说道，"比如说，二十年前。"

"那我们就可以拾回自己的人生了。"

我结了账,我们坐回车里,开到30号街车站的停车场。梅芙到纽约来看梅跳舞,仅仅是昨天的事。是的,我们在荷兰屋停了停,然后去快餐店吃早餐,那么早起来的优势全浪费了。梅芙回珍金镇不会遇到堵车,但我正好加入了进城的早高峰大军。我会尽力向塞莱斯特解释。我会告诉她,昨晚我走了,我很抱歉;我很抱歉回来晚了;然后我会告诉她,我们办成了一件大事。

　　我和梅芙说好了,我们在荷兰屋的日子结束了。

第三部

第十六章

"如果梅芙病了,那动脑子的人就得是你。"父亲去世后,我和梅芙住在那间小公寓里,乔斯林这样对我说过。"不要慌。慌了,只会惹出更多的事。"人能记住什么,也是说不清。每个星期,甚至可以说是每天,她的嘱咐都会在我耳边响起。我认为,我保持冷静的能力就是我的效率,这也一次次地得到了证实。那天,奥特森先生从医院给我打电话,告诉我梅芙心脏病发作,我给塞莱斯特去了电话,让她给我收拾一个包,把车开过来。

"需要我跟你一起去吗?"她问道。

我感激她这样说,但我告诉她不用。"给乔斯林打电话。"我说道,因为我能想到的就是乔斯林。我还想到了我父亲,去世那年他54岁,而梅芙今年52岁。我想的不是父亲的死,而是那天在主教麦克德维特德高中,我从几何学的课堂走出来时与上帝达成的交易:不能带走梅芙,其他的什么都行。任何人都行。

走过洗手间,走过饮水处,就是冠心病监护室的小小等候室。

奥特森先生坐在灰色的椅子上，就像已经坐了一个星期的样子，他的手肘放在膝盖上，头发灰白稀疏。桑迪和乔斯林也在，她们已经听说了发生的事情，但请求奥特森先生再讲一遍。奥特森救了梅芙一命。

"我们正在和广告商开会，梅芙站起来，说她得回家。"奥特森先生安静地说道。他脱了外套，摘了领带，只穿着灰色的正装裤子和白衬衣。"她不舒服应该已经有一段时间了，但肯定是置之不理。你们知道梅芙的。"

我们都同意他的看法。

他们立刻离开了会议室。他问梅芙，是不是血糖低，梅芙说不是，是别的，也许是流感。"我对她说，我开车送她回家，她一句话都没有说，"奥特森先生说道，"情况就是这么糟糕。"

离梅芙的房子还有两个街区，奥特森先生调转了车头，把梅芙送到了艾宾顿的医院，他说只是出于一种直觉。梅芙的脑袋靠在车窗上。"她像是融化了一样，"奥特森先生说道，"我也说不清楚。"

如果奥特森先生送她到家，陪她走到门口，让她进去休息，那也就完了。

手术后，我见到了梅芙，她告诉了我故事接下来的部分。麻醉的效果还在，她的意识有些游离，一直想要笑。她告诉我，在急诊室里，奥特森先生吼了前台的那个年轻女子。奥特森先生大声吼叫，就好比其他男人拿枪对着人。梅芙听到他说糖尿病，听到他说冠心病，但梅芙觉得他只不过是在咋呼，好让别人过来帮忙。梅芙没想到会是心脏出了毛病。但接下来，她终于感觉到了，一股压迫感慢慢侵袭到她的下颌，房间往后旋转，她想到我们的父亲在酷热中爬上了水泥楼梯的最后一段。

"不要摆出那副表情,"她耳语般地说道,"我要睡觉了。"房间的灯光好亮,我本想用手给梅芙的眼睛挡光,但我只是握住她的手,看着她的心脏监控仪缓慢地上下起伏,最后护士走进来,带我走出病房。整个晚上,我都待在等候室里,我是平静的。我和奥特森先生说了好多次,他应该回家,但他一直待到后半夜。第二天下午,心脏病科医生告诉我,植入支架的时候,梅芙恶性心律失调,得在监护室多待一些时候,我也是平静的。我到梅芙的房子里冲了个澡,小睡一下。我往返于等候室和梅芙的家,接待不能进去看她的来访者,等待一天三次我能走进去、坐在她身边的时候,我是平静的。我一直都是平静的,直到第四天上午,我走进等候室,看到另外一个人——一个老女人,非常瘦,留着灰白色的短发。我冲她点点头,坐在我的老位置上。我感觉我肯定认识这个人,正要问她是不是梅芙的朋友。就在这一刻,我认出她了,我的母亲。

梅芙心脏病发作,终于把她从地板下勾了出来。我们毕业、父亲的葬礼,她不在;我们被告知要离开那幢房子时,她不在;我的婚礼、我的孩子出生、感恩节、复活节,还有无数的星期六,相安无事的星期六,又有时间又有精力、可以畅谈一切的星期六,她都不在。但现在她来了,就像是死亡天使,出现在艾宾顿纪念医院。我一个字都没有对她说,谁会主动与死亡天使交谈呢?

"哦,丹尼。"她说道。她在哭,她的一只手捂在眼睛上。她的手腕就像是十支铅笔捆在一起的样子。

我知道如果有人在医院发泄愤怒会怎么样,医院会把这些人请出去。即使有充分的理由生气,也是如此待遇。乔斯林跟我说过,人慌了,没好处,我要做的是照顾好梅芙。

"你是那个医生。"她终于说了一句。

"是我。"

梅芙52岁，那她多大年纪呢？73岁？她看上去有83岁。

"你还记得？"她问道。

我缓慢地点了点头，也许就这一点我也不该承认："你当时留着辫子。"

她用手摸了一下她的短发："我长了虱子。之前也有过，但那是最后一次，我不知道，很不舒服。"

我问她，想要干什么？

她再次垂下了眼睛，她就像个鬼魂。"来看你，"她没有看着我，"来告诉你，我很抱歉。"她用毛衣袖口擦了擦眼睛，她与医院等候室的其他年老的女人没什么不同，只是个子更高，人更瘦。她穿着牛仔裤，脚穿蓝色的帆布网球鞋。"我真的非常抱歉。"

"好，"我说道，"我听到了。"

"我来看梅芙。"她一边说话，一边转动手指上的小小金戒指。

我心想，我得杀了菲菲毛。"梅芙病得很重。"我心想，我得赶紧让她走人，免得菲菲毛来了替她说话，免得桑迪、乔斯林、奥特森先生和其他人都来了，大家一起决定让她留下还是走人。"等她好些了再来。现在，她需要专心养病。你可以等的，是不是？已经这些年了。"

我母亲的头低了下去，就像日落时的向日葵，越来越低，最后她的下巴都快要碰到瘦骨嶙峋的胸口了。眼泪挂在她的下巴上，片刻后，落了下去。她告诉我，今天早上，她已经进去见了梅芙。

这还不到七点钟。我在梅芙的厨房里吃鸡蛋的时候，我们的母亲在玻璃鱼缸一样的冠心病监护室里，坐在梅芙的床边，握着梅芙的手哭泣，把她的悲痛和羞愧，把那无比沉重的担子直接撂到了我姐姐的心脏上。她用最直接的方式进入了监护室，她说了实话，或者是部分实话：她找到主管护士，说她的女儿梅芙·康罗伊心脏病发作，她是母亲，刚刚才到。这位母亲看起来一副马上就要崩溃的样子，护士网开一面，让母亲进去了，她待了很久，不符合监护室的规定。护士这样做不是为了女儿，而是为了这位母亲。我知道，因为我问了护士。我是等到又能正常说话后，才跟护士交谈的。

"她很开心。"我母亲说道，她的声音安静得就像是在翻动书页。她迫切地看着我，我不知道她是否想要我来摆平这件事，或者她想要告诉我，她回来是想摆平这件事。

我嗖的一下站起来，扔下她，离开了等候室。我没坐电梯，走了五层楼梯。那是四月，天空开始下雨。我人生第一次怀疑父亲是否爱过姐姐，我总以为他是以那种心不在焉、满不在乎的方式爱着她。他有可能是认为梅芙会有危险，才不让梅芙见我们母亲的吗？我发疯似的穿梭在一排排的车子之间，如果有人从病房往外看，看到我，就会说，看那个可怜虫，记不得自己把车停在哪儿了。我想要保护梅芙，不想让她见我们的母亲；任何轻易离开她、然后在最糟糕不过的时候回来的人，我都不想让她见。我想证明我的承诺，我想向姐姐保证，现在有我看着，再也不会有人能伤害她，但她在睡觉。

这个世界有浪子回头的故事，而母亲的呢？没有。那个有钱人也不会设宴来庆祝以前的妻子回归家庭；这些年来留在家里的儿子们也不会在门口挂上花环，也不会宰羊摆酒。母亲离开的时候，她的儿子们已经因她而死，只是方式不同而已。现在，几十年过去了，他们不想要母亲回来。风一阵阵地刮在他们的外套上，父亲和儿子们一起匆忙走过去，锁上了大门。有个朋友把消息告诉了他们。他们知道这女人要来，大门必须锁上。

冠心病监护室的病人一天三次，每次十五分钟，可以接待一位来访者。接下来的两次，母亲都坐到了梅芙的床边：一次是常规的上午探视，一次是下午的探视。护士来到等候室，对我们说，梅芙想见她母亲。晚上七点钟那次，我得以进入病房。我知道，这种时候，不能发脾气，不能起冲突，也不能讨论。这不是纠错的时候，也不是申冤的时候。我只是进去看我姐姐，仅此而已。虽然我做医生的日子很短，但我知道，健康的人可以给生病的人带来巨大的伤害。

也许是距离上一次我看到她已经过去了整整二十四个小时，也许是母亲的到来让她激动，梅芙看上去好了些。她坐在床边唯一的一把椅子上，监控器相应地发出哔哔声，展示了变好的心脏功能。"看看你！"我说道，弯下腰，吻了吻她。

梅芙露出了难得的圣诞清晨笑容，没有掩饰，牙齿都露了出来。她看起来就像是要一跃而起，给我一个大大的拥抱。"你能相信吗？"

我没有说"什么"，我也没有说"我知道！你现在好了很多呢"，因为我知道她在说什么，这也不是忸怩作态的时候。我说道："很惊讶。"

"她告诉我，菲菲毛找到她，告诉她我病了，"梅芙的眼睛闪闪发光，"她说她立刻就来了。"

我没有说的是，四十二年之后立刻就来了。"我知道她担心你。所有人都担心你，你认识的人都来过了。"

"丹尼，我们的母亲来了。跟其他人没有关系。她很美，是不是？"

我坐在没整理的床铺上。"很美。"我说道。

"你看起来不高兴的样子。"

"我高兴呀,为你高兴。"

"我的天哪。"

"梅芙,我想要你健康。无论是什么,都希望是对你最好的。"

"你还没学会撒谎。"她的头发梳过了,我怀疑是母亲给她梳的。

"我会撒谎的,"我说道,"而且是高手,你不知道而已。"

"我好开心。我刚犯了心脏病,但这是我一生中最幸福的一天。"

我或多或少还是跟她说了实话,我只在乎她的幸福。

"我高兴的是我心脏病犯了,她就回来了,而不是等我死了她才回来。"

"你为什么要这么说呢?"自从奥特森先生给我办公室打来电话,这是我第一次快要控制不住自己的情绪。

"本来就是嘛,"她说道,"让她住到我家里。家里一定要准备一些吃的,我不想她整夜都待在等候室。"

我点了点头。我有太多的情绪要控制,不能冒险再说一个字。

"我爱她,"梅芙说道,"不要把这事给我搞砸了。现在我困在这水族馆一样的房间里,别赶走她。"

那天晚些时候,我回到梅芙家,收拾好我的东西。我待在酒店里,还会轻松些。我请桑迪开车去接我母亲,送她到梅芙家。桑迪什么都知道了,也知道我的感受,考虑到我无法用语言表达我的感受,她还能明白,真是个奇迹。据我的观察推断,桑迪、乔斯林和菲菲毛在处理埃尔纳·康罗伊回来这件事,各有各的方法。

245

"我知道这有多艰难,"桑迪对我说,"因为我经历过。主要是你对她没记忆,否则见到她,你会高兴的。"

我只是看着桑迪。

"嗯,也许不会吧,但为了梅芙,我们必须这样。"她的意思是说,我必须得这样,而她会帮我。桑迪总是比另外两个人微妙地体贴一些。

我母亲没做出任何解释。我们一起在等候室的时候,她总是待在靠窗户的地方,仿佛在琢磨怎么走人。她的痛苦仿佛发出了尖锐的哀鸣,就像快要烧坏的荧光灯,就像是耳鸣,像是某种几乎不可察觉的东西,快要让我疯掉。接着,她就一言不发地离开了,仿佛她本人也是多一分钟都受不了。数小时之后,她回来了,看上去放松了一些。桑迪告诉我,她去了别的楼层,找病人说话,或是找焦急等待消息的家属说话。她在各个护士站转悠数小时,跟陌生人说话。

"他们就随她这样?"我问道。这应该是不被允许的。

桑迪耸了耸肩:"她告诉他们,她女儿心脏病发作,她也在等。她也不是什么危险人物,你母亲不是。"

这一点我不能苟同。

桑迪叹了一口气:"我知道。要不是她年纪这么大了,我也会很生她的气。"

我认为桑迪和我母亲一样大,至少是同一年龄段,但我也知道桑迪的意思。我母亲就像是坠入冰块的朝圣者,冻结了数百年的时间,现在身不由己地被解了冻。她浑身都散发出她此刻觉得死了才好的意味。

菲菲毛娴熟老道地避免与我见面。后来,我终于在电梯口逮住了她,她正好一个人,干脆装作一直都在找我的样子。"我知道你一直都是个好人。"她说这话,意在让我对她好一些。

"我知道你会做错事,但这一次,没想到你还能错得这么离谱。"

菲菲毛坚守住阵地:"我这样做,对梅芙来说是最好的。"一个电梯门在我们面前打开了,里面的人往外瞅,我们摇了摇头。

"梅芙在只有糖尿病的时候,听到母亲的事对她来说就是坏事;现在她不仅有糖尿病,还有心脏病,怎么就变成好事了呢?"

"不一样的。"菲菲毛的两颊红了起来。

"我不知道怎么不一样,你说一说呢?"我提醒自己,我非常信任菲菲毛,她教我和塞莱斯特怎么带孩子,我们还非常放心地留菲菲毛在家里看管凯文和梅。

"我害怕梅芙会死掉。"菲菲毛的眼睛湿润起来,"我想让她在死之前看到她母亲。"

当然,梅芙并没有死。她一天天地好起来,战胜了逆境。每天她谁都不想见,就只想见她母亲。

我们的母亲到处转悠,还能兼顾到梅芙,我挺惊讶的。也不知道怎么搞的,她得到允许在医院推花车,还被允许照顾那些没有母亲的人。我不知道她说服了谁让她能够这样做,或是她怎么说服了别人,反正我们两个人单独在一起的时候,她基本上是哑巴。我以为她是因为焦躁不安,没法坐在等候室里,但事实更可能是她不想与我坐在一起,她就没法正眼看我。菲菲毛、桑迪、乔斯林、奥特森先生、诺克罗斯家的人、好律师老古奇、梅芙工作上的朋友、教堂的朋友,或是邻居到访时,我母亲总和他们在一起,拿报纸,拿杂志,看谁需要一瓶水,或者谁要吃个橙子。她永远都在给别人剥橙子。做这个，她有特别的技巧。

"说说吧，印度怎么样呢？"一天下午，就像我母亲刚从印度度假回来一样，乔斯林如此问道。乔斯林对我母亲是最戒备的，或者我应该说，是第二戒备的。

我注意到母亲的黑眼圈淡了一些。待在等候室，相貌还能改变，这在人类历史上肯定是独一份。在场的有我、乔斯林和菲菲毛。桑迪在上班。有些事情，埃尔纳迟早要说的。

"印度就是个错误。"她终于说话了。

"但你想帮助人，"菲菲毛说道，"你帮助了别人。"

"为什么选择印度？"我本来打算沉默到底，但这一刻，我的好奇心占了上风。

我母亲拨弄着她暗绿色毛衣袖口的一截毛线，她每天都穿着这件衣服。"我在一本杂志上读到了一篇关于特蕾莎修女的文章，讲的是她怎么请求嬷嬷们送她到加尔各答去帮助赤贫之人。我忘了是哪本杂志了，你父亲订的。"

没想到还有这层关系，1950年的样子，我母亲坐在荷兰屋的厨房里，拿着《新闻周刊》或是《生活》，读着特蕾莎的故事，而范赫贝克街的其他女人则在园艺俱乐部当头儿，去参加夏日舞会。

"她是个伟大的女性，特蕾莎修女。"菲菲毛说道。

我母亲点点头："当然，她那时还没那么伟大。"

"你和特蕾莎修女一起工作？"乔斯林问道。

这一刻，似乎一切都有可能，当然也包括我母亲穿着白色的棉布纱丽、怀抱着垂死之人。她身上有那么一种简单平实的东西，仿佛已经摆脱了人世间的所有烦恼。也许我只是过度解读了她瘦骨嶙峋的脸庞。她的双手合拢放在膝盖上，又长又瘦，老是让我想到引火用的小木棍,她右手的手指不停地去摆弄左手的戒指。

"我本来是那样打算的,但船开到了孟买。我出发之前好像都没看过地图,最后到了印度的另一边,"她说话的语气,好像是承认人人都犯过错一样,"他们告诉我,我得坐火去加尔各答,我本来是要去的,可一旦在孟买待了一两天——"她打住了,没往下说。

"怎么了呢?"菲菲毛提示道。

"孟买有很多事情可做。"我母亲安静地说道。

"在布鲁克林也有很多事情可做。"我捡起脚边的泡沫塑料杯,但咖啡已经凉了。我在医院喝冷咖啡的日子一去不返。

"丹尼。"菲菲毛在提醒我,但我不知道她在提醒我什么。

"不,他是对的,"我母亲说道,"我本应该那样的。我可以为费城的穷人服务,晚上回家,但我当时真是一点脑子都没有。那房子——"

"那房子?"乔斯林说道,仿佛是说她的失职不应该拿房子做借口。

"让人不知所措。"

"房子很大。"菲菲毛说道。

等候室靠近天花板的一个角落里挂了一台电视,上面正在播放拆掉老房子的节目。等候室里没有遥控器,我来的第一天就站在椅子上,把声音关掉了。此刻,电视上的人在空荡荡的房间里穿来穿去,指着即将敲掉的墙体。

"我永远没法理解你父亲为什么想要那房子,他也没法理解我为什么不想要。"

"你为什么不想要?"这世界上肯定有比漂亮房子更糟糕的

地狱。

"我们穷过，"我母亲说道。我之前还不知道她也有抑扬顿挫的音调，"那样的地方，就跟我没关系，壁炉呀，楼梯呀，还有人伺候我。"

菲菲毛轻轻哼了一声："胡说八道。我们从来没伺候过你。每天早上，都是你给我做早餐。"

我母亲摇了摇头："我为自己而羞愧。"

"不是为爸爸而羞愧？"我还以为我母亲会说我父亲。毕竟，买房子的人是他。

"你父亲不觉得羞愧，"母亲没听懂我的话，"他很激动。每天有十次，他都会找点什么指给我看。'埃尔纳，来看这个扶手''埃尔纳，出来，出来看车库'……"

"他很喜欢那个车库。"菲菲毛说道。

"他永远不会理解住在那样的房子里，怎么会有人觉得痛苦。"

"范赫贝克一家就很痛苦，"菲菲毛说道，"至少最后是痛苦的。"

"你去了印度，是为了摆脱那房子？"当然不仅仅是房子，或是丈夫。二楼还睡着两个孩子，没人提及这一点。

因为白内障，我母亲淡色的眼睛是浑浊的，我不知道她能看清多少东西。"还能是什么原因呢？"

"我猜，我还以为是爸爸。"

"我爱你们的父亲。"她说道。这句话脱口而出，毫不费力。我爱你们的父亲。

这话一出口，菲菲毛坐不住了。她伸伸腿，站起来，把胳膊举到头顶。她好像是在回应没人说出口的请求，说要去街口给我们买点像样的咖啡。这一刻,我母亲也站起来,说她要到三楼去看新生儿;我说我去找公用电话,给塞莱斯特打个电话;乔斯林说如果这样,她就回家了。谈话到了多一秒钟都无法忍受的程度,我们就停了下来。

那些漫长的日子里,提供话题的人当然不只是我母亲。我们都指着这个打发时间。乔斯林已经退休了,但桑迪还在工作。她和大家说,有个雇主要求她朝着一个方向给地毯吸尘。菲菲毛则是谈论康罗伊家来之前的荷兰屋,说范赫贝克家没钱后,她怎么照顾范赫贝克太太,怎么坐火车到纽约去卖珠宝。在我看来,那个时代的年轻女子能那样,是一种难以置信的勇敢。

"你不能在费城卖吗?"我问她。

"当然可以,"她说道,"但无论卖给谁,那人转身到了曼哈顿,就能卖出高一倍的价钱。"

范赫贝克太太摔坏了髋关节,菲菲毛卖掉一条编成的三股珍珠项链,支付医院的账单。老太太死了,菲菲毛卖掉一枚胸针,办了葬礼。胸针是一只金色的小鸟,鸟嘴上镶嵌了一颗绿宝石。

"还有东西剩下,"菲菲毛说道,"跟当初肯定没法比,但太太和我匀着用。我们不知道她还能坚持多久。卖房子的银行?十足的傻瓜。他们叫我把值钱的东西列一个清单,以便他们拿来估价。大多数我都没列在单子上,但我也拿了些东西。"她举起手,给我们看一个老款的钻戒,两边各有一颗小小的红宝石。自从我认识菲菲毛,她手上就戴着这个戒指。

我觉得这算是赤裸裸的招供,我父亲可是买下了房子和房子里的全部东西。范赫贝克太太在世时,这枚戒指属于她;之后,戒指连同所有其他东西都属于我父亲。父亲有可能会把戒指给我母亲。等梅芙大一点，我母亲就会把戒指给梅芙，或是让我拿给塞莱斯特。但这种想法的前提是：我父亲是查看珠宝盒子的那种人，但他不是；或者我母亲一直留在我们身边从未离开。所以更有可能的是，戒指一直就放在那里，无人问津，然后就等来了安德烈娅。房子里所有的珠宝盒子，安德烈娅是一个都不会放过的。

如果我们问她要，菲菲毛就会交出戒指，但我母亲只是凑上前去，双眼朦胧地瞥了一眼。"很漂亮，"她说道，还吻了吻菲菲毛的手，"干得好。"

我进医学院后第一次回珍金镇，肯定是在 1970 年的感恩节。正如埃布尔博士预言的那样，第一学期的功课排山倒海地压到我身上，我连滚带爬，勉强跟上。再加上我和塞莱斯特充分利用公寓，既没时间，也不愿意在周末回家。那是在我们谈婚论嫁之前，梅芙和塞莱斯特还是朋友。感恩节前一天的晚上，我和塞莱斯特坐火车到费城。梅芙开车来接我们。我们送塞莱斯特回家，第二天我和梅芙又回去与诺克罗斯一家用晚餐。男人和男孩子们在院子里玩触身式橄榄球[1]，我们说这是为了致敬肯尼迪家族；而女人和女孩子们则在削土豆，做肉汁，做最后的准备工作。梅芙说她不会煮菜，她们发现梅芙不是在开玩笑，就打发梅芙摆餐桌。

晚餐非常丰盛，孩子们被安置在小房间，围着牌桌吃饭，就像一群梦想有一天能冲进餐厅用餐的替补演员。姑姑、婶婶、姨妈、

---

1 触身式橄榄球：只允许身体接触持球球员，不允许抱人抢截。

舅妈、姑父、叔叔、姨父、舅舅，各位堂亲、表亲，再加上五花八门、无处可去的闲散人等，而我和梅芙就属于最后这一类。塞莱斯特的母亲在节日里，总是做得很出色。数月来，晚餐于我而言，要么就是在医院餐厅胡乱吃上几口，要么就是从病号饭里拣个面包卷，因此我对这一餐尤为感激。餐桌边，大家合拢双手，埋下头，比尔·诺克罗斯开始了他简短的祝祷："感谢上帝，赐给我们食物，赐给我们怜悯，让我们真心感恩。"眼睛刚一睁开，就看见食物浩浩荡荡，绕着餐桌顺时针旋转：有一碗碗点缀了小洋葱的绿色豌豆；有小山一样的火鸡填料、土豆泥、红薯；还有一盘盘切片的火鸡；再后面就是装得满满的肉汁。

"你是干什么工作的？"坐在我左手边的女人问我，她是塞莱斯特七姑八姨中的一位。我忘了她的名字，但我记得进门的时候，有人给我介绍过。

"丹尼在哥伦比亚大学医学院学医。"桌子对面的诺克罗斯太太说道，以防万一我本人不愿分享这一信息。

"医学院？"七姑八姨中的这一位说道，接着她大张旗鼓地看着塞莱斯特，"你没跟我说过他在医学院。"

长餐桌中间的这一部分安静了下来，塞莱斯特耸了耸漂亮的肩膀："是你没问。"

"你以后打算干哪一科？"叔叔姨父舅舅当中的一位问道。我在那一刻成了有趣的人物。提问的这两位是不是夫妻，我不知道。

我在华盛顿高地见过的空楼浮现在我脑海里，一时间我觉得自己该说实话：我想干不动产这一行。这时，我看到桌子尽头的梅芙对我怪异一笑，是呀，只有她知道这有多疯狂。"我还不清楚。"我说道。

"你要把人开膛破肚吗?"塞莱斯特的弟弟问我。我知道这是他第一次进入餐厅,他是餐桌边最小的一个。

"泰迪。"他母亲警告道。

"解剖,"泰迪费劲地说道,"你知道的,他们必须得干这个。"

"是的,"我说道,"但他们让我们发誓,绝不在餐桌上讨论这个。"

我避而不谈,房间里响起了一轮感激的笑声。我远远地听到有人在问梅芙是不是医生。"不是,"她一边说话,一边举起戳满绿豌豆的叉子,"我在蔬菜公司。"

晚餐结束,没吃完的东西被打包后,塞给了我们一堆,让我们周末吃。塞莱斯特吻了我,跟我说再见。梅芙说,我们星期天早上来接她,再去火车站。诺克罗斯喜气洋洋的一家人,跟在我们后面,陪我们走到车子边,一直说我们应该留下来,待会儿一起看电影,吃爆米花,玩"黑色玛丽亚"游戏[1]。笨笨从房子里跑到院子里,对着一堆堆的叶子叫个不停,惹得大家对它发出嘘声,赶它进去。

"机不可失。"梅芙轻声说道,然后跳进驾驶座。趁着大家站在那儿,我绕过车子,坐到梅芙身边。我们启动了车子,所有人一边笑着,一边挥手。

诺克罗斯家的晚餐开始得早,这才刚刚黄昏,我们还有时间,能够在荷兰屋亮灯之前赶到。我们答应了乔斯林,晚一点到她家吃馅饼,所以我们要跑两家吃大餐,中间只有短暂的间隔。我们当时还年轻,还能联想起孩提时过感恩节的感觉,但那也只是没有渴望

---

[1] "黑色玛丽亚"游戏:一种纸牌游戏,各方尽量避免赢得黑桃皇后或是红桃牌。

的回忆：要么是我、梅芙和父亲在餐厅里吃东西，桑迪和乔斯林尽量不表现出着急回去与自己家人在一起；要么是有安德烈娅和她两个女儿在的那些年，桑迪和乔斯林的心急毫不掩饰。那个灾难般的感恩节，梅芙被驱赶到了三楼，之后的感恩节，她就不回埃斯蒂斯帕克。每年，我望着梅芙的空位子，心里都觉得悲哀，但我并不明白为什么感恩节梅芙不在，我会感觉比其他时候更糟糕。与诺克罗斯一家共度这个特别的感恩节，弥补了很多东西。晚餐之后离开时，我们都感觉心满意足，即便是离开之际有逃跑之嫌。我们想，也许可能是想摆脱少年时那些伤感的节日回忆。

"你必须原谅我，"梅芙一边说话，一边摇下她那边的车窗，放进了冰冷的空气，"现在我不抽上一根烟，就活不了。"她抽出了一根烟，把烟盒递给我，让我自行决定抽不抽，然后又递过来打火机。于是，我们各自朝着车窗外，吞云吐雾。

"晚餐很不错，但这根烟似乎更好。"我说道。

"现在，你当场解剖我，就会发现我里面全是火鸡腿肉和肉汁，也许右边胳膊里有一点点土豆泥。"梅芙严格限制碳水化合物的摄入。她放弃了诺克罗斯家的馅饼，为的是到乔斯林家吃上一块。

"我可以在病例研讨会上拿你举例。"我说道，脑海中浮现出比尔·诺克罗斯锯开火鸡尸体的样子。

梅芙微微战栗了一下："我真不敢相信，他们让你给别人开膛破肚。"

"我真不敢相信，你让我去医学院。"

她大笑起来，接着用手捂住了嘴，仿佛是要镇压胃里的晚餐造反："哦，别抱怨了。说真的，除了开膛破肚，还有什么可怕的事情？"

我头往后一仰，呼出一口气。梅芙一直说，我抽烟的样子，就像是要上刑场；我当时真是在考虑这应该是我最后一次抽烟。我非常清楚后果，但当时即便是医生也会在白大褂里塞上一包万宝路香烟，尤其是整形外科医生。不抽烟，就没法当整形外科医生。"最可怕的部分，就是明白自己终究要死。"

梅芙看着我，扬起了黑色的眉毛："你之前不明白这个？"

我摇了摇头。"你觉得你明白。你想的是，等到96岁，吃完丰盛的感恩节晚餐，往沙发上一躺，再也没醒过来，但即便是到了那个时候，你也不是很确定的。觉得自己也许会得到上天的恩赐，人人都这么想。"

"我从未想过我会以96岁的高龄死在沙发上，甚至连96岁这个年龄都没想过，一秒钟都没想过。"

但我没注意听，我在说话："你只是不知道这世上有多少种死法，除了枪杀、拼刀子，从窗户边上掉下去，还有其他的偶发事件。"

"好吧，医生，你来说说，我们还会怎么死来着？"她想要嘲笑我，但真的，那些日子里，我满脑子想的都是死亡。

"白细胞太多，红细胞太少，铁元素太多，呼吸道感染，败血症，胆管会堵塞，食管会破裂，还有癌症，"我看着她，"我们可以整晚坐在这里讨论癌症。我只是告诉你，这很令人不安。没有任何的原因，你的身体出毛病的方式有成千上万种，而且等你意识到的时候，很有可能已经太晚了。"

"那我们还要医生来干什么呢？"

"就是呀。"

"嗯，"梅芙长长地吸了一口烟，"我已经知道自己会怎么死，所以我不必担心这个。"

安德烈娅已经打开了荷兰屋的灯,街灯也亮了,灯光映过来,我看着她的侧脸。她洋溢出一种硬朗之美,洋溢的是生命和健康。"你会怎么死?"我不知道我为什么要问,我根本就不想知道。

我班上的同学也揣测过他们自己的死法,但就像是闲来无事,翻看疾病列表,但梅芙与他们不一样,她言之凿凿:"心脏病或是中风,糖尿病就是这个结局。如果考虑到爸爸这个因素,很有可能是心脏病,对此我没意见。来得更快,对吧?喔,死了。"

突然,我就生她的气了。她根本不知道自己在说些什么。不管怎样,这是感恩节,我们应该玩游戏,差不多就是诺克罗斯家玩的那种,把手里的红桃和黑桃扔出来。"见鬼哦,如果你这么担心心脏病,那为什么我们要坐在这里抽烟?"

她眨了眨眼睛:"我不担心。我刚刚告诉你了,我可不是活到96岁、晚餐后安详死去的那种人。你才是。"

我把烟扔到车窗外。

"我的天,丹尼,打开门,捡回来,"她手背一扬,啪的一声,给了我肩膀一下,"那是布克斯鲍姆太太家的院子。"

第十七章

"你还记得我们住小房子的时候吗？隔壁的亨德森太太，她从在加州的儿子那儿搞来一大箱橙子，"梅芙已经转到了私人病房，我们的母亲坐在她的病床边说话，"她给了我们三个。"

梅芙穿着梅几年前给她挑选的粉红色绒线浴袍，床头柜上是奥特森先生送来的一把扎得紧紧的粉红色小玫瑰，她的脸颊是粉色的。"我们把其中的两个橙子，每个切成六块，切下橙皮，再加上第三个橙子的汁儿，做了蛋糕。蛋糕出炉的时候，你让我去叫亨德森太太，跟我们一起吃。"

"那是开拓者的日子呀。"我们的母亲说道。

她们满怀深情，一项项地列出小房子里的东西：高低不平的棕色沙发，淡棕色的沙发腿；软软的黄色椅子，一只扶手上溅有咖啡。墙上挂着画框，里面是一幅铁匠铺的画（她们不太清楚画是从哪儿来的；后来又到哪儿去了）；厨房里的小桌子和椅子；水池上方的墙上有一个白铁皮橱柜：里面有四个盘子、四个碗、四个小杯子、四个玻璃杯。

"为什么是四个?"我看着监控器,觉得心排血量[1]还应该更好些才对。

"我们在等待你的到来。"我母亲说道。

有了梅芙的庇护,我母亲觉得说话要容易一些。

"我的床在起居室的角落里。"梅芙说道。

"每天晚上,你父亲都会打开屏风,挡在你床边,他说:'我在给梅芙修建房间。'"

他们住小房子的时候,在基地的军中福利社买东西。母亲别出心裁,用绳子打结编织成袋子,他们就用那个袋子把东西搬回家。她们为罐头捐赠活动收集罐头;给邻居看孩子;星期一和星期五,教堂的食品分发处对穷人开放,她们就去帮忙。当然是梅芙和我母亲,总是她们两个人。冬天,我母亲把教堂一个女人给她的毛衣拆了,给我姐姐织了一顶帽子、一条围巾和一副连指手套。夏天,她们给菜园除草,所有家庭都在那个菜园里种菜,有西红柿、茄子、土豆、玉米、豇豆和菠菜。她们调好一罐罐的调味汁,做泡菜,做果酱。她们历数她们所有的成就,一个都没落下,我则是坐在角落里看报纸。

"你还记得菜园里的防兔篱笆不?"我母亲问道。

"我全都记得,"梅芙已经下了病床,坐在靠窗边的椅子上,膝盖上搭着毯子,"我记得到了晚上,我们关上灯,拿上煤气灯,走进卧室的壁橱,把鞋子挪出去,腾出位置好坐在地板上看书。爸爸在执行空袭巡逻。你要收拢双腿,才能把自己塞进壁橱,然后我再

---

[1] 心排血量:左或右心室每分钟泵出的血液量,即心率与每搏出量的乘积。

爬进去，坐在你的腿上。"

"她4岁的时候，就会读书了，"我母亲对我说道，"我再没见过比她更聪明的孩子。"

"你在壁橱门下面塞了一条毛巾，免得光线透出去，"梅芙说道，"真是好笑，我当时觉得光线也是配给制，一切都是配给制，所有用不上的光线，也不能让它们跑到外面的地板上。我们必须把所有的光线都关在壁橱里，跟我们在一起。"

她们记得小房子在基地的位置，在哪个角落里，在什么树下面，但我父亲具体在那儿是干什么的，她们记不清楚了。"我觉得，大概是下订单一类的事情。"我母亲说道。这并不重要。门前水泥浇灌的台阶，她们非常肯定是两节台阶；邻居家的赤土陶花盆里种花种草，枝叶繁茂，红色的天竺葵伸了过来。门一打开，就是起居室，我父母睡觉的小卧室在起居室右边，起居室的左边是洗手间，再往左边就是厨房。

"房子也就鞋盒子那么大。"梅芙说道。

"比你的房子还小？"我问道。要我说，梅芙的房子也就是玩具房子的大小。

我母亲和我姐姐，两人互相看着，大笑起来。

我有一个母亲，在我还很小的时候，她就离开了，我并不想埋怨她。有梅芙在，她穿着红色的外套，留着黑色的头发，立在楼梯下，站在有黑色小方格的白色大理石地面上，身后窗户外是亮晶晶的雪花大片大片簌簌地往下落，窗户有电影屏幕那么大，落地钟里乘着波浪的小船摇上摇下，时间"滴答滴答"地在流逝。"丹尼！"她冲着楼上叫我，"下来吃早餐，快点！"冬天的清晨，房子里太冷，梅芙都会穿上外套，她人又高又瘦，所有的能量都用来长了个子，没法取暖。"你看起来，总是一副要出门的样子。"父亲从她身边经过时，就会这么说，仿佛梅芙的外套惹他不高兴一样。

"丹尼！"她叫道，"我可不会给你端上来的。"

我睡觉的床上堆满了毯子，分量惊人，把我实实在在地压在床上。在荷兰屋的冬天，每个早上，我的第一个念头就是：好想整天都待在床上，那会是什么样的感觉？但是，听到姐姐站在楼梯下叫我的声音，闻到因为年龄小而不能喝的咖啡香味，我就会爬起来。"喝咖啡会长不高，"乔斯林说，"你不想跟你姐姐一样高吗？"我找到地板上的拖鞋，穿上放在床尾的羊毛浴袍，冻得哆哆嗦嗦，跌跌撞撞地走到楼梯平台。

"王子终于出来了！"光亮中，梅芙仰着头，"来吧，我们做了煎饼，别让我等你。"

我母亲离开后，我童年的快乐并没有随之终结；但梅芙离开后，安德烈娅嫁给我父亲后，童年的快乐就结束了。

这么多年，我们的母亲在哪儿，我并不在乎。梅芙回家后，她和梅芙肩并肩地坐在梅芙的床上，伸出四条长腿。我在房子里走来走去，听得到一些词语：印度、孤儿院、旧金山、1966年。1966年，我从乔特中学毕业，开始在哥伦比亚大学读书，我们的母亲则陪着一家印度富人的孩子们来到旧金山，以此换得一大笔捐款，捐给了她工作的孤儿院。是孤儿院，还是麻风病人隔离区？她再也没回印度。她留在了旧金山，然后去了洛杉矶，接着是杜兰戈，再后来是密西西比。她发现到处都是穷人。我走到车库，找到梅芙的割草机。我还得开车到加油站买一罐汽油，然后我就割草坪。做完这项工作，我感到了极大的满足，又拿出除草机，沿着花床和人行道的边上走了一圈，曼哈顿的大楼业主从来不割草。

梅芙出院的当天，我退了酒店的房间，在梅芙的沙发上度过了一个不眠之夜。我想留在梅芙家里，以防她心搏骤停，但我真是受不了，一点也受不了。第二天早上，我搬到了诺克洛斯家，住在塞莱斯特以前的卧室。菲菲毛已经回家了，但我母亲一直都在。梅芙的朋友们做了炖菜，放在她的前院里，还有烤鸡、一袋袋的苹果和西葫芦面包。吃的东西太多，桑迪和乔斯林必须带上一半回她们自己家。梅芙和我母亲吃东西，胃口小得像鹪鹩——我见过她们分食一个炒鸡蛋。梅芙开心而疲惫，完全不像平时的自己。她没有谈论她在奥特森公司的工作，或者她需要为我做什么，也没有谈论母亲不在的时候被忽略的那些事情。她坐在沙发上，让她母亲把烤面包给她拿过来。她们之间没有距离，没有指责。她们一起活在她们回忆的天堂里。

"别管她们，"塞莱斯特在电话里对我说道，"她们应付得过来。大家哭着喊着要帮忙，但不管怎么说，梅芙需要的是休息。医生不是一直这样说吗？她不需要更多的人陪着。"

我告诉塞莱斯特，我并不认为自己是陪伴，但话刚出口，我就明白过来，我就是在那儿陪着她们，她们在等着我走呢。

"你迟早得回纽约。理由充分，我可以给你列个单子。"

"我很快就回来，"我告诉我妻子，"我只是想要确定一切都好。"

"一切都好吗？"塞莱斯特问道。塞莱斯特从未见过我母亲，但她自然而来的不信任感比我更甚。

我站在梅芙的厨房里。我母亲用冰箱贴把医嘱贴在冰箱门上。她把塑料药瓶整整齐齐地放在药箱前面，写下什么时间需要服什么药。她很用心，限制来访者的人数，时间一到，就哄他们走人，当然，奥特森先生是个例外，他得到了礼貌对待。奥特森先生从来不久坐，如果天气好，他就陪梅芙到街上走走，再走回来。其他时候，每一两个小时，我母亲就让梅芙绕着后院走上两圈。此刻，她们坐在起居室里，谈论两人都读过的一本小说，书名是《管家》[1]，两人都说那是自己最喜欢的书。

"什么？"塞莱斯特问道，接着她说，"不，等一等。是你父亲，来吧。"她又对我说："跟你女儿打个招呼。"

"嗨，爸爸，"梅说道，"你赶快回来吧，否则我就要一只低变应原的狗。我本来想要一只标准贵宾犬，名字都想好了，就叫'斯特拉'。猫，我也可以接受的，但妈妈说没有低变应原的猫。她说凯文对猫过敏，但她怎么会知道呢？凯文又没接触过猫。"

"你在说什么呀？"

"等一等，"梅低声说道，接着我听到关门的声音，"只要我一说狗，妈妈就会走开，就像魔法一样灵验。我要到珍金镇来看梅芙姑妈。"

"你母亲带你来？"

梅发出了一种声音，凡是她听到大人犯傻，就是这种声音："我一个人来，你到火车站来接我。"

"你不可以一个人坐火车。"我们都没让梅一个人坐过地铁。她可以一个人坐巴士，一个人坐计程车，但什么样的火车都不行。

"你听我说，梅芙姑妈心脏病发作，"梅透露了消息，"你知道的，她一直在想我怎么还没去看她。妈妈说，我们的印度祖母

---

[1] 《管家》：美国作家玛丽莲·罗宾逊的小说。讲述在爱达荷州农村的两个小女孩，在失去母亲、外婆后，由西尔维阿姨扶养的成长故事。

263

在家,我想见见她。这是件大事呢,游戏到了这个阶段,祖母出现了。"

什么游戏阶段?"她不是印度人,"我从厨房往外望,看到我皮肤苍白的爱尔兰母亲坐在沙发上,就坐在梅芙身边。我转过身,背朝她们,"她在印度生活过,但那是很久以前的事了。"

"不管怎样,我要坐火车来。你12岁的时候,在复活节去看望梅芙姑妈,然后一个人坐火车离开纽约。看在上帝的分儿上,我都14岁了。"

"我不喜欢你说'看在上帝的分儿上',听起来就像是我父亲。"

"女孩比男孩成熟得早,你就想想吧,而且严格来说,我现在还比你当时大了2岁呢。"

我真的给她讲过那件事吗?当然,梅比我当年大,也许要大上20岁呢,但不管怎样,我也不会让她一个人坐火车。"想法不错,但明天我带梅芙看过医生后,就回家了。"

"你就是医生。"梅说着就哈哈大笑起来。

"听着,梅,好好对你母亲。"

"我好好对她了呀,"她说道,"但她快要把我逼疯了。我要写一本书,书名叫作《不能去宾州的六百万个理由》。让我和祖母打个招呼。"

我母亲没问过我孩子的事情,一个字也没问。菲菲毛说,这是因为她把孩子们的事都告诉了我母亲,梅芙也说了——凯文科学课的分数,梅的舞蹈。菲菲毛说,我母亲想知道得要命,但她没问我,那是我的错,谁叫我每说一句话,都是冷若冰霜的样子。"她睡着了。"我说道。

"她为什么要睡觉?现在是下午两点,生病的人又不是她。"

"年纪大的人是她，"我再次转身看了看另一个房间里的母亲，她正在大笑，一头短发、饱经风霜的皮肤、长满雀斑的手，她本可以是任何人的母亲，但她偏偏是我的母亲，"等她醒了，我再和她说，你来过电话。"

母亲不在的这些年，据她说，她去了很多地方，但并没任何证据表明她真正在那些地方安过家。我怀疑她现在是在梅芙这儿安家住下了，她的行李箱就放在梅芙的衣橱里。我一回到家，就把这两周的事情一件件讲给塞莱斯特听，说出了我所有的怀疑，大获她的欢心。

"你想说她是无家可归的人？"塞莱斯特问道。我们站在厨房里，塞莱斯特在准备晚餐：我们两人和梅吃鲑鱼，梅不喜欢吃鱼，但看到书上说吃鱼更聪明；凯文的晚餐是两个汉堡，他不怎么在乎聪明这件事。昨天我刚进家门，两个孩子看到我回来，挺开心的，可后来就发现我还是原来的那个我。

"她没有家，从这一点而言，她的确是无家可归，但并不是睡桥底下的那种。"但我怎么知道她不是那种呢？

"有没有可能，你父母从未离婚？菲菲毛是这么看的。她认为你母亲仍然拥有那栋房子，甚至毫不知情。"

我猜，菲菲毛说这话的时候，肯定是揣测。她肯定不会把全部实情告诉塞莱斯特。"他们离了婚的。我父亲付钱给美国领事馆的一个人，让他在孟买接母亲下船。父亲寄去了离婚文件，那个人接上我母亲后，直接就到领事馆，让我母亲在公证人面前签字，绝对合法。那个人还把父亲的一封信交给母亲，信上说让她永远别回来。我觉得那个人是当场处理好了一切。"这是菲菲毛在我身边讲了无数次的故事，但不是讲给我听的。梅芙说，如果那是一封表明爱情和激情的信，母亲很有可能就会大步走向跳板，直接坐船回家。我母亲不置可否，表示也有这种可能。

"这么说，她并不是暗地里的有钱人。"

我摇了摇头："她是显而易见的穷人。"

"现在，你们两人要照顾她？"塞莱斯特开始清洗水池里的红色小土豆，手拿硬毛刷，一个都不放过。我在冰箱里找开过瓶的葡萄酒。

"我不照顾她。"

"但你在照顾梅芙，而梅芙得照顾她。"

我想过这个问题。我找到了葡萄酒。"嗯，就目前而言，是我母亲在照顾梅芙。"照顾她饮食起居、吃药、洗衣服，还有迎来送往接待客人。

"你的角色呢？"

我一直在观望，这就是我的角色。我别扭地跻身于每一个场合。"我只是想要确保梅芙没事。"

"你是害怕她心脏病再次发作，还是害怕她以后会更爱你们的母亲，而不是你？"

我本想给我俩一人倒上一杯酒，但考虑到谈话的风向，我选择只给我自己倒上一杯。"这可不是什么争宠。"

"嗯，很好，如果不是争宠，那就随她们两个人去呀。你似乎对你母亲没什么兴趣，而梅芙眼里除了她母亲，就没别人。"

我得说上一句，梅芙生病的时候，塞莱斯特非常体贴。每隔一两天，她就会寄来孩子们充满爱意的卡片；梅芙回家的时候，前院有好大一篮子的牡丹花。宾州东部的所有牡丹应该都被塞莱斯特买下了。

"你跟塞莱斯特说的,我喜欢牡丹花?"梅芙看着卡片问我。

但事实就是,我压根儿不知道我姐姐喜欢牡丹花。

"我们为什么要争这个?"我问塞莱斯特,"回到家里,我挺高兴的。"

她把最后几个小土豆扔进滤锅中,擦干双手:"自我认识梅芙以来,这么长的时间,她一直想要母亲回到身边。你们两个停车坐在老宅子前,因为老宅子让她想起她母亲。你们两个这辈子过得,就像你们的手腕被铁丝捆在一起一样,起因就是你们被母亲抛弃了。然后呢,你们的母亲回来了,你的姐姐,上帝保佑她,终于开心了。你呢,却铁了心要不高兴,就像你非要拽着痛苦不放。如果你那么在意梅芙,梅芙开心了,为什么不让她开心呢?她可以和你母亲一起生活,你可以和我们一起生活。"

"这可不是取舍。"

"你不就是担心这个吗?担心你母亲不会受到惩罚?担心梅芙与她一起生活,比和你一起还开心?"

梅在楼上喊了起来:"你们说的每一个字,我都能听得见,你们不知道这房子有通风孔吗?你们呀,如果想要吵架,到餐馆去。"

"我们没有吵架。"我的声音很大。我看着我妻子,有那么一秒钟,我看到了她,圆圆的蓝色眼睛,黄色头发。我认识了半辈子的女人浮现在眼前,也是一瞬间,又消失得无影无踪。

"我们是在吵架,"塞莱斯特眼睛盯着我,声音跟我一样大,"但我们不吵了。"

本来整个夏天我都可以待在纽约,监督各处公寓砸墙,和凯文一起打篮球,帮着梅背诵独白。我想,除了塞莱斯特没人会注意到,她会因为我这样做而很开心。但一周又一周,我都选择回到珍

267

金镇,仿佛只有亲眼看到,才能相信梅芙的安全。诺克罗斯家永远都欢迎我,我就住在他们那儿,他们已另养了一条叫做"拉蒙娜"的拉布拉多犬。我从纽约开车过去,因为我需要开车往返于梅芙家和五金店,我一直都在寻找项目,从某种意义上而言,是想要找个正当的理由待在那儿,而不是坐在起居室里盯着她们。我修理开关,给柜子上漆,换掉腐烂的窗台,我的心思一目了然,不需要明察秋毫。

一周又一周的,两个孩子中的一个,或是两个,说也想一起去。这样的安排,他们似乎非常喜欢,他们喜欢跟塞莱斯特的父母在一起,喜欢和梅芙在一起,喜欢在城外过夏天。他们称呼我母亲为"疑犯",仿佛她是冷不丁冒出来的间谍。孩子们着迷于她,她也着迷于孩子们。我和塞莱斯特一个心思,想让他们远离我母亲,可这只能让他们更想要飞奔上车。其实这也不是什么坏事,即便是当时,我也看在眼里,虽然旅途是不得已,但也很精彩。我和凯文细数丹尼·塔塔比尔的优点,就想知道他是否配得上在洋基队拿最高的报酬。我们讨论的时候,背景音乐是梅唱的歌剧曲调。两年前,我们带她去看了《吉卜赛人》的重演;两年后,她还沉浸其中:"来一个蛋卷,格德斯通先生。这是餐巾,这是筷子,请坐!"她用激情洋溢的女低音放声歌唱,我们让她坐在后面,她已经放弃了美国芭蕾舞学校的学习,为的是能有更多的时间唱歌。

"这比芭蕾还烦。"凯文说道。

我母亲的语言能力日渐长进。即便我们俩之间没有真正的讨论,她在我面前也变得越来越自如。她得感谢孩子们,他们对她没意见。她和凯文谈论棒球,道奇队和洋基队,她就是在那个环境里长大的。梅和梅芙说法语,梅芙给梅把头发辫成法式辫子。梅从六年级开始学习法语,觉得她应该在巴黎度过这个夏天。我没有对她说,14 岁的女孩不应该一个人在巴黎过夏天。我说,梅芙生病了,巴黎这事就没了可能。于是她勉强接受,转而无止境地练习动词的变化:je chante, tu chantes, il chante, nous chantons, vous chantez, ils chantent[1]。我在给烟囱换排气管,事先在地毯上铺了旧报纸,但这项工程比我预想得更浩大,也比我预想得更脏。

"那时,我喜欢'法国佬·博尔达加雷'。"我母亲说道。她觉得一个棒球选手名叫"法国佬",我女儿和我儿子都应该很有兴趣。"我父亲搞到两张票,带我到埃贝茨球场看棒球,在那之后我就去了修道院。我不知道他哪儿来的钱,但位置真的很好,就在第三垒后面,就在'法国佬'身后。我父亲不停地对我说:'好好看看周围,埃尔纳,这里没有修女的。'"

"你做过修女?"凯文问道,他根本没法把他脑子里的修女与他眼前的祖母等同起来。

我母亲摇了摇头:"我更像是一个过客,我在修道院待了两个月都不到。"

"你为什么离开?"梅用法语问道。

"你为什么离开?"梅芙问道。

那些日子里,母亲总是一脸惊奇,她随时都会惊讶地发现我们这也不知道,那也不知道。"西里尔来了,带我走了。之前,他去了田纳西州,在田纳西河流管理局工作。去了几年的时间。回来后,见到了我哥哥。他和詹姆斯一直都是朋友,詹姆斯告诉他,我在修道院,詹姆斯不想我做修女。西里尔一路从布鲁克林走到修道

---

[1] 编者注:以上的词均为法语"唱歌"的不同形式。

院。到了修道院,他对看门的嬷嬷说,他是我兄弟,有坏消息要告诉我,出事了。那时我们不能接待访客,但嬷嬷还是进来找到了我。"

"他说了什么?"一时间,凯文对棒球完全没了兴致。

"西里尔说:'埃尔纳,这不是你该干的事。'"

我们面面相觑:我,我儿子,我姐姐,还有头发梳了一半的我女儿。最后梅芙说道:"就这样?"

"我知道,现在听起来,没什么大不了的,"我母亲说道,"但这句话改变了一切。我就这么说吧,就是因为这句话,才有了你们四个。他说,他在外面等我。然后我就进去,拿上自己的小包裹,跟大家说再见。那时候的年轻人不一样,我们想事情,想得不多,不彻底。马上就要打仗了,人人都知道的。我们从修道院出发,走到曼哈顿西区,走过曼哈顿。过桥之前,我们停下来,喝了杯咖啡,吃了个三明治。等我们走回布鲁克林,就都说好了:我们要结婚,组成家庭,我们就这么办了。"

"你爱他吗?"梅问梅芙,意思是法语怎么说。梅芙说道:"L'aimais-tu?"

"L'aimais-tu?"梅就用法语问我母亲,有些问题用法语表达,更有范儿。

"那是当然的,"她说道,"或者说,在我们走回布鲁克林的时候,我是爱他的。"

那天晚上,在我们离开之前,梅从她的提包里掏出了一瓶粉色荧光指甲油,给她祖母涂,给她姑妈涂,然后给自己涂,每刷一下,都聚精会神的。她涂完了,我母亲赞赏个不停。"就像是小小的贝壳。"她说道,然后她们三个一起把手凑到灯下,翻来覆去地看。

"你从没涂过指甲油?"梅问道。

我母亲摇了摇头。

"有钱的时候,也没有涂过?"

我母亲握住梅的手,放在梅芙和她的手上,把亮晶晶的贝壳凑在一起,好好看着。"也没有。"她说道。

那个夏天,塞莱斯特也来这里看她的父母,她或是送凯文来,或是接梅走,见过我母亲很多次。但即便是同处一室,塞莱斯特也能想到法子抽身。"我必须得回我父母家了,"她刚走进门,就这么说,"我跟母亲说好了的,帮她做晚餐。"

"当然!"我母亲说道。然后梅芙就走到院子里,剪下一束紫色的蜀葵,让塞莱斯特带回家。无论是我母亲,还是我姐姐,似乎都没有注意到塞莱斯特说话的时候,已经开始朝门边走去。先是心脏病发作,后是母亲回来,在那之后的日子里,梅芙对我妻子愤怒的熊熊火焰熄灭了,忘记了。塞莱斯特要走,梅芙高高兴兴地送她,如果她要坐下来用餐,梅芙也会一样高兴。我坐在厨房的地板上拧螺丝。我给每个橱柜的下面加一个浅木盘,安装在滑槽上,取用炖锅和平底锅时更方便些。凯文坐在我身边,给我递螺丝。那个夏天,塞莱斯特就没有停下来的时候,这时她双手捧满鲜花,站了一分钟的时间,看着我。

"我一直都想要这样的浅木盘。"她似乎很惊讶我居然还知道有这样的东西。

我放下电钻:"真的?我知道吗?"

她摇摇头,看了看手表,告诉孩子们,该出发了。

日子就这样一天天过去了。梅芙回去上班了,还是她以前不规律的作息表。我本应该说，工作的事情，她操心得少了，但我真觉得她就没操心过工作。凯文和梅又开学了，我去珍金镇的间隔变得越来越长。我们的母亲留了下来。她扔掉了那件袖子脱线的深绿色毛衣，梅芙给她买了新衣服，给客房换了新床罩和窗帘，现在她们也不再称其为客房了。她们开车到费城听音乐会，她们去费城公共图书馆看书。我母亲在天主教教堂的食品分发处做志愿者，没过两周，她就见到了主管。她说，社区还有更大的需求，她要想个法子。

晚秋的一个星期五，梅芙和母亲在熬鸡汤、做汤团。事实证明，我们的母亲是一个懂烹饪的人。厨房小而温暖，她们高效率地转来转去。"你留下来吧。"我揭开荷兰炖锅的盖子，蒸汽滚滚，把脸凑了过去。

我摇了摇头："凯文有场比赛，我二十分钟之前就该出发了。"

梅芙手上全是面粉，在腰间系的洗碗巾上擦了擦："出来一下，你帮我看一看排水管再走。"

她在门口穿上了红色羊毛的厚呢短大衣，她一直说这件衣服是她干粗活时穿的谷仓外套，但我怀疑她从未去过谷仓。我们走出来，站在傍晚的冰冷阳光中，脚下是一堆堆红色的、金色的叶子，我想等我下次来的时候再耙吧。我们站在房子的角落，打量屋顶的排水管，看哪儿不服帖。

"说吧，什么时候才是个头？"梅芙望着上面说道。

我以为她在说屋顶，也仰起了脑袋："什么东西？"

"你的乖张，你的惩罚，"梅芙把手伸进衣服口袋里，"我知道你难受，但说实在的，即便这样想，我也有些厌烦了。我心脏病发作，你难受；我们的母亲回来了，你难受。"

我惊讶了，随即进入戒备状态。过去的六个月，我的生活重心全在梅芙这边，我对我们母亲的所有情绪，我都强压着放在心里。如果非要说点什么，那就是我的态度越来越好了。"我只是担心你。我想要确保你一切都好。"

"嗯，我挺好的。"

我们之前居然没有谈论过这个，这似乎不可思议。我和梅芙无话不说的，但我们再也没独处过。我们见缝就插的母亲找到了我们之间的空隙，挤了进来，我们的谈话变成了熬汤的菜谱和乡愁一般的贫穷回忆。"这一切，你都没意见？"

梅芙望向街道的另一头。我没想到我们是出来讨论目前的生活，就没穿外套，现在冷飕飕的。"时间是有限的，"梅芙说道，"也许我现在更懂得这一点。我从 10 岁开始，就一直想要母亲回来，现在她回来了。我现在还有时间，可以用来愤怒，或者可以用来觉得自己是世界上最幸运的人。"

"只有这两个选择吗？"我真希望能够坐到车里，开车停到荷兰屋外，就我们两个人，单独坐上一分钟，但我们已经不那样做了。

梅芙收回目光，再次看着排水管，点了点头："差不多。"

关于这件事情的前前后后，除了奥特森先生的洞察力，除了梅芙康复，我不觉得还有什么可以感到幸运的地方。我们的母亲有所得，我断然就有所失。"她离开之后，我们的遭遇，她知道吗？你跟她讲安德烈娅的事了吗？说了她是怎么把我们扔出来的吗？"

"天哪，她当然知道安德烈娅的事情。你觉得我们整个夏天都在玩纸牌吗？所有的事情，我都告诉她了，我也知道她所有的经历。想要了解一个人，了解到的东西可以多到让你惊讶。还有，所有的谈话都是对你开放的，不要觉得你被排除在外。每次她一张嘴，你就找借口离开房间。"

"她对我没兴趣。"

梅芙摇了摇头："成熟点吧。"

对一个45岁的人说这话，似乎荒唐好笑，我正要笑，及时克制住了。我们两个人已经很久没有争吵过了。"好吧，如果你对她那么了解，就告诉我，她为什么要离开？不要跟我说，她不喜欢墙纸。"

"她想要——"梅芙停了下来，呼出一口气，冷凝成了白气，让我想起了香烟，"她想要帮助人们。"

"但不是她的家人。"

"她犯了错，你不明白吗？她活在愧疚中。这就是她从印度回来后，从来不跟我们联系的原因。她害怕我们会像你现在这样对她，她认为你的残忍是她罪有应得。"

"我没对她残忍，相信我好了，但她的确是罪有应得。所谓犯错，是木板还没干透，就上了漆。抛弃自己的孩子，跑到印度去帮助穷人，只能说明这人是自恋狂，想得到陌生人的崇拜。我看着凯文和梅，就想谁会对他们那样？什么样的人才会离开自己的孩子？"我感觉，自从那天走进冠心病监护室的等候室，看到了我们的母亲，这些话就一直憋在我嘴里。

"男人呀！"梅芙几乎是叫喊起来，"男人们一直都这样，全世界都为他们喝彩。释迦牟尼离开了，奥德修斯离开了，儿子在他们心里，屁都不是。他们踏上了神圣的征程，想干什么，就他妈干什么，数千年之后，我们还在为他们唱赞歌。我们的母亲离开了，她回来了，我们还好。虽然我们并不开心，但我们活了下来。我不管你是否爱她，是否喜欢她，但你得对她放尊重点，没有别的原因，只是我要求你这样。这是你欠我的。"

她的双颊通红,这可能只是因为天气冷,但我还是忍不住担心她的心脏,我什么都没说。

"还有,你记住了,我已经厌倦了伤心难过。"她说完就转身走了进去,留下我站在随风打转儿的落叶中,想着自己到底欠了她什么。如果要计算,那就是一切。

于是,我决定要改变。考虑到我的本性和年龄,改变似乎已是不可能的事,但我非常明白,如果不改变,我会失去什么。这又成了化学。关键并不是我喜欢与否,而是我必须这么做。

第 十 八 章

梅芙和母亲拿到票,要去费城艺术博物馆看毕加索的画展,她们说看完画展后来火车站接我很方便,所以我就搭火车去了。我刚进站,就看到了她们。有两三只麻雀从敞开的门外面飞了进来,她们正在为鸟儿被困发愁。这是我第一次在姐姐看到我之前先看到她。她站得笔直,很结实的样子,手指朝上,指给母亲看鸟儿停在哪儿。自从她上次心脏病突发,到现在刚刚过去一年的时间,这一年她都挺健康的,这整整一年她们都在一起。

"你没在火车上搭讪谁,对吧?"我走到她们身边,梅芙问我。听到这个老梗,我就想起梅芙以前会抱起我,让我双脚离地,摇晃我。

"一路相安无事。"我亲吻了她们两个。

我们走到停车场,母亲告诉我,她来开车。梅芙身体全面恢复后,就启动了针对母亲的提升方案。过去六个月里,母亲的双眼都做了白内障摘除手术,摘除了三处基底细胞瘤(一处是左太阳穴,一处是左耳上方,还有一处是右鼻孔),接着是大量的牙科治疗。梅芙称之为"家用开支",我支付了账单,梅芙一开始争着要付钱,但我告诉她,如果她想要我做得好一点,就得让我做得好一点。我没和塞莱斯特提过这些事。

"重见光明是什么样的感受,你们完全不知道的,"我们的母亲说道,"那个东西——"她指着一个电话线杆,"六个月之前,我会告诉你,那是一棵树。"

"它曾是一棵树。"梅芙说着话,坐到了旅行车的后座。

母亲戴上超大的 Jackie O 太阳镜[1]——眼科医生送给她的礼物。"希维茨医生告诉我,我的白内障那么严重,原因就是我从不戴太阳镜,我在很多阳光充足的地方生活过。"

梅芙打开手提包,开始翻找她的太阳镜,母亲则启动车子,离开停车场,穿行在费城的迷宫中。坐母亲开的车,我并不是特别放心,但她融入车流后,开得很稳。她和梅芙还在说毕加索,谈论他画的诺曼底和巴黎,说他怎么懂得人、懂得光亮。她们就像在谈论她们两人都仰慕的一个朋友。

"我们应该去巴黎。"梅芙对母亲说道。梅芙,她是从未想过要到哪儿去的人。

我们的母亲表示同意。"现在是时候了。"她说道。

每次坐火车到费城,我都会想起化学,想起莫雷·埃布尔跟我说,没有牢固地掌握第一章,就不可能学会第二章。我们母亲回来的时候,梅芙做了这份功课,一直追到头,搞清楚了所有的过去。但对我而言,原则正好相反:我看着我们的母亲,只看她现在的样

---

[1] Jackie O 太阳镜:因美国总统肯尼迪的妻子杰奎琳而命名的太阳镜。

子,一个驾驶沃尔沃的老妇人,我觉得她还可以。她精力充沛,喜欢帮忙,笑起来挺好看。她似乎是别人的母亲,大多数时候,我都能屏蔽她是我的母亲这个事实。或者,换言之,我把她当成梅芙的母亲,这样我们三个人都可以相安无事。

她们在谈论印象派,我几乎没听,而是留心周围的车辆,根据我们的速度估算它们的速度,计算我们之间的距离。我们已经开出城很远了,车距过近的情况一直没出现过。谢天谢地,我的孩子们对开车没有兴趣。住在纽约有很多好处,其中之一就是大街上到处都是空载的计程车。"你车开得不错。"我终于对母亲说了这么一句话。

"我一直都在开车,"她戴着那副可笑的太阳镜,朝我这边看了一眼,"过去一两年,我都快看不见了,但我还在开车。看在上帝的分儿上,我在纽约、在洛杉矶都开过。在孟买,我开车;在墨西哥城,我也开车。我觉得吧,墨西哥的交通最糟糕,"她很自然地打开转向灯,变换车道,"你知道吧?我开车,还是你父亲教的。"

"我们三个人终于有了共同之处。"梅芙说道。

我15岁那年,父亲在教堂的停车场教了我几次。星期天,为了推迟回家的时间,我们想了很多法子,学开车就是其中之一。"他在布鲁克林教你开车的?"

"哦,我的天,不是的。那个时候,布鲁克林的人都没有车。我们搬到了乡下,我学会了开车。一天晚上,你父亲回到家,说:'埃尔纳,我给你买了一辆车。来吧,我教你怎么开。'他让我在车道上来回开了几次,就让我开到街上。两天后,我拿到了驾照。那个时候,路上也不堵,不用怎么担心会撞上人。"

我发现了母亲的另一个特性:她喜欢说话。"但不管怎样,"我说道,"两天也够快了。"

"那就是你父亲做事的方式。"

"那就是他做事的方式。"梅芙说道。

"要说我最感激的东西,就是那辆车。我甚至都没在乎花了那么多钱。斯蒂贝克[1]的冠军,多好的老冠军呀。那时候,这儿全是农田。那儿——"她指着一个长长的街区,全是店面和公寓,"是养奶牛的地方。之前,我从未在乡下住过,乡下是那么安静,搞得我非常紧张。那时你已经上学了,"她对梅芙说道,"而我只能整天坐在那个巨大的房子里,等你回家。如果不是菲菲毛和桑迪,我可能会疯掉,但她们也有点逼得我发疯。别告诉她们我说了这话。"

"当然不会。"梅芙往前凑,她的脑袋差不多就在两个前排座位之间。

"我非常爱她们,但她们什么都不让我做。她们总是冲在我前面,洗东西,或是收拾东西。我雇了乔斯林,因为我害怕没有她妹妹,桑迪不肯留下来,乔斯林包下了做饭这件事。我擅长的就是做饭,可她们甚至不让我做晚餐。但有了车之后,情况真是好转了一段时间。早上,我开车送你去上学,之后就可以开车去费城,看看基地的朋友,或者到圣灵感孕教堂,做点有用的事情,等着你放学。就是那个时候,我和慈悲会的修女交上了朋友,她们很有意思。我们发起了募捐衣服的活动,我和修女们开着车到处转,把大家不要的衣服收集起来。然后,我把衣服拿回家,洗干净,补好,再开车送到教堂。我们刚搬进去的时候,房子里有好多衣服,都是范赫贝克家的东西。其中很多都没用,但有些还是可以用。我和桑

---

[1] 斯蒂贝克:美国曾经的汽车品牌,定位为豪华汽车,于1963年停产。

迪把外套整理出来，有羊绒的，有皮毛的。你们都不会相信我们找到了什么。"

我想起了菲菲毛的钻石戒指。

"我一直不知道那些衣服最后怎么处理的。"梅芙说道。

"你们父亲说过，我简直就住在那辆车里，"母亲坚持了原来的话题，"他出去收租，还让我给他开车。你们知道的，他不喜欢开车。我把一罐罐的炖菜放在后座，那些租房子的人，很多都一无所有。有一天，我们遇到一家子带着五个很小的孩子住在两个房间，孩子的母亲正在哭。我对她说：'你们根本没必要付房租给我们！你们该去看看我们住的房子。'我就这么说的。"我母亲大笑起来。"他气坏了，再也不带我去了。后来，每个星期他回来，就说人们问我哪儿去了。他说，那些人想要炖菜。"

在我的记忆中，我父亲很喜欢开车的，不过这并不重要。

母亲看到一个停车指示牌，左右瞅了瞅，看有没有来车。"看看这条街，现在全住满了人。以前这里只有三栋房子。"

两个街区之后，她左转，然后再次左转。我太关注她怎么开车了，没注意到她朝哪儿开了。我们到了埃斯蒂斯帕克，她朝范赫贝克街的方向驶去。

"自从你回家后，来过这儿吗？"我问道，但事实上我是在问梅芙：你带她来过这儿吗？我们回避荷兰屋已有些年头了，再次来到这个街区，我有一种奇怪的感觉，仿佛是到了某个不该来的地方。

我们的母亲摇了摇头："这儿的人我都不认识了。你们还认识这里的邻居吗？"

梅芙望向窗外："我以前认识，现在不认识了。以前我和丹尼时不时地过来，停在房子前，坐一会儿。"听起来像是坦白，但坦白的是什么呢？有时我们坐在车里，我们聊天。

"你们进房子里了吗？"

"我们到了这条街，"梅芙说道，"我们开车经过。我们为什么要那样呢？"她在问我，而我根本就不知道，"为了怀念过去？"

"你们去见过你们的继母吗？"我们的母亲问道。

我们去见安德烈娅？我们去串门？梅芙和母亲谈论安德烈娅的时候，我没有参与，我也不想参与。回忆过去，就打破了我保持体面的努力。我明白，我们的母亲完全没法预料到安德烈娅的到来，但扔下孩子，就意味着让他们听天由命。

"一次也没有。"梅芙心不在焉地说道。

"但是，你们来到这儿，你们想要看房子，为什么不进去呢？"母亲减速，然后靠边停车。但她停车的地方不对，距离以前布克斯鲍姆家住的房子还有一个街区。

"我们不——"我一下词穷了，但梅芙替我说完了这句话。

"不受欢迎。"

"作为成年人去呢？"我们的母亲摘下了她的太阳镜。她看着我，又看着我姐姐。她切除细胞瘤的地方红红的、皱巴巴的。

梅芙想了想，摇了摇头："不受欢迎。"

那是晚春时分。一年当中，除了秋天，范赫贝克街最美的时候就是晚春。我摇下车窗，花瓣的芬芳、新叶和嫩草的气息灌了进来，搞得我们有些头昏脑涨。让我们头昏脑涨的是这个吗？不知道梅芙会不会还在手套箱里放着香烟？

"那我们应该去看看，"我母亲说道，"就晃一晃，打个招呼。"

"我们不应该去。"我说道。

"看看我们三个，被一幢房子打败了，这太疯狂了。我们到车道尽头,看看谁住在那里。也许是别人了呢。"

"不是别人。"

"这对我们会有好处的。"我们母亲一边说话,一边换挡。显然,她觉得这只是一种精神上的修炼。对她而言,毫不费劲。

"别这样。"梅芙说道。她的声音里没有紧张感,没有紧迫感,仿佛她明白除非是从行驶的车里跳出去,才能阻止事情的发展。我们往前开,往前开,往前开。

我们的母亲是什么时候离开的呢?半夜三更?她提着行李走进了黑暗中?她跟我们父亲说再见了吗?她到我们房间看了熟睡中的我们吗?

她从欧椴树围墙的缺口开了进去。车道没有我记忆中那么长,但房子似乎还是一模一样的:洒满阳光,鲜花拥簇,闪闪发光。自从我去了乔特中学,就知道这个世界上到处都有更大的房子,更宏伟,更荒唐,但没有哪幢房子像荷兰屋这么美。轮胎下是小砾石熟悉的扎扎声。母亲把车子停在石头台阶前,我可以想象当年我父亲的情绪是多么高昂,我姐姐多么想要冲进草地里,而我母亲一个人,瞪大眼睛,抬头看着这么多面玻璃,不知道为什么乡下会有这么梦幻的博物馆。

我母亲呼出一口气。她把搁在头顶上的太阳镜取了下来,放在座位之间的挡位上。"我们去看看。"

梅芙依然系着安全带。

我母亲转过身,看着她的女儿:"你不是一直都在说,过去就留在过去,我们需要放手吗?这对我们会有好处的。"

梅芙别过脸,不看房子。

"我在孤儿院工作的时候,长大的孤儿们总要回来看看。他们中有些人年纪跟我一样大。他们走进来,在过道里走一走,到房间里看一看,和孩子们说上几句话。他们说,这对他们有帮助。"

"这不是孤儿院,"梅芙说道,"我们也不是孤儿。"

我母亲摇了摇头,然后看着我:"你来吗?"

"啊,不。"我说道。

"去吧。"梅芙说道。

我转过头看着她,但她不肯看我。"我们没必要待在这里的。"我对我姐姐说。

"我是认真的,"她说道,"你跟她去,我在这儿等着。"

于是我就去了,原因有二,一是梅芙在测试我的忠诚,但其层面太复杂,没法理清楚;二是,我现在可以承认这一点,我当时好奇,就像那些老去的印度孤儿一样,我想看一看过去。我从车里钻出来,再次站在荷兰屋前面;我母亲走过来,站在我旁边。那一刻,就只有我们两个人,我和埃尔纳。我从没想过会有这么一幕。

接下来发生了什么,我们不需要等待。等我们走到台阶下面的时候,安德烈娅出现在玻璃门的另一边。她涂了口红,穿着蓝色的花呢外套,外套上有金色的扣子,配的是一双低跟鞋,打扮得就像要去见古奇律师的样子。她看见我们,嘴巴张得圆圆的,发出一声号叫,然后抬起双手,开始拍打玻璃。深夜的时候,我在急诊室听到过那种声音:刀子拔了出来,孩子死了。

"那就是安德烈娅。"我对母亲说道,只是想强调母亲的念头有多荒唐。父亲的第二任妻子是一个小个子女人,她现在的个子甚至比以前还要小,或者是比我记忆中的样子小,但她现在砸玻璃的样子,就像战士在擂鼓。除了尖叫声和拍打声,我还听得到她戒指的声音、金属撞在玻璃上的咔咔声,非常不一样。我们一动不动,我和母亲站在外面,梅芙坐在车里,等着房子的玻璃前门破碎成万把尖刀,她带着地狱般的愤怒朝我们冲过来。

一个身材魁梧的西班牙女人闪入画面中,她扎着一根长长的辫子,身穿色彩明快的儿科护士服,伸出胳膊抱住安德烈娅,把她往回拉。她看见我们两个人站在旅行车前面,我们都有着高高的个子,瘦瘦的,看起来很像。我的母亲,灰白短发齐刷刷的,脸上是深深的皱纹,凝望的眼神透露出超自然的平静,她点了点头,仿佛是说:别担心,我们不会往前走的。于是,那个女人打开了门。显然,她打算出来问我们是谁,但她还没有来得及张口,安德烈娅就像猫一样冲了出来。下一秒,她冲过平台,直接奔我而来,撞在我身上,仿佛要穿透我的胸膛。我感觉肺都被撞瘪了,喘不上气。她的脸埋在我的胸口,小胳膊锁住了我的腰。她在哀号,悲痛中,窄窄的后背都变了形。半秒钟的时间里,梅芙下了车,她抓住安德烈娅的肩膀,想要把她从我身上拽下来。

"我的天哪,"梅芙说道,"安德烈娅,你下来。"

但她不肯下来。她紧紧地抱住我,就像是示威游行的人紧紧抓住栅栏不放;我感受得到她的心跳,感受得到她断断续续的呼吸。安德烈娅第一次来这房子时,我跟她握过手,在那之后,要么就是在小厨房里与她擦肩而过,要么就是被迫挤在一起拍圣诞照片。除此之外,我们再无接触,她结婚的时候没有,父亲葬礼的时候更没有。我垂下眼帘,看着她的头顶,她金色的头发往后梳,用发夹固定在颈后。头发分开的地方,我看到了很细小的白发,我闻得到她身上香水的味道。

我母亲将一只手放到安德烈娅的背上。"康罗伊太太?"她说道。

梅芙紧靠在我身边："这是干什么？"

那个西班牙女人显然是膝盖不好，一瘸一拐地走下楼梯，朝我们走来。"太太，"她对安德烈娅说道，"太太，你该进去了。"

"你能把她搞下来吗？"梅芙的一只手放在我肩膀上，她的声音因为愤怒而响亮。只有我们两个人在那里。

"你，"安德烈娅说道，接着开始喘气，她哭得就像是世界末日一样，"你、你。"

"太太，"那个女人走到我们跟前，再次说道。她僵硬的膝盖让我想起了父亲，他下楼梯也是那个样子，"你为什么要哭呢？你的朋友们来看你了呢。"她看着我，想要证实我们朋友的身份，但我完全不知道我们到这里来是干什么的。

"我是埃尔纳·康罗伊，"我母亲说话了，"这是我的两个孩子，丹尼和梅芙。康罗伊太太是他们的继母。"

听到这话，那个女人咧嘴笑了："太太，看呀。是家里人！你的家人来看你了。"

安德烈娅的额头紧紧贴在我的胸骨下，仿佛是想钻进我肚里一般。

"太太，"那个女人拍着安德烈娅的头，说道，"跟你的家人一起进去吧。进去吧，坐下。"

要把安德烈娅弄进去，工程量可不小，她就像藤壶一样坚韧不拔。我拽着她往上走，一个台阶，又一个台阶。她分量不重，但她紧紧地缠在我身上，移动起来相当不便。她的鞋子从穿着长袜的脚上落下，我母亲弯下腰，捡了起来。

"我做过这样的梦。"梅芙对我说道，我大笑起来。

"我母亲想来看看。"我对那个女人说道，而安德烈娅的脑袋就搭在我的胸口上。那个女人是管家,护士,还是看护?我不知道。

那个女人在膝盖允许的范围内,拿出了冲刺的速度,在我们之前跑进房子。"医生!"她对着楼梯上面大喊一声。

"不要。"安德烈娅说道,她的脸还埋在我的衬衣里。我知道她想要说的是:不要喊,不要跑。

我带着她走上最后一个台阶。我必须抱着她,才能走上来。我天生可没这样的想象力,怎么都没有想到居然还有这样一幕。

"她以为是你父亲回来了,"我母亲说道,她抬起没拿鞋子的那只手挡在眼前,遮住玻璃门反射过来的西晒阳光,"她以为你是西里尔。"接着,母亲走进前厅,走过那个大理石桌面的圆桌子,走过那两把法式椅子,走过像是缠绕着金色章鱼腿的镜子,走过那个落地钟,那条船还在涂色的金属波浪里摇晃。

在我的梦中,这些年对荷兰屋并不友好。我觉得,自己不在的这些年,荷兰屋肯定变得破败,昔日的富丽堂皇就只剩下剥落的墙纸和破旧的陈设,但事实根本不是如此,房子跟我们三十年前走出去时一模一样。我走进会客厅,安德烈娅还是坚定不移地附在我身上,我的衬衣上满是睫毛膏和眼泪混在一起的污渍。也许有几件家具重新摆放过,换过衬垫,或是换了新的,谁记得住呢?还是丝绸的窗帘,还是黄色丝绸面料的椅子,还是那张书桌,玻璃门书柜快要高到天花板,里面依然摆放着永远没人读的荷兰书。银质的香烟盒擦得亮晶晶的,依然摆放在茶几上。范赫贝克一家人还活着的时候,它们就那儿了。我带着安德烈娅弯腿下蹲,我们好歹一起坐到了沙发上。她钻到我胳膊下面,小小的身躯安安稳稳地靠在我的胸腔上。她已经停止了哭泣,嘴里啪啪啪地发出轻快的声音,她不是我认识的那个人。

梅芙和母亲悄无声息地走进房间，看着眼前从未想过要再次见到的东西：织锦脚凳、中国风格的灯、大窗帘上系着蓝绿色的厚重绞丝流苏绳子。如果我以前在这房间里见到过她们两位，那也是在记事之前了。我腾出手从兜里掏出手帕，递给安德烈娅。我想起来了，教我随身揣一张手帕的人不是梅芙，也不是桑迪，正是安德烈娅。她用手帕擦了脸，把耳朵凑到我胸前，听我心跳的声音。我的母亲和姐姐走到壁炉前，站在范赫贝克夫妇的画像下。

"我讨厌他们。"我母亲安静地说道，手里还拎着安德烈娅的鞋子。

梅芙点了点头，她的眼睛盯着范赫贝克夫妇的眼睛；整个青少年时代，我们都生活在他们注视的目光之下。"我喜欢他们。"

就在这时，诺尔玛从楼梯上跑下来，嘴里说着："伊内兹！对不起，对不起，我刚才在给医院打电话。发生什么事了？"她跑过前厅。诺尔玛总是跑来跑去，她母亲总是叫她不要跑。现在，她怎么停了下来？是看到我母亲和姐姐站在蓝色代尔夫特壁炉架的前面？还是看到我坐在沙发上，而她母亲像藤蔓一样绕在我身上？伊内兹满脸是笑，因为家里人来做客了。

如果在大街上碰到，也许我还真在大街上见到过她，我是认不出她的；但在这个房间里，没问题。诺尔玛比她母亲高很多，结实很多，她带着一副小小的金边眼镜，要么就是出于对约翰·列侬的喜爱，要么就是出于对泰迪·罗斯福的喜爱，这两位都是戴这种眼镜。她一头浓密的棕色头发在脑后扎了一个毫无艺术感的马尾。我们离开了三十年，但我还认识她。很多个晚上，她把我从熟睡中叫醒，要告诉我她做了什么梦。"诺尔玛，这是我们的母亲，埃尔纳·康罗伊，"我说道，然后看着我的母亲，"诺尔玛是继母带来的妹妹。"

"我是你的继妹。"诺尔玛说道。她瞪大了眼睛,望着房间里的画面,但她的眼睛不断朝梅芙的方向扫。"我的上帝呀,"她说道,"我很抱歉。"

"我的房间归了诺尔玛。"梅芙对我们母亲说道。

诺尔玛眨巴着眼睛。她穿着黑色的宽松长裤、粉红色的衬衣,衣服上没有装饰,也没有褶边,没有任何引人注目的东西。看到这套衣服,你就知道她不是她母亲那种人。"我说的不是房间。"

"有窗座的那个房间?"我们的母亲问道。那是她女儿多年前睡觉的地方,那个画面突然出现在了她的脑海里。

梅芙抬头看着天花板,看着那个被称作卵锚饰的顶冠饰条。"事实上,她得到了整幢房子。我的意思是说,她母亲得到了这整幢房子。"

这时,我看到诺尔玛又回到了8岁那一年,还因为那个卧室而不堪重负。"我非常抱歉。"她再次说道。

之后她一直睡在那里吗?她一直住在这个房子里、睡在梅芙的床上吗?

梅芙直截了当地看着她。"我开玩笑的。"她轻声说道。

诺尔玛摇了摇头:"你们离开后,我一直都很想你们。"

"在你母亲把我们扔出去之后吗?"梅芙没想过要对诺尔玛说这样的话,即便如此,她也忍不住。她等了太久太久。

"从那个时候开始,"诺尔玛说道,"一直到几分钟之前。"

"你母亲怎么了?"我们母亲问她,仿佛我们不知道一样。也许她想要转变话题。诺尔玛和梅芙之间暗潮涌动,这是我们母亲不可能理解的。当年,她不在场。

咖啡桌上摆着一盒面巾纸。如果安德烈娅神志清楚，会客厅里就不可能有什么面巾纸。诺尔玛走近一些，抽取了一张面巾纸。"原发性进行性失语症，或者就是阿尔茨海默病。具体是哪个，我不能肯定；但也无所谓，因为无论是哪一个，我们都无能为力。"至少在那一分钟，诺尔玛完全不关心她的母亲。

"你负责照顾她？"梅芙问道。我真的觉得她要朝地毯吐唾沫。

诺尔玛伸出手，示意是扎辫子的那个女人。"伊内兹担负了大部分，我几个月之前才搬回来的。"

伊内兹露出微笑。那不是她的母亲。

我母亲走过来，跪在地上，把安德烈娅的鞋子给她穿上，然后也坐在沙发上，我父亲留下的小个子寡妇夹在我和母亲之间。"你女儿回家了，多好呀。"她对我继母说道。

安德烈娅还在啵啵啵地发音，听到这话，第一次看着我母亲，接着指了指范赫贝克夫妇画像对面墙上的一幅画。"我的女儿。"她说道。

我们转头望去，在场的人都转头望去，那是我姐姐的画像，还挂在原来的地方。10岁的梅芙，身穿红色外套，又黑又亮的头发披在肩头，身后是瞭望室的墙纸，图案是燕子优雅的身影掠过粉色的玫瑰，梅芙的蓝色眼睛深邃明亮。任何看过这幅画的人都会想，这个孩子后来怎么样了呢？她是个很有气势的孩子，整个世界星光闪耀，就摆在她的眼前。

梅芙绕过我们坐着的沙发，穿过房间，站在了曾经的她跟前。"我以为她早把画扔了。"她说道。

"她非常喜欢这幅画。"诺尔玛说道。

安德烈娅用力点头，指着那幅画，说："我的女儿。"

"不是。"梅芙说道。

"我的女儿，"安德烈娅再次说道，接着转过头，看着范赫贝克夫妇的画像，"我的父母。"

梅芙站在那里，仿佛在努力适应一样。接着，她坚定地伸出手，握住画框的两边，要把它从墙上取下来，我们就像着了魔一样，只是看着。画像的边框很宽，黑色涂漆，这肯定是为了与梅芙的头发匹配，画像本身只是10岁孩子腰部以上的大小。铁丝绕在钉子上，一时取不下来，诺尔玛走上去，手伸到画像后面，帮了个忙，把画像从墙上取了下来。

"很重。"诺尔玛说道，伸手去帮忙。

"我拿得动。"梅芙说道。墙纸上留下了一个矩形的图案，边缘处黑一些，勾勒出画像曾经摆放的位置。

"我要把这个给梅，"梅芙对我说道，"这就是梅的模样。"

安德烈娅把我的手帕放在她的膝盖上，抚平，然后就开始叠手帕，拎起一个个的角，放到中心位置。

梅芙停下来，看着诺尔玛。她双手拿着东西，身体前倾，吻了诺尔玛一下。"我应该回来找你们的，"她说道，"你和布莱特。"

接着，她走了出去。

我站起来，跟着姐姐走了出去。安德烈娅没有因我离开而恐慌，也没有因为梅芙拿走了画像而表现出任何暴力的不满，她沉浸在我的手帕带给她的快乐中。我站起来的时候，一时间，她失去了平衡，就像是一株需要捆绑一下的植物，身体一偏，靠在我母亲身上。我母亲用一只胳膊搂住了她，为什么不呢？梅芙已经走出了房间。

我在门口轻轻拥抱了诺尔玛。我从不知道梅芙还想过这两个女孩，但这也说得通。我们的童年就如同一场火灾，房子里有四个孩子，只有两个孩子走了出去。

"我再待一会儿。"母亲对我说道。看到两位康罗伊太太坐在一起的画面很搞笑，但其实不是搞笑——那个小个子的穿着打扮就像是个玩偶，那个高个子的还是让人联想到死亡。

"不用着急。"我说道，我是说真的，真的不用着急，待到地老天荒都可以，我和姐姐会在外面的车里等着。

我走出那道玻璃前门，走进夕照的阳光中，那是阳光明媚的一天。站在门口的有利地势上，望向外面的世界，并没有奇怪的感觉，并没有觉得有什么不一样。梅芙坐在驾驶座，那幅画放在后座。车窗开着，她在抽烟。等我走进车里，她把烟盒递给我。

"我向你发誓，我真的没再抽过烟。"她说道。

"我也是。"我拿起火柴。

"真的发生了？"

我指了指衬衣上的一大片污渍，口红和睫毛膏涂在了一起。

梅芙摇了摇头："安德烈娅脑子糊涂了。这算是哪门子公正？"

"我感觉我们刚刚去了一趟月球。"

"还有诺尔玛！"梅芙看着我，"哦，我的上帝，可怜的诺尔玛。"

"至少你拿到了安德烈娅女儿的画像。你很镇定，我可不行。"

"我本以为她肯定会一把火把它烧了的。"

"她爱这个房子，房子里的一切她都爱。"

"除了……"

"嗯，她打发掉我们，房子就完美无缺了。"

"一切都完美无缺！"她说道，"你能相信吗？我不知道自己到底想看到什么，但我没有想过我们走之后，房子变得更好了。我总是觉得没了我们，房子就会死掉。我不知道，但我觉得房子一定会起皱干瘪掉。房子会因为伤心而死吗？"

"只有体面的房子才会。"

梅芙笑了起来："那这就是不体面的房子。我跟你说过那个画家的故事没？"

那个画家的故事，我知道一些，但不是全部。我想要知道全部。"给我讲讲吧。"

"他叫西蒙，"她说道，"住在芝加哥，但是从苏格兰来的。他很有名，或者我认为他很有名。我当时10岁。"

"挺好的一幅画。"

梅芙朝后座看了一眼："是的，很美，这就是梅的样子，你不觉得吗？"

"这是你的样子，梅长得像你。"

她吸了一口烟，头往后仰，闭上眼睛。我看得出来，我们的感觉一模一样，就像是我们差点淹死，在最后一分钟时被捞了上来。我们没指望能活下来，却活了下来。"那些日子里，爸爸总是出其不意地做事。他从芝加哥雇来西蒙，要给妈妈画肖像画。西蒙要待两个星期，他本来是打算画一幅大肖像画，跟范赫贝克太太的一样大。计划的是之后西蒙再来一次，给爸爸也画一幅。等画好了，挂在壁炉之上的就是康罗伊夫妇的画像。"

"那范赫贝克夫妇的画像放哪儿呢？"

梅芙睁开一只眼睛，冲我微微一笑。"我爱你，"她说道，"我当初就是这么问的。范赫贝克夫妇的画像要放到楼上的舞厅去跳舞。"

"这些话是谁告诉你的?"

"西蒙。不必说,我和西蒙有很多时间交谈。"

"你是想要告诉我,我们的母亲不愿意花两周的时间,穿上长裙,让人画上一幅肖像画?"我们的母亲,她是穷人家的修女,她一把瘦骨头,只穿网球鞋。

"不愿意,也办不到。妈妈一拒绝,爸爸就说,那他也不画肖像画了。"

"因为他不愿意与范赫贝克太太的肖像画一起挂在壁炉上。"

"正是如此。可问题是画家已经来了,而且提前支付了一半的钱。你当时还太小,扭来扭去,不可能坐着让人画,于是最后关头,就把我拉了出来。西蒙在车库安装了一个新支架,画布也裁小了。"

"你坐了多长时间?"

"无论多久都不够久,我爱上了他。我觉得吧,一个人盯着你看两个星期,最后你肯定会爱上他。爸爸火冒三丈,觉得钱也花了,而且又没能讨得妈妈的欢心;妈妈或是火冒三丈,或是羞愧难当,或者什么别的感受吧,那些日子里她就那样。他们互相不说话,两人都不跟西蒙说话。西蒙一走进房间,他们就走出去,但西蒙并不在意。他觉得无所谓,只要是画画,画谁都是一样的,他在意的只有光线。那个夏天之前,我从未想过光线这件事。整日坐在光线里,是一种启示。一直到天黑,我们才吃晚餐,到了那个时候,吃晚餐的就只有我们两个人了。乔斯林把吃的给我们放在厨房里。有一天,西蒙对我说:'你有红色的东西吗?'我告诉他,我冬天的大衣是红色的。他说'去,把大衣拿来',其实他是用苏格兰口音说的这话。我就打开松木衣橱,把大衣拖出来,穿上。他看着我，说道：'丫头呀，你应该只穿红色。'他叫我'丫头'。如果他肯带上我，我眼睛都不眨，就会跟他去芝加哥。"

"那我会很想你的。"

她转过身，又看了那幅画一眼。"那个表情，是我在看着西蒙，"她拿着烟吸了最后一口，把烟头扔到窗外，"他离开后，事事糟糕透顶，或者那两周就已经糟糕透了，但我坐在瞭望室里，太开心了，所以没有注意到。妈妈不可能留下来的。我真的相信，如果她非得住在豪宅里，非得让人给她画肖像画，她会疯掉的。"

"如今她在里面，似乎挺自在舒服的。"我望着房子，但没人透过窗户望着我们。我扔掉手里的香烟，咳嗽起来，接着我们各自又点了一根。

"现在房子里有了她可以怜悯的人。她住在里面的时候，她唯一可以怜悯的人就是她自己，"她深吸一口烟，然后把肺里的烟全部呼出来，"这种说法站不住脚。"

梅芙当然是对的，但这样的洞见也安慰不到我们。后来，母亲终于从房子里走出来，钻进车子，坐在那幅画旁边。她变了，变得不一样了，她还没开口，就透出一种我之前没见过的决然气场。我知道，情况马上会大不一样，我们的母亲要回去工作了。

"都是好人，"她说道，"伊内兹真是个圣人。在她之前，诺尔玛请来的护工都没能坚持到一个月。诺尔玛从医学院毕业后，在帕洛阿尔托[1]工作。她一直在加州远程照顾这边，她说后来就行不通了，她必须回家来照顾她母亲。"

"我们大概也猜到了。"我们两人最后吸了一口烟，像扔飞镖

---

[1] 帕洛阿尔托：美国旧金山附近的城市。

一样，把烟头扔到草地上，梅芙一脚油门，从车道开到范赫贝克街上，我们没有回头看。

"诺尔玛一开始想要把她送出去照顾，但安德烈娅不肯离开那房子。"

"换作我，就可以让她离开。"梅芙说道。

"她离开了那房子就不自在，她也不喜欢别人在那房子里。清洁工、维修工，都让她焦躁不安，诺尔玛非常难办。"

"她是医生？"我问道。这家里应该有一个医生才对。

"她是小儿肿瘤科医生。她说，完全是因为你，她才成了医生。你上了医学院，她母亲显然是觉得绝对不能输给你。"

可怜的诺尔玛。我从来没有想到，还有其他人被迫参与这场竞赛。"她妹妹呢？布莱特呢？"

"她是瑜伽教练，住在班夫。"

"儿科肿瘤医生离开斯坦福来照顾母亲，而瑜伽教练还待在加拿大？"梅芙问道。

"是这么个情况，"我们的母亲说道，"我只知道那个小女儿是不回家的。"

"可以呀，布莱特。"梅芙说道。

"诺尔玛需要帮助，诺尔玛和伊内兹都需要。诺尔玛在费城儿童医院做医生，才开始不久。"

我说，我敢肯定这家里肯定还有很多钱。房子没变，安德烈娅哪儿也没去。

"说到钱，安德烈娅比 J.D. 洛克菲勒还精明，"梅芙说道，"相信我，钱还在她手里呢。"

"我觉得钱不是问题。她们需要找到一个可以信任的人，一个让安德烈娅感觉自在的人。"

梅芙狠命踩了一脚刹车,那猛劲儿,我还以为是要命的情况,以为是自己出现了盲点,没看到快要撞车了。我和梅芙系着安全带,但母亲和那幅画飞了出去,直直地撞到前排座位上。

"你听我说,"梅芙说道,她猛地转头,力道之大,头没有扭掉,多亏有了筋腱狠命拉住,"你不可以回去。你好奇,我们跟你一起去过了,这事就了了。"

我们的母亲晃了晃身体,想看看自己有没有受伤。她摸了摸鼻子,手上有血迹。"她们需要我。"她说道。

"我需要你!"梅芙高八度地说道,"我一直都需要你。你不可以回去。"

母亲从兜里掏出一张面巾纸,放在鼻子下面,腾出一只手把那幅画放回原位。她一只手系上了安全带。后面那辆丰田车一直在摁喇叭。"我们回家再谈这个。"她已经做了决定,但还得想办法让孩子们觉得可以接受。

第二天,梅芙本来打算送我到火车站,但路上没什么车,她又如此愤怒,就一路带着我回到了纽约。"说什么奉献、原谅和平静,全是胡扯。她在我和安德烈娅之间来来回回,我可不答应。"

"你这是要让她走人吗?"我提醒自己她是梅芙的母亲、是梅芙的快乐,尽量不要流露出渴望母亲走人的语气。

听到这话,梅芙吃了一惊。"那她就会搬过去,你知道她们正求之不得呢。她一直都在说,安德烈娅跟她在一起很自在,这就是她需要伸出援手的原因,仿佛我在意安德烈娅自在不自在。"

"让我跟她谈谈吧,"我说道,"我来告诉她,这对你的健康不利。"

"我已经跟她说过了。而且顺便说一句，这对我的健康真的不利。一想到她要回去，是为了那个人，而不是——"她打住了，没有让自己说出口。

因为情况突变，那幅画还留在车上，我们都给忘了。"送给梅吧。"梅芙在我房子前靠边停车，如此说道。

"不行，"我说道，"这是你的。等梅长大了，有了她自己的房子，你再送给她。你先留着吧，留上一段时间。挂在你的壁炉上面，回忆一下西蒙。"

梅芙摇了摇头："那房子里的东西，我一样都不要。我告诉你吧，看到这幅画，我只有更生气的份儿。"

我看着画像里的那个女孩，他们应该让她一直做那个女孩的。"那你要答应我，以后你要拿回去。"

"好的。"她说道。

"我们找个地方停车，你进来，你自己把这幅画送给梅。"我们旁边已经停了一辆车。

梅芙摇了摇头："拜托，你看看，这儿哪还有停车的位置？"

"好了，来吧，哪有这么荒唐的，你都到这儿了。"

她摇了摇头，看起来几乎要哭出来的样子："我累了。"接着，她又说了一遍"拜托"。

于是我就不强求了。我转到车子后门，拖出那幅画和我的帆布背包。天又开始下雨，我就没站在街边目送她离开，我也没有挥手。我找到钥匙，赶紧把那幅画拿进屋里。

在那之后我们说了很多话，母亲每天都要报告安德烈娅、诺尔玛和那房子的情况，这真的要让梅芙崩溃了。梅芙告诉我奥特森公司的事情。我告诉她,我想买一栋楼,而要买下这栋楼,就得卖掉另一栋我不想卖掉的楼。我告诉她,拿到肖像画,梅喜欢得要命。"我们把它放在客厅里,壁炉上面。"

"我天天待在你家的客厅里?"

"很漂亮呢。"

"塞莱斯特不在意?"

"看起来就跟梅一个样子,塞莱斯特当然不在意。除了梅,所有人都认为那是梅。有人问她时,她就说:'那是我和我姑妈的画像。'"

从荷兰屋回来之后,又过了两个星期,一天,天还没亮,母亲打来电话告诉我,梅芙死了。

"她在吗?"我问道,我不相信我母亲。我想要梅芙来接电话,我要问她本人。

塞莱斯特从床上坐起来,看着我:"怎么了?"

"她在,"我母亲说道,"我和她在一起。"

"你叫救护车了?"

"我会叫的,我想先给你打电话。"

"不要浪费时间给我打电话!叫救护车!"我的声音都破了。

"哦,丹尼。"我母亲说道,接着哭了起来。

第十九章

梅芙刚走的那段时间,我几乎什么都记不得,只记得奥特森先生。他带着家人来参加梅芙葬礼的弥撒仪式,他坐在那里,掩面哭了,就像我一样,他的悲伤是一条深邃宽广的河流。我知道,我应该晚些时候去找他,我应该尽量安慰他,但我心中没有慰藉。

第 二 十 章

我只想讲我姐姐的故事,但还有几件事要说一下。三年后,我和塞莱斯特坐在律师办公室里处理离婚的细节问题,她对我说,她不想要房子。"我就没喜欢过这房子。"她说道。

"我们住的房子?"

她摇了摇头,表示不喜欢:"不符合我的审美,笨重老旧,光线太暗。你不需要考虑这些,因为你整天都不在家。"

当年,我是想给她惊喜的。我带她看了每一个房间,让她以为我计划买下这房子来出租。我跟她说,我可以把这房子隔成两套。我甚至还可以给隔成四套,但那当然就很费功夫。塞莱斯特什么都敢试一试,她用背带把梅绑在胸前,在楼梯上跑上跑下,查看浴室,检查水压。那时,我没有问她是否喜欢。我本可以问的,但我没有。我把房契交给她,在我的心目中,这是我少有的真正的浪漫举动之一。"这是你的房子。"我说道。

我很想失陪一下,暂停办手续,走出律师办公室,到走廊上给我姐姐打个电话,这样的念头就没断过。

当然,讽刺的是,梅芙去世后,我成了更好的丈夫。悲痛中,我转向了我的家人。这是人生第一次,我完全与他们在一起,我是纽约的市民,我的妻子和孩子们是我在这个世界上的牵挂。我半信半疑的玩笑原来是真的:凡是我让塞莱斯特不喜欢的地方,她都怪在我姐姐身上,现在没了梅芙这个替罪羊,她就不得不认真考虑她到底嫁给了谁。

我们的母亲一直在荷兰屋照顾安德烈娅,多年来,我都没有原谅她。虽然脑子里还有多年科学训练的残留,我还是选择相信了小时候父亲告诉我们的说法:梅芙病了是因为我们母亲走了,如果母亲又回来,梅芙就会死掉。事情一旦发生了,即便是最愚蠢的想法也能让人产生共鸣。我责备自己,认为自己缺少警觉。我时时都在想我姐姐,我让母亲离开。

等到后来,我们离婚的时间足够长,又可以友好相处后,塞莱斯特叫我载一车东西送到她父母家,我说好。甚至连诺克罗斯家的节奏也慢了下来,他们没再养无法无天的拉布拉多犬,取而代之的是温顺的小西班牙猎犬,取名小黑。我把东西卸下来,进屋做客,之后我开车去了荷兰屋,只是为了怀旧,本想在街对面停车,待上一分钟。但是,之前阻碍我们转弯进入车道的障碍已经不复存在,我走到房子门口,摁响了门铃。

是桑迪开的门。

我们站在前厅,下午的阳光照在我们身上。还是一样,我想的是这一次房子终归要破败了吧,但我再次发现,房子还是我记忆中的样子。看到它得到了如此温情的维护,我感到气恼。

"我来的时间不长,"桑迪握着我的手,负疚地说道。她的头发已经白了,还很浓密,依旧用发夹别着,"但我想念你母亲。我总是想到梅芙,想到她可能会让我这样做,没人能越活越年轻。"

"你在这里,我很高兴的。"我说道。

"有时,我只是过来帮做午餐。有时,我帮忙做点其他的事情。事实就是,我感觉还挺好的。诺尔玛在后院有个喂鸟处,我帮她添食添水。诺尔玛很喜欢鸟,受了你父亲的影响。"

我抬头看着高高的天花板,看着枝形吊灯:"很多鬼魂住在这里。"

桑迪露出了微笑:"我就是为了这些鬼魂而来。我在这儿,想着乔斯林,想着我们当年在这儿的情景。你知道的,那时,我们都好年轻,还正当年呢。"

两年前,乔斯林去世了。她得了流感,等大家发现事情很严重的时候,已经来不及了。我和塞莱斯特一起参加了葬礼,诺克罗斯家的人也来了。申明一下,乔斯林没有原谅我母亲,但她的态度要比我好。"她让我们把你们带大,但你们不可能成为我们的孩子呀,"有一次,她对我这样说,"我怎么能原谅这样的事情呢?"

我和桑迪走进厨房,我坐在小桌子边,她在煮咖啡。我向她询问安德烈娅的情况。

"一只没牙的动物,"她说道,"她什么都不知道了。诺尔玛真的可以把她送出去,把这房子卖掉。可安德烈娅总是一副随时都可能咽气的样子,这么多年都过来了,到了最后把她送走,又有什么意义呢?"

"如果还不是最后呢?"

桑迪叹了一口气,从冰箱里拿出一小盒牛奶。冰箱是新的。"谁知道呢?我想起我丈夫,杰米心脏感染的时候,才36岁。没人知道为什么。还有梅芙,她比我们所有人加起来还结实。即便是有糖尿病,梅芙也应该活到100岁的。"

我一直不知道桑迪丈夫的死因,也不知道他的名字。我也不知道梅芙因何而死,可能的原因太多了。我想起塞莱斯特的弟弟,多年前在感恩节的晚餐上问我是否解剖过尸体。我解剖过很多尸体,但我绝不会让任何人对我姐姐这样做。"她至少应该比安德烈娅活得长。"

"但世事难料呀。"桑迪说道。

我觉得和桑迪一起待在厨房里是一种安慰。炉灶、窗户、桑迪,还有那个钟。我们之间的小桌子上摆着那个压制玻璃的黄油碟子,里面有半块黄油,碟子属于我母亲的母亲,是母亲从布鲁克林带过来的东西。"看这个。"我用手指抚摸着碟子的边缘。

"你不应该对你母亲这么苛刻。"桑迪说道。

这不是我一直对梅说的话吗?"我不觉得我苛刻。"我和我母亲,我们之间的交集太少太少。我觉得对我们两个人而言,这都不算什么损失。

"她是个圣徒。"桑迪说道。

我冲她微微一笑,再也没有比桑迪更好的人了。"她不是圣徒。照顾一个不认识你的人,并不能让你成为圣徒。"

桑迪点了点头,啜了一口咖啡:"我觉得,我们这样的人很难理解这事。实话告诉你吧,有时候真是难以忍受,至少我是这样感觉的,我只想她成为我们中的一员。但说到圣徒,我觉得吧,他们都没能让自己的家人幸福。"

"很有可能没有家人。"我甚至记不住圣徒本人,更不要说他们的家人。

桑迪的手不大，她把手放在我的手上，用力捏了捏。"上楼去吧，打个招呼。"

于是我就走上楼，去到我父母的房间。一个男人膝盖有问题，还要买有这么多楼梯的房子，我真不知道父亲是怎么想的。楼梯的平台上还是那个小沙发和两把椅子，诺尔玛和布莱特喜欢抱着布娃娃坐在上面，好看看是谁在走来走去。我看了看我房间的门，又看了看梅芙房间的门，并不是很难。我知道，所有艰难的事情都已经发生了，成了过去。

窗户边安放了一张病床，安德烈娅躺在上面，我母亲坐在她旁边，用勺子喂她吃布丁。我母亲还是留着短发，头发全白了。我心想，如果安德烈娅知道喂她吃东西的是她丈夫的第一任妻子，而且这第一任妻子还经常长虱子，她会怎么想？

"他来了！"我母亲冲我露出微笑，仿佛我是按时走进来的一样。她身体前倾，对安德烈娅说道："我跟你说什么来着？"

安德烈娅张开嘴巴，等着勺子。

"我在这附近办事。"我说道。我母亲过了那么多年之后回来，不也是这么回事吗？我现在看得出来了，她长得多像梅芙呀，或者说，如果梅芙活了下来，会有多么像她。梅芙的脸就会变成这个样子。

我母亲朝我伸出手："到这里来，让她看到你。"

我走过去，站在她身边。母亲用胳膊揽着我的腰："说点什么吧。"

"嗨，安德烈娅。"我说道。面对这一幕，什么样的愤怒都消失了，至少我曾有的愤怒消失了。安德烈娅小得像个孩子。一缕缕稀疏的白发摊在粉红色的枕套上，她没了牙齿，嘴巴就像一个黑色的洞。她抬头望着我，眨巴了几下眼睛，露出了微笑。她抬起小爪子一样的手，我握住了她的手。我第一次注意到她和我母亲戴着一模一样的婚戒，铁丝一样粗细的金戒指。

"她看见你了！"我母亲说道，"看呀。"

安德烈娅在微笑，那样的表情，就勉为其难地称之为微笑吧。再次见到我父亲，她很高兴。我埋下头，在她们两人的额头上轮流亲吻了一下，一个接着一个。并不费力，并没有任何损失。

安德烈娅吃饱了布丁，蜷起胳膊和腿，睡着了。我和母亲对着空荡荡的壁炉，坐在椅子上。

"你睡在哪儿？"我问道。她指了指我身后的床，她和我父亲一起在上面睡过，范赫贝克老太太摔断了髋关节，躺在这张床上面等待过死亡的降临。

"晚上的时候，她有时犯迷糊，想要起床。有人跟她一起，会好一些，"她摇了摇头，"丹尼，我得告诉你：我躺在床上醒过来，甚至没睁开眼睛，也感觉得到这个房间和这幢房子。每天早上，有那么一秒钟，我都感觉自己是28岁，梅芙在过道对面，在她的房间里。你还是个婴儿，就在我身边的摇篮里，转一个身，就可以看到你父亲。多么美好的事情呀。"

"你不在意这房子了？"

她耸了耸肩："我早就不在意住在哪儿了，而且我从中受益了。房子教会了我谦卑，她也教会了我谦卑，"她脑袋朝后一仰，梅芙也是这个动作，"你必须伺候那些需要伺候的人，而不仅仅是那些让你自我感觉良好的人。安德烈娅是我对所有错误的忏悔。"

"她看上去活不过这个星期。"

"我知道。这句话我们已经说了很多年了，她总是让我们惊讶。"

"诺尔玛怎么样了？"

我母亲露出了微笑："诺尔玛人真好，她有着金子般的人品。她工作非常辛苦，有那么多生病的孩子要照顾，等回到家来，还要照顾她母亲，她从不抱怨。我觉得，她长大成人的过程中，她母亲并没让她好受。"

"就算是现在，她肯定也没让她好受。"

"嗯，"母亲非常慈爱地看着我，说道："母亲们什么样，你是知道的。"

我发现我没怎么在这个房间待过。这是父亲一个人的房间时，我很少进来。他和安德烈娅共用这个房间的那些年，我从未进来过，一次都没有。这个房间比梅芙的房间大，那个壁炉和代尔夫特陶瓷的大壁炉架，就是一件艺术品。即便如此，安德烈娅说得对，有窗座的房间还要更好些。那个房间朝着后院，光线更为柔和。"我有个问题。"我说道。我何时问过她什么呢？除了数年前在医院的等候室里，我们有过一两次单独的尴尬相处，何时又单独相处过呢？

"随便问。"她说道。

"你为什么不带我们一起走？"

"去印度？"

"当然，去印度，或是别的任何地方。你觉得这地方太糟糕，待不下去，有没有想过这地方对我们来说也很糟糕呢？"

听了这个问题，有那么一会儿，她坐着没有说话。也许她是在回忆当时的感受，真是很久远的事情了。"我觉得，这对你们来说是个很好的地方，"她终于说话了，"世界上有太多的孩子一无所有,你和你姐姐什么都有——你们的父亲、菲菲毛、桑迪和乔斯林,你们还有这房子。我非常爱你们,但我知道你们会好好的。"

也许桑迪是对的,她是个圣徒,全世界的圣徒都遭到他们家人的鄙视。我没法说得清楚,哪一种生活可能会更好一些——是跟着安德烈娅生活呢?还是跟着我们的母亲穿梭在孟买的大街小巷?可能半斤八两吧。

"不管怎样,"但她这是事后的想法,"你父亲不会让你们走的。"

在这之后,情况再次发生了变化,变化才是常态。我又开始朝埃斯蒂斯帕克跑了,也没人限制我去。我对母亲由来已久的愤怒蒸发了,消失了,再也没了愤怒的空间。我现在留下的绝不是爱,可以算是一种熟悉吧,我们在彼此身上得到了一些安慰。梅虽然很忙,有时也跟我一起去。她在纽约大学念书,已经计划好了她的整个人生。凯文在达特茅斯学院,我们见面的时候少一些。凯文比梅小1岁,成熟度却晚了二十年,这一点上,我们和凯文一个样。到埃斯蒂斯帕克,梅可以见到祖母和外祖父母,这房子让她如痴如醉,她就像法医一样,勘察了所有地方,就差没用上金属探测仪和听诊器。她从地下室开始,一层层往上,我都不敢相信她发现的东西:圣诞装饰品、成绩单,还有满满一鞋盒子的口红。她找到了三楼壁橱后面那道可以通往屋檐下方的小门,我都忘记了那道门。梅芙的书还一箱箱的装着放在里面,一半都是法文书,她的笔记本上记满了数学公式,还有我从未见过的玩偶和她在大学时我写给她的信。晚餐的时候,梅即兴朗读了其中的一封。

"亲爱的梅芙,昨天晚上,安德烈娅宣布她不喜欢苹果蛋糕。人人都喜欢苹果蛋糕,但现在乔斯林不会再做了。乔斯林说没关系，她可以在她家里给我做一大块，然后再小块小块地偷偷带进来，"也不知道怎么搞的，梅非常清楚我11岁的口吻，"上个星期六，我们去收租，停车37次，从地下室的洗衣机里收了28.50美元，全是25美分的硬币。"

"你随口编的？"我问道。

她摇了摇信纸："对上帝发誓，你真的就这么无聊。后面还有一页纸呢。"

诺尔玛大笑起来。我们四个在厨房：我、诺尔玛、梅和我母亲，四个人挤在蓝色的桌子边。我突然想了起来，从洗衣机和烘干机里收来的硬币，我父亲总是放在餐厅餐桌的隐形抽屉里。谁要是需要零钱，就自己去抓上一把。"过来一下。"我说道。我们四个人到了人见人厌的餐厅，我伸手在餐桌下面摸索，找到了。抽屉有些变形，我费了一些劲把它撬开，里面装满了25美分的硬币。

"我一点也不知道！"诺尔玛说道，"如果知道的话，我和布莱特早就清空了这抽屉。"

"我住这里的时候，他没这么干。"我母亲说道。

梅的手指尖在硬币中划拉。父亲把钱放在这里，也许并不是拿给所有人用的，也许只是拿给梅芙和我用的。

第二天早上，我从窗户望出去，看到我的女儿躺在黄色的筏子上，漂在池子里。她黑色的头发漂在脑后，像是一束束的水草。她时不时地伸出一条腿，一蹬，从墙边弹开。我走到外面，问她昨晚睡得怎么样。

"我还睡着呢，"她说道，扬起湿漉漉的胳膊遮住双眼，"我很爱这个地方，我打算买下这房子。"

几个月前，安德烈娅终于死了，我们一直在讨论应该怎么处置荷兰屋。布莱特没回来参加葬礼,她告诉诺尔玛,房子就算是烧成平地,她也不在乎。家里还有很多钱,参考到周围街区的划分,这块地皮卖出去的话,肯定会被重新开发。房子很有可能会被拆掉,里面的东西会被一件件地出售:壁炉架、楼梯扶手、雕刻的嵌板、餐厅天花板一圈圈的金色叶子,每一件都值一幅毕加索的价格。把房子全拆了,然后再卖地皮,或者我们自己开发这块地皮,收入就是卖地的两倍,甚至是三倍。

"但那样的话,这房子就没了。"诺尔玛说道。房子没有了,到底是好事还是坏事,我们都不知道,但梅知道。

"这可不是起步房[1]。"我告诉我女儿。

梅伸出手,把筏子从跳水板旁边推开。"我请诺尔玛等等我,只需要等一两年的时间。我跟这房子心灵相通,"梅这时已经有了经纪人。她拍了一些广告,在两部电影里出演了小角色,其中一个引起了一些关注。梅永远都是第一个说这话的,她有前途,"诺尔玛说,她会再坚持一段时间。"

诺尔玛和布莱特都没有小孩。诺尔玛说,童年太艰难,她不会把这么艰难的东西强加在另一个人身上,尤其是她所爱的人。我觉得,儿童肿瘤科只会强化她的立场。"我宁愿把它给梅或是凯文,"她对我说道,"这是你的房子。"

"不是我的房子。"我说道。

我们找了个时间好好谈了谈,就我和诺尔玛两个人。我们谈了童年、我们的父母、遗产、医学院,还有教育基金。诺尔玛已经决定了,她要回帕洛阿尔托,她回去做以前的工作,已经通知了她房

---

[1] 起步房:供初次购房者购买的房屋。——编者注

子多年的租客,她说她变得非常想念她以前的生活。一天晚上,我们喝了两杯葡萄酒,她提议说,也许她可以做我的妹妹。"不是梅芙,"她说道,"永远不会是梅芙,另一种,疏远一些的妹妹,就像是父母再婚后生的妹妹。"

"我一直当你是我父亲再婚后生的妹妹。"

她摇了摇头:"我是你的继妹。"

我母亲留在了荷兰屋。她说,她就是看管人,确保浣熊不会在舞厅里安营扎寨。她让桑迪过来跟她一起住。桑迪患上了髋关节滑囊炎,那么多的楼梯让她叫苦不迭。安德烈娅死后,我母亲又开始到处走。她每次出去的时间都不是很长,但她说依然有很多事情可以去做。差不多是从那个时候起,她开始给我讲她在印度的故事,或者说那个时候我才开始听她讲。她说,她所想的不过是为穷人服务,可是管理孤儿院的嬷嬷们总让她穿上干净的纱丽,打发她到派对上去乞讨。"那是 1951 年。英国人已经走了,当时印度觉得美国人很有异国情调。只要有人邀请,我就去参加派对。原来我特别的才能就是问有钱人要钱。"于是她就一直干下去,代表穷人去减轻富人的负担,她这一辈子都是在干这个。

菲菲毛搬到了圣巴巴拉市,和她女儿住在一起,但也经常回来做客。她每次回来,都想睡在她原来在车库上面的房间里。

诺尔玛答应了梅,不卖荷兰屋,等着梅成就她的命运。到了第四部电影,梅做到了,她以一种无比自信的姿态迎接了汹涌而来的成功浪潮。梅一直都对我们说,事情就是会这样发展的,但我们还是惊得目瞪口呆,毕竟她还这么年轻。我们除了站稳别慌,也没有其他的选择。

梅听从经纪人的建议,在欧椴树外面加了一道高高的黑色金属栅栏，如今车道的尽头有一道大门，如果不知道密码，或者不认识门卫，就得对着对讲盒子说话。我忍不住想，安德烈娅肯定会非常喜欢这个的。

梅把梅芙的画像从纽约带过来，挂在以前的老地方。她没多少时间待在埃斯蒂斯帕克，如果在，她就会举办为人称颂的派对，至少她是这么对我说的。

"这个星期五，"她说道，"你、妈妈和凯文都过来，我想要你们看看。"

梅往往会让人觉得她好像是在夸夸其谈，但事实上，她总是能做到。我只是遗憾菲菲毛和诺尔玛不在场。那是个六月的晚上，荷兰屋所有的窗户和玻璃门再次打开，那些年轻人来了，乘坐的是深色玻璃的黑色轿车。他们爬上两层楼梯，在舞厅里跳舞，看着窗外，瞧着天上的星星。梅向我保证，这些人都红得发紫。塞莱斯特早早来了，帮着梅的助手做各种准备。没人相信这个中等个子的金发女子是梅的母亲。

"你告诉他们！"她对我说，我就一次次地告诉他们。梅似乎完全错过了她母亲外形上的基因，但她有塞莱斯特的韧性。

凯文一直站在门口，一丁点儿东西都不想错过。我希望他将来能接管我的生意，但他已经去了医学院。长这么大，耳边一直都是"做医生有多好"，他不会不受影响的。

桑迪和我母亲也出席了派对，但时间并不长。我开车送她们到珍金镇，到梅芙的老房子去住，那儿很安静。等我开车回来，车道上已经停了太多的车，我就把车停在路边，走路穿过了大门。房子灯火通明，我从未见过这样的荷兰屋。金色的光线从每层楼的每个窗户流淌出来，玻璃杯里装着点燃的蜡烛，绕平台一圈。还有音乐——我跟梅说过,把音乐调小声一点,现在是一个女孩忧郁而安静的歌声,伴奏的是一个小小的乐队。她的歌声如此清晰,如此低沉,如此忧伤,我觉得所有的邻居都竖着耳朵在听。我听不清楚歌词,只听得到旋律,与之并列的是客人们跳进池子里发出的尖叫声。我要进去找到塞莱斯特,看她想不想跟我开车回城里。虽然我们还不算太老,但我们已经老到玩不了这个。只有回到纽约,还能指望睡上一觉。

远远的地方,就在欧椴树与树篱相接的角落里,我看见有人坐在一把板条休闲椅上,正在抽烟。椅子完全在房子灯光照不到的地方,我只能看到深深浅浅的暗影,而那团更深的影子是一个人和一把椅子,还有一明一暗的橘色小火光。我对自己说,那是我姐姐。梅芙不喜欢派对,她会到外面来的。我安安静静地站在那里,仿佛我可能会把她吓走。我有时会小小地纵容一下自己,让自己相信,如果我留心看,就会看到她坐在荷兰屋外面的黑暗中。我在想,如果她看到了这一切,她会说些什么。

一群傻瓜。她应该会呼出一团烟,说出这句话吧。

坐在椅子上的那个人摇了摇脑袋,两条长腿伸展开来,翘起没有穿袜子的脚趾头。眼前的幻觉还奇迹般地继续着,我抬起头看着缀满繁星的天空,不想看得太清楚。梅芙扔掉了香烟,朝我走来。又是一秒钟的时间,那是她。

"爸爸?"梅大声叫我。

"告诉我,你没有抽烟。"

她从黑暗中朝我走来,身上的衣服就像是一条缀满珍珠的白布条。我的女儿,我美丽的女儿,她伸出胳膊,搂住我的腰,有一分钟的时间,她的头靠在我的肩膀上,黑色的头发遮挡住了她的脸。

"我没有抽烟,"她说道,"我刚刚戒了。"

"好孩子。"我说道。这个可以留到明天早上再谈。

我们站在草地里,看着年轻人们在窗户里飞舞扑腾,就像是扑灯的飞蛾。"上帝呀,我超爱这里。"梅说道。

"这是你的房子。"

她露出微笑。即便是在黑暗中,依然可以看到她的微笑。"很好,"她说道,"带我进去吧。"